蛮王寨

重庆市作家协会2022年定点深入生活项目作品

罗涌 / 著

MANWANG ZHAI

西南大学出版社
国家一级出版社 全国百佳图书出版单位

图书在版编目(CIP)数据

蛮王寨 / 罗涌著. -- 重庆：西南大学出版社，2023.12
ISBN 978-7-5697-2237-6

Ⅰ.①蛮… Ⅱ.①罗… Ⅲ.①长篇小说－中国－当代 Ⅳ.①I247.5

中国国家版本馆CIP数据核字(2023)第257529号

蛮王寨
MANWANG ZHAI

◎罗涌 著

责任编辑：李晓瑞
责任校对：畅　洁
装帧设计：尹　恒
排　　版：杨建华
出版发行：西南大学出版社（原西南师范大学出版社）
　　　　　　重庆·北碚　邮编：400715
印　　刷：重庆恒昌印务有限公司
成品尺寸：170 mm×240 mm
印　　张：15
字　　数：216千字
版　　次：2023年12月　第1版
印　　次：2023年12月　第1次
书　　号：ISBN 978-7-5697-2237-6
定　　价：59.00元

一

今天是一个特殊的日子,渝江大学教师,正在攻读人类学博士的林子浩来到渝东的水镇。他这次被抽调到市委宣传部帮扶集团,担任水镇蛮王寨村驻村工作队队长、第一书记。报到的时间为四月一日,从这个月起,他将在这个陌生而充满新奇的偏僻小镇开始他陌生的乡村振兴工作。

前来镇政府接他的是村支书杜鹃。这位杜鹃支书很年轻,还略显羞涩。政府党政办派了一辆越野车,送他和杜鹃支书到村委会。杜鹃带着他看了村委会办公室和寝室。"刚送走了三位扶贫队员,接着迎来了三位振兴队员,正好接替工作,这叫脱贫攻坚与乡村振兴的无缝衔接。林队长,你们到蛮王寨来,我们热烈欢迎,但是这里条件差,有什么困难,直接给我说。"杜鹃说完,用手拉了一下被角,然后弯下腰闻了闻,眉头一皱,说:"山上潮湿阴冷,被子容易发霉,出太阳时拿到阳台上晒晒。"说完她又拉开被子和褥子说:"这是电热毯,睡觉前插上电,可以暖被窝。哦,对了,一定要记住,不用时要拔掉插头,光是按下开关不行,防火防触电,千万注意安全。"杜鹃说完,拿起插头在插座上比了比。交代完寝室注意事项后,杜鹃接着介绍村委的食堂:"底楼有厨房,保证你们振兴队员住得下,吃得饱,安心干事。"说完后似乎又觉得自己客套话多了点,便仰起头望着林子浩笑了笑。

林子浩没想到这位支部书记杜鹃竟然是一个小姑娘,说话声音小,生怕把人吓倒了似的,可是性格活泼可爱,跑前跑后,嘘寒问暖,还挺细心,让林子浩感到特别温暖,自然产生了亲近感。

林子浩大学本科学的是新闻学专业,硕士、博士攻读的却是人类学,在渝江大学当上教师后,被安排讲授新闻学。这打乱了他的人生规划,让他十分郁闷。但是,他舍不得这份工作,于是就沉下心来重新学习新闻学,而关于人类学博士毕业论文的撰写因此被拖延。

他有过一次婚姻,婚后日子也曾甜蜜。但由于他一心一意要复习考研,考了三次都没成功,仍不肯放手,后来勉强考上却花光了家里的积蓄。他和妻子没有孩子。他的妻子性格火辣,不停地抱怨他这个搞人类学的只研究人,不研究人民币,这读的什么书呀,把家读穷了,把感情读没了。于是在无数次激烈争吵后,两人终于离了婚。失魂落魄了一段时间,林子浩才从失败的婚姻中走了出来,开始拼命地读书找工作,最后如愿地当上了教师,孤独飘荡的灵魂暂时才有了寄托。

有些手忙脚乱的他,已经没有谈情说爱的时间,甚至没有恋爱的激情,以至于年近不惑,还是单身。这次被抽调驻村之后,他想,这难道不是他完成博士论文的绝佳机会?乡村振兴这样的广阔平台,不就是自己梦寐以求的生活体验地吗?

入驻水镇蛮王寨村委会的第一天,让林子浩好奇的就是水镇的这条河。它的名字叫龙河。

以"龙"为名字的河,极为罕见。"龙"是中华民族的图腾,在上千年的封建时期,只有皇帝及其皇子皇孙才配享这个字。而经过水镇的这条河,却偏偏叫"龙河"。居住在这里的巴人后裔说这里曾经是个"国"。但是林子浩翻遍当地杨、向、谭、罗、马、彭等家家谱,始终查不到一处关于"国"的记载。没有历史依据,看来就是民间传说,或许有,或许没有,真真假假,说不清楚。

但是,蛮王寨就有人诅咒发誓,说水镇曾经就叫"国"。林子浩问过写乡志的老头儿。老头儿搜肠刮肚地解释说,水镇压根就没有"国"的历史。又有人站出来说,水镇至少有皇帝来过,不然,脚下这条河,岂敢称"龙河"?身后的这座大山,何以称"蛮王寨"?

关于是否有过"国"的辉煌历史的争论,在蛮王寨经久不息。只是近几年大家都忙于创业致富奔小康,此事暂时搁置。2021年,水镇被列为市级乡村振兴重点帮扶镇,市帮扶集团的驻村队员分派到了各村,驻村队员换了一茬,从扶贫队员换为振兴队员。

在蛮王寨种了多年蔬菜水果的半山农业有限责任公司总经理罗半山跳了出来,找到驻村队长、第一书记林子浩,拉着他来到三多湖边,指着被水库淹没的老场镇说:这三多湖下就是一个国。罗半山见林子浩有了兴趣,便激动得唾沫横飞,说从小就听爷爷讲过,三多湖下的人死了,不是钻土,是钻石头。崖壁上凿个洞,把棺材放进去,几天就蜕了皮。"嘿,死人变活人。"罗半山说完"噗嗤"一声笑,可能他都未必相信这个说法。林子浩眉头皱起来,他突然发现罗半山比自己矮一头,跟他说话几乎要踮起脚跟,于是便蹲在地上,罗半山也赶忙蹲了下去,这个举动很明显。他就是想要比林子浩矮一头,因为啥?他认为人家是国家干部,驻村队长、第一书记、博士,自己算啥?一个种菜的农民。

"林书记,你说怪不怪,那些像蜂窝状的箱子洞,其实叫仙人洞,人在里面会蜕皮。"罗半山说。

林子浩道:"我只知道蛇蜕皮,没听说过人蜕皮。"

"嘿嘿,咱蛮王寨的人,是不死的。"罗半山说完,两眼放光,盯着林子浩,他想从林子浩那里得到"不死"的回应。

"我的祖先住在蛮王寨,后来迁至龙河边。"罗半山接着开始讲述蛮王寨的历史。

戴着一副黑框眼镜显得文质彬彬的林子浩,听着罗半山的故事,遥望着这片水乡泽国,顿觉这水镇的确有些神秘莫测,脑海里一直在搜索有关"仙人洞""蛮王寨"的信息。突然他眉锁打开,微微一笑道:"巴人崖棺?巴人先祖廪君,不就是国君吗?"

罗半山的身体矮而粗壮,蹲在地上,害怕肥屁股撑破了裤子,索性坐到石板上。他听了林子浩的话,脸上有点懵,但他心里认定水镇就比别的地方好,他认定仙人洞能把死人搞活,就凭这个,就可以搞活旅游,搞活文化,搞活经济,振兴乡村。

罗半山还在喋喋不休,吹嘘他的仙人洞,吹嘘他的蛮王寨。林子浩此时显然也明白了罗半山的想法,他无非就是想把隐藏在溪沟石壁上的崖棺拿来搞开发,建成乡村旅游打卡地、引爆点,挣老祖宗的钱。按照罗半山的说法,就是把祖先盘活,不仅产业振兴,还能文化振兴。

林子浩此时陷入了沉思。蛮王寨村有那么多的仙人洞,还有蛮王寨,难不成真有一支巴人在这里建立过国家吗?

罗半山见自己要表达的想法已经说透,就起身欲走,最后丢了一句话:"林队长,钻石头缝的是我的祖先,谁敢动,就得脱一层皮!"罗半山说完一脸肃穆地走了。

林子浩到水镇驻村还不到一个月,对乡村振兴的政策还没有完全搞懂,今天才有空到三多湖畔走走,正好被罗半山灌输了一通。他惊诧于罗半山竟然知道产业振兴、文化振兴这些专业术语,看来不简单。林子浩待罗半山走远,便沿着水库边的公路走,他一直在思考着:这里为啥叫水镇?这个村为啥叫蛮王寨村?意大利的威尼斯,浙江绍兴的乌镇,都是出名的水乡,水多陆地少,进出开船,人几乎住在水上,这两个地方他都去过,见识过。水镇有水,但人却住山寨上,离水远远的。这里面有什么秘密吗?难道这龙河的水吃人?林子浩边走边努力思索着。

突然,林子浩眼前一亮,一位身材高挑,穿一袭粉红色长裙,面容姣好的年轻女子,推着轮椅慢慢走了过来,轮椅上坐着一位老奶奶。林子浩望着女子缓缓离去的背影,暗自揣摩起来,这山旮旯竟然有这样精致的女子。

见女子已经走过山陵,林子浩才把思绪转了回来。他想搞清楚,这一面巨大的山地湖泊中到底有什么秘密,为什么罗半山一再强调湖下是一个国,这个国里有崖棺,葬着他的祖先。

林子浩走到湖边的一块大石板上坐下来,欣赏起这座被当地人称作"三多湖"的山地湖泊来。此时正值四月,山下芳菲已尽,而在海拔七百五十米的水镇,桃花李花正盛开,满山遍野,一片灿烂。三多湖是在狭长的深谷中筑堤而成的人工湖,湖水随山势而变,河湾交错,蜿蜒曲折,显得深邃而含蓄,悠长而神秘,又如深山碧玉,雅洁宁静。三多湖边,青山翠拥,郁郁葱葱。昨夜下过一场雨,此时的湖面显得格外空灵,山、水、林、田、湖交相辉映,恰似一幅绝美的水墨画,让人赏心悦目。此时,正好有一艘巡湖机动船驶过,平静的湖面顿时荡起层层波澜,留下粼粼波光。船很快隐入河叉,消失在幽深峡谷。接着,两只秋沙鸭嬉戏着游过湖面,看见岸边有人后,飞腾起来,扑打着翅膀,瞬间飞进库湾。"敬畏一面湖吧,那是水镇的心脏。"林子浩像诗人一样吟咏起来。

　　林子浩正在痴迷地看着湖光山色,突然传来清脆的声音:"湖边的帅哥,能否帮帮忙,把我奶奶背下去?"林子浩转头一看,原来是刚才擦肩而过的年轻女子,于是赶忙跑到公路上。"我奶奶想亲近家乡这湖水,麻烦你了。"女子边说边扶起奶奶,林子浩蹲下,把奶奶背到湖边坐好。林子浩这才看清,老奶奶身材有些发福,一头银发,鼻梁高挺,五官端庄,嘴角自带几分微笑,一脸慈祥。老奶奶刚坐下,就要脱掉鞋子,想把脚伸进水里,却被孙女制止了。老奶奶又伸手在水里拍打,然后捧起湖中的水送进嘴里,咂着,品着。

　　"奶奶,您身体不好,不能喝生水。"孙女嗔怪起来。

　　"奶奶回到水镇,就是想浸一浸龙河的水,喝一口龙河的水,它是甜的,香的。啧啧,就是这个味儿,日思夜想的味儿。啧啧,现在,嗯,我觉着身体格外爽快。"

　　林子浩也坐到奶奶身边攀谈起来:"奶奶您好福气呢,有这么一个漂亮孙女陪您。"

　　听见林子浩夸赞孙女,奶奶顿时来了兴致。"小伙子,你是不知道呀,我的这位孙女叫杨心,是我从小看大的,奶奶就喜欢她。她原本很忙的,公司的事情多,可是为了却奶奶的一桩心事,就丢下手头的活儿,专程陪奶奶回来祭祖。"

老奶奶说完,林子浩便介绍了自己,介绍完便问道:"奶奶您高寿?"奶奶正欲作答,杨心手指按住嘴唇"嘘"了一声,让林子浩猜猜看。林子浩猜有七十岁,杨心一听"咯咯咯"笑起来说:"林书记,我奶奶名字叫杨素,今年九十五岁了。"林子浩睁大双眼,惊讶地看着奶奶。

"奶奶赶上了好时代,还想活上五百年。哈哈哈……"

"奶奶您真爽快。"

"奶奶要是再年轻一点儿,就跟你一起来振兴乡村。"奶奶显然也对眼前的这位驻村第一书记很感兴趣,转头望着湖面说:"水镇的过去在湖下,如今振兴在湖上,都离不开这一河水呀。"林子浩听奶奶提到水镇的乡村振兴话题,非常赞成奶奶的观点,于是说:"英雄所见略同,镇里正在制订三多湖湿地的保护性开发规划,要把乡村旅游搞起来。"此时,杨心好奇起来:"奶奶在这湖下长大,虽然离开家乡近半个世纪,但脑海里全是水镇的人、水镇的事。"林子浩想到奶奶九十五岁高龄,几乎活了一个世纪,老人家不就是水镇的活字典吗?于是试探性地问道:"奶奶,您还记得小时候的水镇故事吗?"奶奶哈哈一笑回答:"当然记得,奶奶健忘,但就这水镇的事儿记得住。"

林子浩突然间觉得这位世纪老人身上充满神秘色彩,他决定把奶奶记忆中的水镇故事记录下来,把这本活字典传承下去。

"咱奶奶是水镇豪气干云的女将。"杨心见林队长对奶奶的过去感兴趣便夸耀起奶奶来。

"女将?"林子浩感到讶异。

"对,女将!"杨心说。

"奶奶参过军?"林子浩问。

"不不,水镇人把女子称女将。"杨心回答。

"每个女子都这么叫吗?"林子浩盘问道。

"对。"杨心点点头。

"这有什么讲究吗?"林子浩问。

"至于为什么这么叫,我也是一知半解,奶奶才说得清楚。"杨心抿嘴一笑。

杨素见林子浩好奇便介绍道:"大约在明朝后期,这里出了一位了不起的女将军。她训练了一支能征善战的军队,带着这支军队,跑了大半个中国,并镇守山海关,御敌于国门之外。一介女流,挺身而出,救国于水火,时人尊为女长城。从此以后,家乡的父老乡亲,就没有忘记过这位女将军,并视她为英雄和榜样,把家里的女人称为女将,这个称呼就这么世世代代传承下来了。"

"哦,明白了,小时候您也这样叫我的。"杨心回答。

杨心说完,转头望着奶奶,嫣然一笑,说:"奶奶,您就是水镇女将,我也是水镇女将。"杨心索性站起来,面朝三多湖,大喊一声:"水镇女将回来了!"高亢而激越的声音在湖面荡漾开去,在山谷里回响。

林子浩见奶奶和杨心高兴,便要奶奶讲述水镇故事。奶奶顿时收敛了笑容,好一阵才开了口:"龙河滋养了我,可几次差点要了我的命。这龙河的水,我们爱它,可也恨它;我们亲近它,可也不得不远离它。我们这一代人,爱恨情仇,悲欢离合,龙河作证。水镇的女将,遭受过霸凌摧残,可是,水镇女将们从来都没有屈服过,而是顽强地抗争着。都说女人如水,在我的眼里,这里的女人是山!"

奶奶说完,开始讲述那些淹没在三多湖下的遥远故事。

二

　　水镇是典型的山地地形,高山深壑,十分闭塞,出入不便。然而,这里河流密布,山水如画,是大自然的馈赠,康养旅游的宝地。这是林子浩走遍了这里的村寨得出的判断。

　　龙河从发源地到注入长江,天然落差形成一级级台阶,水镇就处于最惊险的一级台阶。如果说这大山好比坐着的巨人,水镇就在巨人的膝盖之上。两条支流穿过崇山峻岭在水镇交汇,在山间冲刷出一段大约十公里略为开阔的河滩。水镇的七个村就围绕着这段河滩分布。

　　亿万年的河水切割,水镇的东南、东北形成两道小峡谷,西边干流落差之下,形成一道大峡谷,三道峡谷如三道天门,将水镇紧紧关锁。峡谷上面是刀削斧劈般的悬崖绝壁,下面是奔腾不息的河水,四面无处攀缘。如此险恶之地,人和船只无法从河里通行,只能人工开凿陆路与外界相连。三条深谷把连绵的大山切割成三截,成为三个屏障,使水镇成为易守难攻的天险要塞。因此,水镇自古为兵家必争之地。三道天门,三个屏障,不仅封闭了水镇,也封闭了水镇的人,这里仿佛是世外桃源,江南秘境,鲜为人知。

　　在交通落后、战乱频繁的年代,水镇成了各地豪强觊觎的居家和避难场所。在这里,家族之间明争暗斗,向姓、杨姓、刘姓、谭姓、秦姓、马姓等等,起起落落,你方唱罢我登场的历史剧重复上演。因此,多情而机变,激流勇进,拼争到底,早已融进水镇人的骨髓。

　　水镇也有其独特的资源。水乡泽国,溪流众多,土壤肥沃,物产丰饶,早已成为远近闻名的鱼米之乡、富庶之地,因此祖先留下"一碗泥巴一碗饭"这句言子。但这是针对沿河地区而言,大山上就是另外一番天地。山上山下,贫瘠与富庶截然不同。

水镇老街就沿着龙河北岸而建。长不过两里,宽不过二十步,铺满青石板。街道两边为一楼一底木瓦房,街沿却留得宽敞,足有一丈,上有屋檐遮风避雨。所以,水镇是不受天气影响的闹热场。一条狭长的街,店铺、货摊、手工作坊、酒馆饭店,比比皆是。逢场赶集,四面八方人流涌进,挤满窄窄的街道,商家生意兴旺。

清宣统初年,在繁华的水镇上,从长江边迁徙而来的杨姓家族,在此伐薪烧炭为业,繁衍生息。随着其他家族衰微,杨氏迅速崛起,掌握了水镇的地、政、军、人等权利。民国时期,这里百分之九十七的土地为杨姓所有,收租达两万石,总团、团练、团首、保正、甲长、百长、乡长、区长等,都是杨姓人。常备武装约三百人。这一支地主武装,竟然超过毗邻三个县军队的总和。水镇所辖团甲,地域广阔,界邻楚黔之交,拥有生杀大权,一时声名鹊起,俨然"独立王国"。也难怪罗半山会宣扬这三多湖下就是一个国,或许他的依据就是豪强杨家吧。

杨家势力最大的就是杨素的父亲杨开石。他升任区长和省参议员之后,便达到人生之巅峰。他从上海请来一位英国建筑师,购买进口的材料,开建"洋房子",取名"庄屋井"。在杨素的记忆里,对"庄屋井"的印象还非常清晰。一幢哥特式建筑,占地两千平方米,高三层,大门边有两樽大石狮镇守,獠牙毕露,威风凛凛。大门和柱头刷了一层红色油漆,室内大厅里摆放着精致的镂雕屏风,桌椅床铺皆取自水镇金丝楠木。庄园前面是一大块开阔之地,条石铺垫,可容纳千人。庄屋井的左边就是兵营。一道丈余宽的石阶,通达水镇老街。屋后为大花园,种满了从长江边移植的花卉,四季花开不断。偌大的庄屋井,砌有高大的围墙,显得富丽堂皇,惊艳夺目,别具一格。时有民间歌谣曰:"朱红大门开,雄狮两边排;双龙抱金柱,屏风放光彩;后园更别致,名花四季开。战时兵贵出,闲暇有粉黛。"俨然皇宫派头。

为啥父亲非要在水镇建一座欧式洋房呢?杨素可谓一针见血,父亲就是想要昭示杨家在水镇,乃至川鄂边十里八乡不可撼动的显赫地位,他自己想当"土皇帝"。

杨素说到父亲发家致富时,也没有淹没其功劳。的确,杨开石也做善事。他带头集资修复文庙、武庙和八圣宫,开办了第一所中学——道远中学。其中有一件深得人心的好事,重修三多桥。

"四月八,洪水发。"水镇至今流传着这句谚语。只要进了四月,山上和水边就变成两重天地。山里百花盛开,争奇斗艳,而河水泛滥成灾,让居住这里的人痛苦不堪,望而生畏。

三多桥建在龙河东北的支流上,原本是杨素爷爷修建的,取三道天门、三个屏障之意,也有"多子多福多寿"之寓。可是,桥建起后,却被肆虐的洪水冲毁三次,水镇人不得不望河兴叹。所以,这"三多桥",也有多灾多难之意。水镇实在太过闭塞,无论地主豪绅,还是穷苦农民,都渴望把这座唯一通达外面世界的三多桥建好。

因为有两条河在此汇合,河水至此猛增,河道变得宽阔,且全镇除有三条河流外,还有五道小溪分割,河滩密布,阻隔行人,三多桥是唯一一条通往长江边的必经之路。杨开石重修时,特意在桥下悬挂了一把长剑,取名"斩龙剑"。原来,龙河的山洪,数那齐桶水最为猛烈,如龙如蛟,势不可当,瞬间冲毁桥梁堤坝,摧枯拉朽。父亲此举,就是悬剑镇邪,防范那蛟龙兴风作浪。

杨家的过去,的确让杨素不齿,但是,就因为祖上两代人修桥铺路之善举,杨素觉得还值得纪念,心中也存着骄傲。她将自己在深华市创建的公司取名为"三多公司",也就是她心中仅存的那一点留念。

独霸一方的杨开石,却有一个致命的隐忧。他娶的第一房妻子为他生下六个女儿,却没有一个男娃。水镇便有人背后谈论,杨老爷作恶多端,为富不仁,现世现报,断子绝孙。杨老爷虽在水镇位高权重,但膝下无子,眼见到了不惑之年,咽不下这口气,成了心病。于是,他托媒说情,娶了第二房,想要生儿子,接续香火。可是,天不遂人意,二房妻子又生下一个女孩,这已经是第七个女孩了。

这位妾室就是杨素的母亲杨覃氏。可怜的母亲第二胎怀上的就是杨素,还是个女将。杨覃氏怀孕时,杨开石是满怀希望的,等待生产时,他请来镇上有名的"回春堂"邓大夫接生。

孩子降生后,杨开石听说是女婴,便大发雷霆,在产房外吼叫起来:"赶快把这女鬼丢出来,我要亲自撕烂她的腿,扔到龙河喂鱼。我倒要看看,这些女鬼还敢不敢再到我杨家投胎。"杨覃氏听到老爷的叫声,吓得浑身颤抖,眼泪直流,不知所措。正在帮忙接生的杨覃氏的二妹赶紧跑出门安慰老爷说:"杨大哥,你莫急,男人进产房不吉利。孩子脐带还没有剪呢,等邓先生处理好了,我就抱去龙河丢了,不用你亲自下手。再说,污了你的手,你还不倒八辈子霉吗?你得赶紧离开。"此时正好有人禀报镇上发生了纠纷,杨开石听了二妹的话,也觉得要避讳,便急匆匆地离开。待杨开石返回时,听见产房里已安静下来,便问二妹孩子的事。二妹说丢了。他不放心,径直走进房间查看,没看见孩子,也没听见孩子哭声,便相信二妹已把女鬼处理掉了,便转身离去。

杨素的母亲何尝不想生个儿子。她知道预产期临近,就吩咐二妹务必在十九日观音会上帮她烧香许愿,为老爷生个儿子。可天不遂人意,就在观音会的头天孩子出生了。二妹急中生智,对姐姐说:"天下哪有这么狠毒的父亲,真要干这龌龊事,这是一条人命呀,怎能说撕就撕,说丢就丢呢?大姐你莫急,我用尿片包裹好孩子,从后门抱出去,交给我家邻居养着,回头我再来护理你。"二妹机警,趁着姐夫离家的时候,用提篮装着孩子,上面覆盖青菜,把孩子悄悄抱了出去。二妹返回时,杨素的母亲总觉得不踏实,水镇人多嘴杂,哪有不透风的墙,要是让老爷知道了,岂不害了孩儿性命,于是对二妹说:"蛮王寨上的冉家跟咱是亲戚,冉来香和我是表姊妹,我和她从小一起长大。来香也生了个女将,但生下不足七天就死了。你把我的孩儿转移到蛮王寨,交给来香吧,让我的孩儿有个安身之地。你告诉来香表姐,我一年拿一石谷子做孩儿的抚养费。"

可是，当母亲的总是放不下心来，吃不香睡不好，夜夜梦见女儿啼哭，从此患上了抑郁症。二妹见姐姐如此，心里暗暗着急，她到镇上刘八字家，一番密谈交代后，报上生辰八字，为侄女算命。刘八字排好八字，念念有词，随后紧闭双眼，沉思良久说："此女命相大吉，八个字都占得好，属于命大福大之数。生在谁家，谁家就有财运，还能带来男丁。"二妹一听大喜，赶忙回家告诉了姐姐姐夫。杨开石听二妹这么一说便默不作声。杨开石虽然威风八面，却被精明的二妹拿捏得妥妥的，想生个男丁，就是杨开石的软肋。

第二天，杨开石忍不住找到刘八字，报上生辰，重新来算。刘八字见是区长大人，这个八字又是昨天覃二妹算过的，水镇上谁不知道杨区长无后呢。他把卦象细细推演。

刘八字说完，杨开石连连叹息。刘八字大吃一惊，生怕得罪杨区长，便赶忙赔小心，问道："杨区长何故叹息？"杨开石回答："此女命相虽好，可我杨开石却无福消受。"刘八字探问缘由，杨开石只好实话实说。刘八字闭目掐算，拍着胸脯说："根据卦象显示，此女命不该绝，应该还活着，此女乃杨家福星，也一定有贵人相救。杨老爷，请恕在下无礼，真人面前不说假话，此女并非等闲之辈，不仅能为你杨家带来男丁，日后还会飞黄腾达，前途无可限量。杨老爷，我今天的卦如果灵验，您要许我一石谷子。"杨开石点头应允。

刘八字待杨老爷离开，便急匆匆进入内室，火速把刚才的女命相再次推演一番，随后大吃一惊，连连摇头叹息，嘴里说道："此女给杨家带来男丁，续下香火不假，可也会带来血光之灾。我泄露天机，定会招致杀身之祸。怎么办？怎么办？"刘八字此时急得如热锅上的蚂蚁。

杨开石回到家里，便急切问明情况，妻子和二妹见被刘八字说破真相，只能如实告知。二妹机灵，话说了一半留了一半，谎称女将被人抱走，不知去向，就是找到了，也要拿谷子换人，还要看人家愿不愿意。

杨开石立即叫来师爷尿罐和家丁,吩咐他们用一石谷子做代价,寻找孩子。可是,家丁们找了一个多月,仍然没有孩子下落,杨区长开始着急上火。杨素的母亲和二姨见杨开石真心实意要找回女儿,才告诉他蛮王寨冉来香家的地址。杨开石高高兴兴接回孩子,还将冉来香接到府里,让其帮忙照看孩子。从此杨素母女得以团圆。

此事过去两年,杨覃氏果然诞下一男婴。杨开石大喜,待儿子满月后,就在庄屋井摆了三天酒席,还命家丁制作"算命如神"牌匾,连同谷子一石,亲自敲锣打鼓送到刘八字家。杨素因为弟弟的降临,从此改变了命运,破天荒地被允许进学堂读书。此事在水镇被传得神乎其神。刘八字却惶恐不安,得了杨区长的好处,生怕杨家生出事端,便云游四海,不知去向。

听了奶奶的讲述,林子浩和杨心都感到吃惊。"手撕女婴"的事真是骇人听闻,竟然就发生在眼前美丽如画的水镇,发生在这位慈祥的奶奶身上。要不是善于应变的二姨相助,她岂能活命?奶奶见两个年轻人表情都很凝重,淡然一笑说:"在重男轻女的封建时代,奶奶活下来就是个奇迹。奶奶今年九十五岁,就是从苦难的岁月中淌着泪水走过来的。无数艰难险阻奶奶都闯过来了。只有经历过坎坷,才能求得生存下来的权利和机会,直至活出个人样。奶奶曾拼命地挣扎,努力学会了立足于社会的本领。熬过了黑暗,便会迎来黎明。我们这么辛苦,这么勤奋,就是为了让后世子孙不再过苦日子。"

奶奶望着杨心继续说:"你这次回水镇,应该能看到水镇与深华差距实在太大。水镇如今被列为全市十七个乡村振兴重点帮扶镇,就是因为这里有明显的短板。农业曾经要靠天吃饭,而老天无常。1982年,龙河突发齐桶水,冲毁了水镇。你爷爷在抗洪抢险中,为救一个落水女孩被洪水冲走。那场洪水过后,水镇一片狼藉,了无生机。为了生存,奶奶只好举家南下打工。"

杨心这次回水镇,就是被奶奶讲过的水镇那些故事所吸引。于是

蛮王寨

她对奶奶说:"水镇有三多湖,还有原始生态,那都是宝贵的旅游资源。发展旅游产业,可以解决这里靠天吃饭的问题,这是水镇的出路和希望。"

三

奶奶正在与孙女杨心交流着,坐在一边的林子浩忍不住插话道:"奶奶,我到水镇后,查看了水镇的名人录,看到了您和您的三多公司的信息。我印象最深刻的就是集团旗下的电子商务和旅游业。去年,镇政府在互联网上发布了招商引资信息,今年水镇正式被确定为全市乡村振兴重点帮扶镇,也来了驻镇驻村工作队。作为蛮王寨驻村队长,我就特别关注水镇的乡贤名人,这是一支能够帮助家乡振兴的重要力量。"

林子浩说完转头看着杨心:"本轮乡村振兴不同于脱贫攻坚战,在绝对贫困被消除之后,要做好巩固和衔接工作。而乡村振兴的主要任务就是产业、人才、文化、生态、组织振兴。奋斗目标就是产业兴旺、生态宜居、乡风文明、治理有效、生活富裕。"

杨心听了林子浩的话,点了点头说:"去年夏天,三多集团董事会召开过一次专门会议,讨论乡村振兴问题,公司要融入国家战略。你刚才讲到的五个振兴和奋斗目标,我们都做了深入探讨。"

林子浩大为感动,他对杨心说:"三多公司是一家有担当、有远见的公司。我原以为只有我们这些干乡村振兴工作的人才研究乡村振兴,没想到三多集团也在关注。希望杨总能助力水镇,为美丽乡村建设做贡献。"

杨心转头看了看奶奶说道:"奶奶给我讲过很多蛮王寨的故事,说那里有个冉来香是她的救命恩人,虽然她已经去世多年,可奶奶一直惦记着,这次回来就要上寨祭拜。奶奶,我想把这次的乡愁之旅、还愿之旅,变成考察之旅,您看如何?"

林子浩初来乍到,对蛮王寨还比较陌生,正在思考如何回答时,突然传来罗半山的叫喊声。林子浩站起来招手,让罗半山赶紧下来。

罗半山走到跟前,林子浩便介绍起奶奶和杨心来,罗半山阴沉着脸,有些不高兴,说:"早就知道三多公司。但是,这么多年,杨家好似在水镇神秘消失了一样。"经林子浩介绍,奶奶一下子回忆起罗半山爸爸的名字,气氛一下子活跃起来。当杨心问到蛮王寨时,罗半山便滔滔不绝地讲起来:"过去上蛮王寨只有一条独路,手攀脚爬,稍不注意就会掉落悬崖。后来修了一条公路,可是路太窄,又陡,下雨天都不敢走。"

见杨心祖孙和林队长都在认真地听他说话,罗半山顿时来了兴致,开始手舞足蹈起来。"你们问那个蛮王寨干吗?那是个拉屎不生蛆的地方。一条村道修了十多年,硬是没修上顶。去年乡村振兴开始后,镇上决定扩建,村里一事一议后,发包给我修,修到中途没钱了,弄得我骑虎难下,搞成个烂尾路。你们杨家真要助力乡村振兴,首先振兴你们杨家的雄风,恢复庄屋井。我说得对不?杨家在水镇建起了一条街,兴起了一个场,嘿嘿,就在这三多湖底下,杨家人曾经创造过辉煌。但可惜的是……"

林子浩见罗半山扯远了,赶紧岔开话题说:"我们多听听奶奶和杨总的计划。"

罗半山显然没把林子浩的话当回事,仍然说得唾沫横飞。"林队长,我给你说过,有仙人洞,咱们水镇人不死,死了也能复活。我看就开发这个。"罗半山说到这里靠近杨素,激动得涨红了脸:"您老人家应该知道吧,就是那个仙人洞,林队长说什么巴人崖棺,不管叫什么名字都行,人送进去,蜕皮,然后死人变活人,老人变年轻,就这么神奇,难道还怕招不来生意?林队长,我就这么跟你说,我罗家的崖棺可以献出来,支持水镇旅游业。但是,你要打我祖宗的主意,不引入上万上亿的资金,你就开发不了,我那些祖宗就很值钱。"罗半山见林子浩不感兴趣就有些着急,接着说:"那个什么蛮王寨,问那个干吗?那只是个空壳寨,只剩几个留守老人了。"

林子浩见罗半山又扯远了,提醒道:"寨子里风景好,不是吗?"

"风景好管个屁用,没有收入,坐在寨子上数星星看月亮喝西北风?"罗半山示意林子浩不要再说话,跟他走。

走了两三丈远,罗半山就低声说:"林队长,你初来乍到,有些事还不知情。那杨家人过去是地主恶霸,后来迁的迁,跑的跑,躲的躲,整散架了的,留在水镇的都是抬不起头的。如今杨家有些人在外头发了点财,就想回来搞事,我看没那么简单,尤其是杨心问的那个蛮王寨就十分不靠谱。你还年轻,这次驻镇,明摆着就是来镀金的,回去就能提拔。杨心是商人,商人的本性是什么?就是唯利是图。你看那杨素,过去就是杨家小姐,他父亲是谁你不知道吧?那是水镇最大的地主杨开石。杨家压榨盘剥水镇人民,这一老一小的,现在又想来捞乡村振兴的钱,肯定怀有不可告人的目的,你可千万小心。我告诉你个秘密,她杨素敢回水镇,首先和她们作对的就是向家。要说水镇那是向家的天下,杨家人把向家人赶下台,夺了田地,这个仇还没报呢。你跟杨家人打交道,可要多留个心眼。"罗半山说完,就要介绍蔬菜水果基地,还没说几句话,那边杨心叫喊起来:"林队长,过来一下,奶奶要讲故事。"

林子浩和罗半山走到奶奶身边,奶奶先是一阵大笑,笑完便指着罗半山说:"你这个名字怎么来的,你知道吗?"罗半山气鼓鼓地挤出了一句"不知道",他对眼前这位老太太不感兴趣。杨素也看出了罗半山的态度,却不管不顾讲了罗半山祖上分家产的糗事。

水镇有一个至今尚存的习俗,即罗姓与曾姓不得开亲。曾罗两姓,原本是同一个祖先,因为家族内部发生了争斗,罗姓族人中的一支愤而改姓曾,而且与罗家人互不往来,仇恨持续了几百年。

水镇自古为鱼米之地,沿着龙河开垦了大片梯田,土质肥沃,物产丰饶。明朝洪武初年,安徽滁州城河西竹寨,有一个叫罗滁州的人,跟随朱元璋起事,南征北战,立下赫赫战功。攻占水镇后,为稳定地方政权,罗滁州被安排在水镇做了千户侯,成为水镇的实际统辖者。这是朱元璋对他这个忠勇却没有文化的老乡的关照。罗滁州是行伍出身,征战无数,然读书少,行事粗鲁,对如何经营家庭更是缺乏经验。他膝下有两子,读书甚少,继承了父亲争强好胜的性格,小时候,在水镇为非作歹,成人之后,就开始为争夺父亲辛苦打拼的家业和世袭千户侯爵位明争暗斗,常常把罗家大院搞得鸡犬不宁。征战沙场九死一生的罗滁州到了暮年,面对不争气的两个儿子,只能看在眼里,急在心里。

深秋的天气越来越冷,罗滁州身体日渐虚弱,自知难熬过冬天。于是便让管家叫来两个儿子说:"我现在岁数大了,将不久于人世。我决定将家里的土地山林分给你们,由你们自己去打理。"父亲的话还没说完,兄弟俩就争吵起来,谁都想要靠近龙河边上的土地。见兄弟俩全然不顾自己死活,只为财产而争,罗滁州长叹一声,后悔教子无方,眼看就会被这两个不孝子败光家产,有辱圣恩。

罗滁州越想越气,便叫管家把两个儿子拉到大门外,吩咐管家备马。准备工作做好之后,他把两个儿子叫了进来,有气无力地说:"我派两个兵丁,把你们带到咱家东西土地边界上,你们随后尽全力往回跑,在哪里相遇,就在哪里打桩定点,作为分界线。"

兄弟俩听了父亲的话一时半会儿拿不定主意,他们压根就不知道父亲会出这个分家主意,只好同意。因为弟弟从小多病,体质弱,跑不过哥哥,哥哥跑出的土地远远多于自己,对这个结果,弟弟很不满。两兄弟闹到父亲床前,老父亲此时已经病入膏肓,提着一口气,但是他说话掷地有声,既然同意分家方案,就看自己的本事了。即使哥哥家分得多一些,弟弟的也不少,足可以世代享用,不愁吃不愁穿。就找来管家,划定界限后,写成文书,一人一份保存,分割停当。

弟弟对父亲的分家文书极为不满,破口大骂,扬长而去。没过几天,乡场上传来消息,弟弟已经改换曾姓,在自家房屋前立了一块石碑,历数父亲和哥哥的罪状,让子子孙孙不再姓罗。

罗滁州见家族裂痕越来越大,便让管家取来笔墨,在一尺白绢上写下:"曾、罗二姓世世代代不开亲,开亲绝子绝孙。"罗滁州眼见自己儿子毫无悔意,有违纲常,给皇上丢脸,便上书朝廷,解除世袭千户,然后溘然长逝。

明朝开国皇帝朱元璋接到罗滁州上书后,龙颜震怒,即刻下令,诰封罗滁州为"武德将军",按照规制,入土为安。其千户爵位暂停传袭,以儆效尤。

水镇从此便留下"曾半山罗半山"的段子。

罗半山听了心里很是不舒服,他认为杨素揭了他祖上的短,但因为自己的名字,铁证如山,他不好狡辩。杨心见罗半山蹲在河边不说话,便小声对林子浩说:"帮帮忙好吗?把奶奶背上公路,我们回旅社休息。"林子浩二话不说就背上奶奶。

杨心一路上说了很多感谢的话,她告诉林队长,决定第二天去蛮王寨走走,想拜访一下书记和镇长,希望林队长引荐一下。林子浩一口应允。罗半山此时也走到公路上,打了一声招呼后,向相反方向走去。

送走了杨素和杨心,林子浩的思绪迅速转到招商引资上,而招商引资最可靠最坚实的力量,毫无疑问就是水镇的人。像杨心这么有作为有担当的企业家,主动回到水镇,那是多么好的一件事,求之不得啊。而水镇现在要做的就是引导。无论是杨心,还是罗半山,他们在为家乡谋发展这点上步调是一致的。

林子浩来到镇党委书记曾诚的办公室,见镇长郭平也在,就把自己下午在湖边邂逅三多集团公司董事长杨心的事进行了汇报,也把自己的想法和盘托出。曾诚翻开桌上的记录本,认真地记录着,听完林子浩的话,跟郭镇长进行了交流后,满脸喜悦地看着林子浩说:"林队长刚才讲到的事情,我看就是镇上的大事,就是契机。三多集团公司,水镇人在外创业成功的典范,公司董事长杨心回乡探亲,到水镇考察调研，我们务必高度重视。按照林队长的设想，就是把杨心乡愁之旅、还愿之旅，变成考察之旅、投资之旅。自从乡村振兴工作推开之后，这是第一家大型民营企业的高管来到水镇，我们要做好对接工作。乡村振兴，就是把田园变公园，村民变股民，产品变商品，农房变客房，离乡变返乡，让山区百姓过上高品质生活。要实现这些规划，就要用好各类资金、人才，才能在产业、文化、人才、生态、组织五个方面深入推进，实现水镇高质量发展。"

曾诚说完，转头对郭平说："明天我到县里开会，晚上赶回来。通知全体班子成员、中层干部，召开水镇第一次招商引资座谈会，邀请杨心董事长参加，为水镇乡村振兴建言献策。脱贫摘帽不是终点，而是新生活新奋斗的起点。乡村振兴与脱贫攻坚战，既要有效衔接，也要压茬推进。这中间没有破折号，也不分段，要做到无缝衔接。"郭平在本子上一一记下后便带着林子浩去找党政办主任，在办公室讨论招商引资座谈会的事情。

四

杨心要去蛮王寨,一大早便起了床,照顾奶奶洗漱之后便吩咐助理和司机,准备一天的干粮。在等待早餐时,她抱怨起来:"奶奶,我身上瘙痒难忍。"奶奶摸了摸被子说:"房间简陋些,但被褥还是挺干净的。你从小就择床,昨晚没睡好吧?"杨心走到门前把木门使劲儿关上,木门在水泥地上擦刮得"砰砰"作响。杨心用手揉了一下额头说:"奶奶,您看看三多旅社,就这种门?从宾馆的条件就可以看出一个地方的文明程度。这家旅社,打的招牌是镇上最豪华的宾馆,但是在我住过的宾馆中,这是最差的。"

奶奶心疼孙女,从小都没受过苦,根本就没有在这样的小场镇待过,但还是鼓励她说:"奶奶从小在农村生活,这样的宾馆不叫宾馆,叫旅社。房间的门是老旧些,在你的眼里是最差的,但是在水镇人眼里是最好的。因为这家旅社主要是接待场上办红白喜事的客人临时住的,大家都没啥讲究,能有个睡的地方就不错了。奶奶也曾住过牛棚,睡过枯草床,经历过,也就不足为奇。但是你可是福娃,哪受过这样的苦?深华与水镇没法比。你这次回来,就是体验生活的。咱们今后在这里建一座真正的豪华宾馆,到那个时候,在大城市住习惯的客人拖家带口的来咱水镇,也能住得舒适。"杨心听了奶奶的话,突然就有了灵感,扳起手指头说:"对,差距就是利差。大城市的客人住一宿,五百元,八百元,那都是正常的开销,可是在咱们水镇,那就叫奢侈。像这家旅社吧,一晚上住宿费每人五十元,还要供应一日三餐。奶奶,我说的差距就是利差,您明白吧?"杨心说着故作神秘。

奶奶抿嘴一笑说:"你那点小九九,岂能瞒过奶奶?"杨心也开心地笑起来。

两人正说话时,旅社老板金穗敲开门说:"杨总,蛮王寨村的杜鹃支书和村综合专干刘哲接你们来了,在楼下等了。"杨心知道是林子浩队长协调的,正好林子浩打来电话,邀请她晚上八点到镇政府参加今年第一次招商引资座谈会。

杨心让助理背着奶奶下楼,坐到车上,才转身跟杜支书打招呼。杨心这才看清楚杜支书。杜支书身材玲珑娇小,戴着一副黑框眼镜,上身着一件藏蓝色羽绒服,脚上穿着一双长筒靴,脸上肤色不够白净,嘴唇微开,笑嘻嘻的。她见杨心便打招呼,然后介绍起来:"杨总,欢迎回家。我是蛮王寨村支部书记杜鹃,一九九一年出生,专科生,请您多多指导。今天杨总要考察的蛮王寨,地形复杂,脱贫攻坚战时修了一条村道公路,也硬化了一段路,但是,那里山高、坡陡、路窄、难行,村里特意安排了一辆皮卡车专程接送。蛮王寨上,有铁炉石、蛮王头、金刚寺、大寨门等自然和历史人文景观。蛮王寨为水镇最高峰,海拔一千六百米,站立山顶,连绵群山,尽收眼底,气势磅礴,景色优美,自古为出川入鄂的险关隘口。希望杨总本次考察一帆风顺,收获满满。也希望杨总回乡投资创业,助推水镇乡村振兴事业。"杨心连连点头,眼前这位瘦小又能说会道的村支书一口气讲了那么多脸上始终保持着微笑,一眼就可以看透的真诚让杨心顿时有了好感,甚至喜欢上了这位水镇女将。

从乡道驶进村道之后,约莫走了一里,便是一段没有硬化的泥石路,两边有挖机挖过的痕迹,也散放着一堆堆的泥土石头,所以路面不平,坑坑洼洼,还积满雨水。杨心的车自然不敢开了,只好转乘皮卡车。杜支书和刘哲直接叫来摩托车在前面开道。杨心坐在副驾驶上,能看清前面的路,溅起的污水,打在车窗上,她不敢开窗。杜支书和刘哲驾着摩托车,虽极力避让水凼,但脚上很快沾满泥水,两人却不管不顾,加大油门往上冲。到达山顶时,杨心看了一下手机,竟然用了二十多分钟。下车后,杨心看见皮卡车和两台摩托车的大半个身子被泥浆包裹住,像喷了一层土漆。杜鹃、林子浩和刘哲扯下树枝,刮着靴子上的泥巴。

杨心看那蛮王寨,其实就是一道山脉的山脊,因为被龙河两条支流截断,于是就形成了一座凸起于山峦、孤立高耸的山峰,但是,山顶较为开阔,绿树成荫。杜鹃停车的地方,还未到达最高点,只是个山垭口,处于两小山之间,名为大寨门。杜支书此时走过来,手指远处的寨门说:"这是水镇的东寨门,也是水镇最大、最坚固、保存最完整的古寨门。据崖壁石刻记载,此寨修建于宋朝年间,历史悠久。"杜支书接着手指向左边的山峰说:"那就是铁炉山。山顶有一块方方正正的巨石,可能是被雷电击中而从中破裂,形如铁匠铺子的火炉。巨石下有一块方形石头如铁砧。铁炉石前方不远处有巨石如人头。传说蛮王欲攻打另一个部落,曾在此铸剑,战死沙场之后,族人取回他的头颅,埋葬于此。"杜支书接着又指向右边的山峰说:"那就是金刚寺,与长江边的斗山寺、东边的玉泉寺在一条直线上。也有一个神话传说,每年六月十九日,八仙拜观音,从长江边拜起,经过金刚寺,再到玉泉寺。这三座寺庙在抗日战争时期还作过飞机航标呢,为抗日战争的胜利作出过贡献的。"

杜鹃堪比导游,对蛮王寨景点如数家珍。杨心一边听着杜鹃的介绍,一边在脑子里飞快地策划着,她想在这里抓取灵感。因为乡村振兴不同于脱贫攻坚战之处,就在于文化振兴,而这恰恰是一个全新的课题。文化是灵魂,这充满传奇故事的蛮王寨,穿越古今,岂不是一处绝佳的旅游目的地?杨心把这次乡愁之旅、还愿之旅,变成了考察之旅。

杨心在极力思考着,奶奶却让她把轮椅推到大寨门。

来到大寨门,杨心看见了一道厚实的石城墙挡在前面,石墙之下有一道大门,出了大门便是万丈悬崖,一条石梯子路呈"之"字形延伸至山下的龙河。杨心扶起奶奶,坐在门边。雨后的青山格外清新,路边的树叶在欢快地跳跃,百鸟争鸣,奏出美妙的交响乐。在杨心的眼里,这道峡谷虽然险峻,却风光无限。

突然,两只岩鹰飞进峡谷,盘旋几圈后,发出尖利的长啸,叫声如利箭,飞向谷中的每一个角落,闹腾的百鸟瞬间隐匿静默。杨心也仿佛被那鹰叫声穿透了五脏六腑,不觉倒吸一口凉气。坐在大寨门边,一直心情舒畅的奶奶脸色突然变得难看起来,接着抹起了眼泪,催促着杨心赶紧离开。

当天晚上,杨心参加完镇政府的招商引资座谈会回到旅社,打开门,看见奶奶坐在床上黯然神伤,不停地抹泪。杨心坐到奶奶身边,拉住奶奶的手,着急地询问。奶奶擦掉眼泪,唉声叹气起来:"杨心啊,奶奶在四十年前离开了水镇,就没想过回头,我决定把水镇的记忆带进棺材。可是,难得你惦记着水镇,要陪奶奶回来。如今推进乡村振兴大业,咱们集团公司毫不犹豫地融入国家战略。我希望你选择水镇。水镇再穷,也是咱的家乡。既然你回到水镇,奶奶就把藏在心里的秘密讲给你听。孩子,奶奶必须提醒你,在水镇创业,你可能面临挫折,甚至失败。咱们杨家要重新回到水镇,融入家乡,是一件很难的事情。"奶奶讲完,杨心想起白天在蛮王寨考察时见到的糟糕的道路,似乎明白了一些。其实,此时面对奶奶的提醒,她的投资信心也开始动摇。

杨心望着奶奶发呆。眼前的这位老人已经九十五岁了,奶奶就是水镇的百年历史,跟龙河一样,见证了水镇的风云变幻,起起落落。杨心仿佛看见这位世纪老人身上那颗饱经风霜,甚至伤痕累累,却依然坚韧的心,如三多湖一般的宁静深邃。这是一个漫长的夜晚,祖孙俩彻夜未眠。水镇的街道、山峦、湖泊、寨坎,异常沉寂,仿佛都在倾听老人的故事,一直到窗外透入熹微的晨光。

五

  第二天早晨,杨心伺候奶奶洗漱完毕便来到楼下的小店,与助理、司机一起用餐。女店主是一个伶俐的人,名叫金穗,人称金幺妹,三十岁左右,身材微胖,有两个小孩,她早已褪去少女的矜持,但仍保留着画眉一样清脆的童音。

  杨素叫住金幺妹问道:"你能做三多面吗?"

  金幺妹转身到柜台里抓了一把大蒜,坐到桌边剥了起来,爽快地回答:"奶奶,水镇家家户户都能做三多面。"

  杨素又问道:"你知道三多是哪三多吗?"

  金幺妹的眼睛向上翻了一下,望了一眼杨素,摇了一下头,脑子里在找寻着答案,最后似乎也没有一个结论,于是随口说:"等会儿我给你们多加一点葱蒜吧。"

  金幺妹答非所问,杨素已经明白,这位年轻店主是不知道三多的含义的。这么多年了,不只是金幺妹,恐怕水镇的年轻人压根儿就没听说过。

  杨素想起父亲修建三多桥的往事,便问道:"你见过三多桥吗?"金幺妹抬了一下眼皮,瞟了一眼奶奶说:"嘿嘿,你说的三多桥吗?那我就再熟悉不过了,小时候经常走。可惜的是我读小学时它被修建的水库淹没了。那一年,四月八,大水发,库区水位上涨,眼看淹没三多桥了,爷爷守了一天一夜。桥淹了,爷爷哭了。那时我还小呢,不知道爷爷为啥哭。"杨素听了鼻子一酸赶紧捂住双眼。杨心示意金幺妹不提旧事。

  杨素擦干眼泪,接着问道:"你爷爷那是舍不得三多桥。"金幺妹也没整明白杨素怎么突然就哭了,脑海里也没存储过关于三多桥的什么记忆,见奶奶如此伤心,于是劝说道:"我爷爷前年过世的,走时说的最后几个字还是三多桥。"杨素一听,鼻子又是一酸,但忍住了泪水,叹了一口气说:"金幺妹,我现在告诉你三多的含义吧。从地理环境看,水镇有三道天门,三座屏障,这就是三多。从人居环境看吧,就是多子多福多打粮食。"

金幺妹"哦"了一声,但又皱了一下眉头问道:"您说的三道天门三座屏障,这我都知道,您说的粮食,我不太明白,为啥不是多子多福多寿呢?"杨素此时已经从伤感的情绪中走了出来,对金幺妹解释道:"你没经历过苦日子,没有缺粮断顿的感受。简单地说吧,没有粮食,就没有吃的,没有吃的,人还能长寿?种粮的人,靠天吃饭,年成不好,就要缺粮断顿饿肚子。所以,农民就盼着粮食丰收。"

金幺妹也明白了,她见奶奶高兴,就说出自己的一个见解:"现在水镇不缺粮食,不再差吃的,我看这个多粮食,应该改成多寿。水镇的人,都能活到奶奶您这个岁数多好!"

杨素一听高兴起来,接着又问:"你知道怎么做三多面吗?"金幺妹嘻嘻笑着,不假思索地说:"多加葱蒜,多加牛肉,还有就是多加鸡蛋。我说的对不?"金幺妹如画眉般的清脆声音把杨素逗乐了,她哈哈一笑说:"你说的三多面,是今天的三多面。可是你知不知道,水镇过去的三多面呢?"

此时,正在厨房忙碌的金幺妹的丈夫刘少年走了出来,这位厨师显然对奶奶的话很感兴趣,他坐在奶奶的身旁说:"奶奶,您给我们讲讲这三多面的来历吧。三多面里到底是哪三样东西?"杨素伸出指头说:"面条、盐巴、猪油。"刘少年听了奶奶的话,把头歪向一边,大感不解,大声叫起来:"为啥是面呢?不够吃的话,多加一两吧。"杨素也大笑起来说:"一碗小面只能解个饿,能管饱吗?肯定不行。兜里没钱,所以,指望着店老板多挑几根面条到碗里。"

此时,金幺妹剥完大蒜,插进话来:"多几根面条也没啥。"杨素肯定地说:"不行,多一根也不行,绝对不行。"金幺妹一听便"啧啧啧"起来,把头摇了几下说:"开店子的怎么那么抠门哟。奶奶,就说盐巴,淡了,多加一点,一碗面,能多加几勺? 加多了,不咸死了。再说,盐巴值多少钱呢?"杨素见金幺妹说起盐巴,便收敛住笑容说:"你是改革开放后出生的,当然不知道缺盐巴的滋味。奶奶小时候,吃的是锅巴盐,像石头一样坚硬,一碗面条起锅后,店老板就夹着一块锅巴盐,在碗里滚三下。只滚三下,多一下也不行。"金幺妹睁大眼睛,一脸惊讶之色:"滚三下,有没有咸味?"杨素见金幺妹好奇,便强调说:"就滚三下,老板可不管有无咸味。盐巴金贵,水镇能吃上锅巴盐的人家不多。"

刘少年显然越听越觉得神秘,这是他闻所未闻的稀奇事,他觉得眼前的这位老人身上还不知道藏了多少有关水镇的事,于是探问道:"奶奶,难道猪油也金贵?"杨素说:"我把老一辈人的故事都讲给你听吧。那个时代,猪油很贵。店家都会把猪油切成小坨,用盐巴腌制,盛入坛中,这一坛油要吃一年呢。炒菜做饭时,便夹一块放到热锅里炸出油来,'吱吱吱'地爆响,腊油的味道就冒出来,窜得满屋子都是。那个时候,我们只要听到响声,闻到气味,便吞口水。这叫吃了想(响)。"

金幺妹痴痴地看着奶奶。奶奶则继续着她的回忆:"这叫杀跑油(牛)。油星跑得满屋都是,其实锅里的油没多少。炸了腊油,掺了一大锅水,这一锅水要煮多少碗面条? 一碗面条里又有多少油星呢? 那些腊油是不是金贵?"杨素说到这里便笑起来。

聊到这里,杨心、刘少年、金幺妹方才懂得水镇"三多面"的来历,原来一碗小面里竟然也有故事,还这么讲究。正当几个年轻人感慨之时,杨素看着金幺妹碗里的大蒜说:"后来水镇变了,面条、盐巴、猪油都不缺了,三多面也变了。后来三多面里增加了酱油、咸菜和鸡蛋。再后来呢,三多面的种类就更多了,有肉丝面、炸酱面、牛肉面、羊肉面。如今则品种齐全,想吃就吃。"金幺妹听到这里,便又抬高了声音说:"如今要高质量发展,要高品质生活。等会儿我就给您多加点杂酱。"说完便跟着丈夫进了厨房。杨素笑着回答:"奶奶还是喜欢吃老的三多面,多加点葱蒜。"

不大一会儿工夫,刘少年和金幺妹做好了三多面,也把小餐馆的所有的佐料和小吃搬了出来。杨素一看,好家伙,有酱油、醋、调味盐、葱、姜、蒜、小白菜、榨菜、鸡蛋、肉丝、杂酱、牛肉、羊肉、肥肠等十多样,店主人此时在展示水镇最强餐馆的实力。刘少年坐到奶奶的对面,身上裹着一件红蓝格子的大围腰,看着几位客人津津有味地吃着,便高兴地说:"奶奶,谢谢您讲了三多面的故事,这一顿早餐,你们尽情吃,想吃多少都行,我请客。"杨素见店主人如此热情大方,反倒不好意思起来,对刘少年说:"你这店子本小利薄,我们也不能多吃多占,吃完了结账,不打折。"刘少年一听便急了:"我说了算数,管饱管好,不收钱。"杨心咯咯咯笑几声说:"我在深华吃一碗面要三十多块,在你的店子,吃一碗面才三五块钱,还要管饱管好,你这不是亏大了吗?"刘少年提了一只绿色胶凳子,坐到杨心旁边说:"杨总,这葱姜蒜菜是自家地里的,这牛羊猪肉嘛,猪牛羊都是我爸妈养的,吃草长大,要不了多少本钱。你们想怎么吃就怎么吃,我亏不了多少。我不收钱,但是请求你们做一件事,你们吃了我三多餐馆的三多面,回到深华后,一定给传个名。"杨心忍不住笑起来,笑完跟奶奶使了个眼色说:"我奶奶就是做三多面起家的。"杨素赶紧示意杨心不再说话。而刘少年不知道这祖孙在嘀咕什么,眉头皱了几下,便站起来回到厨房。

杨心几人吃过早餐后坐在店里聊天,突然看见蛮王寨村支书杜鹃扶着一位老大爷进到店里,老大爷手里挂着一根金竹杖。这位老大爷身材高大,铁砧样的脑袋,鹤发童颜,精神矍铄,而杨素一下子便认出来:"这不是铁炉子吗?"老大爷听见声音回头看了一眼坐在轮椅上的杨素,便大叫一声"小姐",喊道:"您终于回来了,铁炉子给您请安啰!"说完便要下跪,却被杨心一把拉住。杨素赶忙叫杨心招呼铁炉子、杜支书吃三多面。铁炉子一边说话,一边望着杨素,突然就抹起泪来。

"小姐啊,您这一走四十年,也不回来。昨天我听杜支书说了,就连夜连晚地要来看您,杜支书不让。小姐啊,铁炉子不中用了,这腿不听使唤。今早天亮,我就给杜支书打电话,一定要带我来看您。您这四十年里,过得还好吗?听说您在深华,自从您走后,铁炉子无时无刻不想念您呀。"铁炉子打开了话匣子。杨素看着铁炉子说:"你今年八十八岁,腊月二十六生日,我没记错吧?"铁炉子一听,转身对杜支书说:"你听听,我从小在杨家长大,就小姐对我最好,你听见了吧,我家小姐还记得我的生日,我的儿孙都记不住。"说完便擦掉眼泪,转过身来对杨素说:"小姐今年九十五岁,正月十八生日。小姐,您真好福气哟!"杨素哈哈笑起来说:"你看看你,这么多年了,还记得我的生日。"

铁炉子突然想起杜支书的话赶紧转到正题说:"听说您这次回来是投资开发水镇的,很好呀,我就盼着这一天啦。铁炉子跟过去一样,为您牵马执蹬。"杨素摆了一下手说:"铁炉子呀,我们都老了,什么投资呀,开发呀这些事都是年轻人干的。我给你介绍一下。这是我孙女杨心,现在是深华市三多集团的董事长。"铁炉子一听,便又要向杨心下跪,杨心赶忙拉住铁炉子说:"您都是爷爷辈儿的人,要下跪,也是我给您下跪,您给晚辈下跪,这不是折我寿吗?"铁炉子断然否定说:"小姐对我恩重如山。那年水灾,我的父母都淹死了,要不是小姐从门口过,见我可怜,收留了我,我早就饿死了。小姐是我的救命恩人,我的这条老命随时都可以交给她。您是她的孙女,等于就是我的恩人。"杨心连连摇头说:"不不不,您说重了。"此时,刘少年和金幺妹端出两碗热腾腾的三多面出来,杨素就让铁炉子和杜支书先吃。

吃过早餐,铁炉子突然想起一件事来,于是让杜支书从车上提了两个口袋过来。铁炉子对杨素说:"听说小姐过两天就回深华,铁炉子腿脚不好,行动不便,没啥孝敬您的。有一只大公鸡,养了三年了,今早我打开鸡圈门,绑了鸡脚,送给小姐。还有三十个土鸡蛋,三斤黄连花。我知道小姐就爱吃鸡蛋面,爱喝黄连花茶。"杨素只接过黄连花,说:"铁炉子,我收了黄连花,这鸡和鸡蛋你养着放着,我下一次回来,就去你家里吃,好吗?"铁炉子不干了,不高兴地说:"铁炉子八十八岁了,您下一次回来我还不一定能见着了。"杨素拉住铁炉子的手说:"铁炉子,你给我听好了,我们都要活着,好好地活着,活过一百岁。鸡和鸡蛋,我不好带走,你拿回去。我答应你,一定回来,一定去你家里看你。"铁炉子一听便抹起泪来。杜支书见此,也不再坚持,把鸡和鸡蛋提到车上。接着,又将铁炉子扶上车。铁炉子走了几步,突然转身,双膝下跪,大声叫了一声:"小姐保重!"杨心和杜支书赶忙扶起铁炉子,坐到车上。

送走了铁炉子,杨心和助理扶着奶奶回到房间。杨素坐在沙发上,满脸喜悦。杨心则在书桌上,开始撰写水镇投资计划书。在水镇考察的第四天,深华与水镇呈现出来的巨大差别,让杨心的心情时好时坏。三多湖的静谧,蛮王寨的险恶,罗半山的睥睨,铁炉子的忠良,无不刺激着杨心敏感的神经。虽然带着对故乡的美好憧憬,然而事关三多集团的重大决策,杨心丝毫不能麻痹大意。

杨心起身对奶奶说:"企业必须追求盈利,否则将无法生存,这是三多集团领导层决策的基本思维。国家现阶段实施乡村振兴战略,三多集团自当激流勇进,主动融入。但是,乡村振兴的战场在农村,三多集团的业务却是在大城市。过去,三多集团投资过三农项目,均以失败告终。主席团现在是谈农色变。"杨素仿佛还沉浸在与铁炉子会面的喜悦之中,听了杨心的话,也把飞扬的思绪拉回。"农村分散经营,形不成拳头产品和经营规模。三多集团目前要思考的就是如何承接和融入。一旦决策失误,将会血本无归,面临破产。"杨心继续在做着分析。"三多集团旗下目前盈利最好的就是电商和旅行社。这两项业务能否延伸至水镇?"杨素提醒道。

蛮王寨一行后,杨心便在心里打起了退堂鼓,之所以继续考察,是因为她在努力寻找一个结合点、突破点,找到一个留在水镇的理由,找到企业盈利、农民增收的共赢多赢的路子。杨心是企业家,不是诗人,但是,企业家与诗人都有一个敏感的大脑,无时无刻不在捕捉着各种信息。自从内心里把乡愁之旅、还愿之旅变成考察之旅后,杨心变得如三多湖一样宁静而深邃。

"从蛮王寨的具体情况看,城镇化进程中出现的产业和人口空心化、发展边缘化问题,几乎都存在。在这里,如何实现振兴,我需要一个答案。"杨心说完,杨素心里也没底,于是只好打气说:"我们满腔热情回到水镇,可也必须客观冷静看待水镇的前景。我们在这里没有找到答案,董事会必然不会通过投资水镇的任何方案。那么本次考察就毫无意义。我们不急于作出判断,再观察一下吧。"

考察进入第五天,杨心心中的问号还没有答案。她做的投资方案修改了几次终觉得说服力不强,只好暂时搁置。

上午十点多,铁炉子带全家人拜见恩人,记住恩人。杨素大为感动,就跟铁炉子聊了起来,撞开了尘封已久的记忆大门。

六

　　从大山里流出两条小溪，在水镇汇合，于是成为龙河干流之源。肆虐的洪水把水镇冲刷分割成五大块，河道在这里变得宽阔了些。正因为分散的河汊多，过河就得坐船，很是不便，于是有人牵头募捐修桥，一座一座地修，桥也就多了起来。上游和两岸冲积的泥沙形成了大片良田沃土。"一碗泥巴一碗饭"，这是水镇祖宗传下的谚语，已经表明这里是一块风水宝地。俗话说一方水土养一方人，鱼米之乡，富庶之地，自然人气旺盛，甚至远在百里之外长江边上的县城女孩，也愿意嫁到这个山沟里来。可是，这里真正的富裕人家，只有杨家、向家、马家等少数家族。

　　杨素长到十岁，父亲杨开石重修的三多桥也已经十岁了。杨素出生时，杨开石重建的三多桥主体工程已经完工，只差一块桥心石。杨开石四处寻找，一直没有找到合适的。杨素出生的那一天，在三多桥的附近，有人发现一块石头，隐藏在草丛中。杨开石命人抬到桥上。说来也是奇怪，这块石头不大不小，不偏不倚，稳稳当当被安下。杨素后来才知道这座桥跟她有关系，知道自己跟桥心石还有个故事，所以若干年之后，她把自己的孙女取名杨心。现在，她只是好奇那吊在桥下面的"斩龙剑"。听奶奶讲过，自从有了"斩龙剑"，那掀起"齐桶水"的妖龙就再也没有兴风作浪过，三多桥经过几多春秋，依然毫发未损。杨素坐在桥边，看着桥肚子里那把横着的长剑感觉特别好奇，心里老在想着一件事：那把剑真的能斩龙除妖吗？桥下的水很大，昨夜刚下过雨，山洪咆哮着从桥底下滚过，势不可当，可三多桥完全可以藐视这些，因为它在原来的基础上升高了三米。杨素想弄清楚这溪沟的深度，桥的长度宽度，那把长剑是怎么挂上去的，风雨廊桥上为何刻了那么多精致的花纹,还有马、牛、羊石雕……想着想着,她突然羞红了脸,她仿佛看见了清清河水里出现了哥哥向小坎的光腚。

杨素和向小坎同岁,四岁时的一天酷热难当,两人在家待不住,就相约到三多桥下洗澡玩水。

向小坎先脱掉衣裤,跳进水里。他游了一阵,不见杨素下水,就走到杨素面前说:"快来吧。"杨素第一次看见男孩子光光的身体,不好意思起来。向小坎一个劲儿地催促,杨素只好转过身,脱掉衣服。

两人在水里游了一阵,河水清凉,身上皱起了鸡皮疙瘩。向小坎于是提议回家,两人便牵手上岸。

可是,这样的嬉戏玩耍,有人发现后传话给了杨开石。杨开石把杨素狠狠地打了一顿,教训道:"你给我记住,在水镇,咱可是显贵人家,怎能去跟佃农向家崽儿一起玩呢?"杨素还小,心里没有"显贵"这样的概念,她从母亲的教诲中意识到自己与向小坎似乎不是同样的人,一个是女人,一个是男人。但是,父亲的严厉是出了名的,那一张冷酷的脸,一旦生起气来,便狰狞恐怖。每当此时,杨素就得格外小心,否则就会招来暴躁的父亲一阵痛打痛骂。

杨素此时坐在桥边,脑子里全是向小坎的身影。正想着,向小坎来了,他们两个都是华祝书院的同学。见向小坎走近,杨素起身跟随着,走到拱桥上。"华祝书院最近要改名道远中学,今天就要举行挂牌仪式。"向小坎在风雨廊桥的长木凳上坐下,脱了鞋子拍打几下,倒出里边的沙子。杨素对改校名的事不太关心,她在三多桥头等向小坎,就是要问一道数学题的解法。"你是知道的,我数字不好,昨晚数学作业没完成,你给我讲讲。"说完,便从布囊中取出纸和笔。向小坎看了看,略一思索,就在纸上开始解题。"其实,数学也不是那么神秘,我开始也感觉吃力,后来我就笨鸟先飞,多练习,多做题,一点点积累起来,没有其他诀窍。"杨素看完题解,便恍然大悟,迅速地抄录到作业本上。"我就是不喜欢数学。"杨素嘟哝了一句。"其实,我要向你学习的,你的语文比我好。"向小坎向杨素投去赞赏的目光。"我就喜欢语文,其他的科目总是提不起兴趣。"杨素抱怨起来。"可是要参加升学考试,不能偏科。"向小坎说完,杨素就歪着脑袋望着向小坎说:"咱俩取长补短。"说完便"咯咯咯"笑起来。下了三多桥,两人便一路直奔华祝书院。

华祝书院更名为道远中学,此事已经酝酿很久。为了能让学校长期运转,杨开石颇动了些脑筋。他把水镇的几大族长召集起来,按照祖宗定下的规矩,保留六十石谷子的校产,由各大户认领割界,并刻于石碑之上,永无反悔。接着,在杨开石的主持下,成立道远中学董事会,校产由学校董事会行使管理权,用于支付教师工资和基本事务性开支,学校也添置了课桌,增建了教室。挂牌之后,杨素、向小坎也坐进了新教室。

在水镇读书的时光,杨素是快乐的,尤其有向小坎一起研学,两人的学习成绩始终在班上名列前茅。毕业后,杨素和向小坎均考上县城的学校。

三多桥上的约会变得频繁起来,他们约定每周见面一次。但是,向小坎反倒胆怯起来,因为他感受到来自杨素的爱已经变得浓烈,而向小坎却很自卑,他自从得知父母没有办法筹集到他继续读书的粮食和钱时,就开始心灰意冷起来,也开始对杨素敬而远之。聪明的杨素也有察觉,临近开学的一次约会,向小坎竟然没有出现,这让杨素一连几天吃不好睡不香。果然,开学后,她发现向小坎没有报到。于是当晚她便给小坎写了一封信,询问他没去中学的原因。

向小坎没有收到信,这一封信被杨素的父亲截获了。因为杨开石是区长,在水镇他有绝对的权威,他手下有三百多条枪,有两万石粮食,方圆百里地,无人匹敌。在他的眼里,水镇还没有人敢于挑战他的威严。自打杨素出生,杨开石就没拿她当自家人,认为她早晚要出嫁,嫁出去的女儿,泼出去的水。但是,杨开石为何允许杨素去县城读书呢?主要原因在于刘八字曾经预言,杨素能给杨家带来男丁,这个预言后来果真应验了。杨素出生后,杨开石的两房太太连生了五个儿子。

　　杨素是女儿,女大不中留,她跟谁谈情说爱,杨开石并不关心。但是,杨素这封信,却让杨开石愤怒起来。当然,他没有声张,只是将信撕毁。他不是愤怒杨素心有所属,而是愤怒杨素与向家小子来往。在水镇,杨家与向家仇恨已久,到了杨开石爷爷那一辈,才带领族人打垮向家,取缔向家在水镇的统领地位。如今杨家占上风,而向家一代不如一代,受尽杨家欺凌,有的索性卖掉祖业,搬离故土。杨开石从内心瞧不起向家人,自己的女儿断不可与向家成亲。

　　父亲的态度,杨家跟向家世代的恩怨,对杨素和向小坎而言是致命伤害。但是,杨素和向小坎却浑然不知,向小坎只知道自己上不起学主要是因为家里穷困。他感觉到自己与杨素之间差距太大,自己配不上水镇土皇帝杨开石的千金小姐,而且杨素到了县城之后,打开了眼界,前途光明。所以,向小坎暗暗决定,长痛不如短痛,尽早分开。

　　好不容易盼到寒假,杨素按照过去常约会的时间来到三多桥。黄昏时分,路上行人渐少,向小坎姗姗来迟。他看见杨素,顿时心生感激。但是,他想到之前的担忧,也想到他们之间的差距,所以,见面几句话之后就要离开。杨素见向小坎如此,着急起来,一把攥住向小坎的手,来到桥边的松林里。"你干吗呢?咱们几个月不见,为何要走呢?"杨素噘起嘴,不解地问。向小坎心想还是说明为好,以免误了杨素的前程。"你都上中学了,我觉得你今后还会到外头读书,上大学。"向小坎还没说完,杨素抢着说道:"我们彼此爱着对方,不是吗?不管今后如何,我发誓,这辈子就爱你一个人。""不,杨素同学,我们今后不再见面了,只当朋友。"杨素一听便不依不饶:"小坎哥,你今天怎么了,说话这么奇怪呢?我不是在信里都表明了我的态度吗?难道你不爱我?"

　　"信?什么时候?"

"我刚开学就给你写的。你没收到?"

"没有。"

杨素突然意识到这封信被父亲扣下了,在水镇只有杨开石才有这个能耐。她赶紧跟小坎哥一番解释。

林子里有一块空地,撒满了干松针。向小坎坐下,杨素偎依着他,抚摸着向小坎的耳朵,把脸紧贴在小坎后背上,随即双眼紧闭。"使不得,使不得,这样会误你终身大事,毁掉你的大好前程。"向小坎异常冷静,说完起身就要离开。杨素心急火燎起来,拉住向小坎的衣服说:"小坎哥,我要怎么做才能表达真心呢?"向小坎拉开杨素的手,坚持要走。"你走了,咱俩这辈子就完了。"说着杨素蹲在地上哭起来。

小坎见状,把杨素搂进怀中,擦掉杨素脸上的眼泪。"小坎哥,咱们结婚吧。"林间的松针上杨素迎来了神圣的时刻。

向小坎一直不敢直视杨素那一双水灵灵的眼睛。"自从你到县城读书,我的心就跟着你飞到县城。我多想去看你,想读书。但是,我家实在拿不出钱来。爸爸说了,我读完小学也就算秀才了,不读也罢。把钱省下来,眼下弟弟还要读书。我只好跟着父亲当篾匠。"向小坎声音压得很低。"你不读书了吗?"杨素有些吃惊。

"我想读书,等我挣了钱,就自己考。"向小坎越说声音越小。"你后悔吗?"向小坎把头歪向一边说。

"绝不后悔。"杨素坚定地回答,"我的心房永远为你留着。"

向小坎紧紧地抱住杨素。

两人温存了一阵,杨素松开手,幽幽地望着松林外。夜幕已经降临,归巢的鸟儿停止了歌唱,这片大松林安静了下来。"在杨家,女人就不是人。可是,我就要当一回女人,在水镇做一回真正的女人,我要把自己交给心爱的人。"说完,杨素拉着向小坎走出松林,走上三多桥,再一次拥抱亲吻后,才依依不舍分手离去。

没有到假期,杨素便悄悄来到向小坎的家,她怀上了向小坎的孩子。

向罗氏一听,大吃一惊。她不愿意跟杨素说明,在水镇未婚先孕等于犯了死罪。她心疼杨素,她从心底喜欢这个天真善良的女孩。但是,她又能做些什么?果不其然,杨素被杨开石抓回了庄屋井。

她求到向氏家族族长,却被泼了一瓢冷水,族长不愿替她家出这个头。从族长家里回来,向罗氏心里慌乱极了。突然,她看见院坝的猪笼,有了主意。她披上一件厚实的棉衣,用一根麻索捆扎一下,揣上两个红薯,手里拿了一把镰刀,来到杨家的庄屋井附近。她已经没有别的办法,但是,又不甘心杨素为了向小坎丢命。她此时想到的就是拼了老命也要救出杨素。但是,庄屋井防守严密,进出的兵丁荷枪实弹,自己根本没有潜入的机会。向罗氏很害怕,但是为了杨素,为了她肚子里的孩子,她顾不了那么多了。她在庄屋井附近观察着里边的动静,一直到深夜。

突然,庄屋井大门打开,一队士兵抬着猪笼过来,打着火把,向河边行进。杨素的妈妈追到院坝里,大声哭喊着,却被两个士兵强行架回。向罗氏大叫一声:"不好!"就悄悄跟到河边。

"咕咚"一声响,猪笼子被掀到龙河里。向罗氏见士兵转身离开,赶紧跃身跳进河里,潜入水中,摸到猪笼,使劲儿往岸边拖。在靠近浅水处,果然发现猪笼子里有一个人,还在哼哼着。她听出是杨素的声音,赶紧用镰刀割开杨素身上的绳子,取下嘴里的棉花,把杨素拉了起来,再麻利地捡起一块石头,放进猪笼沉到河里。"快走!"向罗氏拉住杨素,借着暗淡的月光向河对岸走去。

回到蛮王寨家里,向罗氏赶紧找出向小坎的衣服给杨素换上。杨素惊魂未定,眼光呆滞,一句话也说不出,吃了向罗氏做的一大碗三多面后才回过神来。杨素突然跪倒在地,抱住向罗氏的双脚,叫了一声:"妈——"便痛哭起来。这一声呼唤,让向罗氏撕心裂肺,她扶起杨素,说:"孩子,你放心,妈就是拼了命也要救你。"

杨素藏在了向小坎家里,有妈妈向罗氏照顾着,暂时平安无事。她恨透了父亲,恨透了那个生她养他的家。她已经死过两回,她早就想逃离那个森严壁垒的家,尽管那里不缺吃不缺穿,尽管那里给了她尊贵的身份,可是,她感觉到了死一般的沉寂和恐怖。"庄屋井"是自己的家,本应该是温馨的,安全的,但在她眼里,这是一座充满杀戮,充满桎梏,充满虚伪的庄园。对于这个庄园,曾经的家,她回不去了,再也不想回去。父亲杨开石脑子里的世界跟书本里的世界完全不同,他草菅人命,私设公堂,明争暗斗,储粮养兵,无非是为了维护杨家在水镇的绝对权威。死里逃生的杨素暂时住在向小坎家里,她哪里都不想去,也不敢去,生怕被杨家人知道。她盼望着小坎哥早点儿回来。她对婆婆向罗氏心生感激,要不是她出手相救,她已经不在人世了。

七

杨素讲到这里,铁炉子便抹起泪来。"都是我惹的祸,要不是我发现了您藏在蛮王寨,要不是我晚上偷偷给您送吃的,要不是我偷了枕头送去,也不会被老爷发现。我这辈子最悔恨的就是这件事。我铁炉子对不起您,我给您磕头谢罪!"铁炉子说罢就要下跪,杨素摆手阻止。"铁炉子,那个时候我们都还小,不懂事,再说你也是为了我。我不怪你,你也不必自责。"杨素说完便劝铁炉子回去,年纪大了,要保重身体。铁炉子方才想起今天只顾着跟小姐聊天忘记了时间,于是起身告辞。

第二天清晨,一只噪鹃一声紧似一声凄厉的呼唤吵醒了杨心。睁开眼睛,她看见两只黄豆雀落在窗台上"叽叽"叫着。杨心起床走到阳台上,远望三多湖,只见碧绿的湖面波光粼粼,薄雾飘游,幽深的河汊,如黛的山头,就是一幅绝美的山水画。湖边是梯田,但多数不种植粮食作物,而是租赁给罗半山,开辟成了果园和辣椒园。昨夜一场雨下了半宿,涤尽尘埃之后,水镇的空气变得清新干净,乌云散去,蔚蓝的天空显得格外清澈。

杨心和奶奶在旅社楼下吃早餐的时候,罗半山来了,一进屋便要了一大碗三多面,把杨心几个人的早餐钱结了,杨心好说歹说都不行。罗半山从橱窗口端出面条,坐到杨素旁边,边吃边说:"我爸听说您回来了,非要来看您,但是,他老人家得了偏瘫,躺在床上起不来。我这几天忙果园的事,也没来得及给您接风洗尘。"罗半山说完,便转过头扫视了一圈用餐的人,故意提高嗓门说:"今天晚上,由我罗半山做东。"说完便招呼金幺妹订了一桌,勾画完菜单后,罗半山才转头对杨心说:"杨总,我盛情邀请各位参观半山农业的果园和辣椒园。鄙人在水镇老家耕耘多年,对农业颇有研究,成立了水镇半山农业有限公司,承接过脱贫攻坚项目,产业扶贫,带动了120个贫困户增收脱贫。我不是吹牛,水镇脱贫摘帽,致富奔小康,有我半山农业的汗马功劳。敬请各位赏脸!"罗半山说完,便双手作揖。杨心暗自叫好,这位罗半山不简单,从进屋结账到请客吃饭,直到说出目的,层层递进,一气呵成。看着傻乎乎的样子,其实心明眼亮。杨心已经从罗半山的眼睛里看见真诚。于是,杨心爽快地答应了。

早餐后,罗半山招呼杨心和助手坐他的皮卡车。打开车门,杨心便皱起眉头。她看见车座上的灰色布套黑一团花一团,以为是油腻,不敢坐。"昨天才清洗的,不脏不脏。"罗半山说完便递过一张报纸说:"垫起坐吧。"罗半山见两人上了车,便踩下油门,驶出街道后,径直往蛮王寨开。走了一段狭窄的水泥路后,车停到了路边。好家伙,车身歪着,一边的车轮子落在边沟里。杨心小心翼翼地下了车,一看就知道咋回事,罗半山的车不这样停,就会挡道。

"这是我的李子园。"罗半山手指着前方说,"我租赁了蛮王寨一组的这片山地,开辟成果园,已经营了三年。前三年是纯投入,今年开始盈利。就是这条路,修到中途因经费问题停了,你看这路面,实在太糟糕。"罗半山带着杨心和助手进入李园的一条小径,往山坡上行进。

太阳光从山头照射下来,沉睡了一夜的李子林活跃起来,挂满白花的李子树,散发着扑鼻的芳香,呈现出盎然生机。杨心刚进入李子林,便已经陶醉。她在一棵树下让助手拍了照,录了视频,仍未尽兴,又掏出手机,录下满山遍野的李花。此时的李子林里传出布谷、杜鹃、竹鸡、斑鸠的鸣叫,银燕、长尾喜鹊不时从头顶掠过。山下的几棵古松柏上站立着数只野鹤,三多湖上,一群秋沙鸭在嬉戏玩耍。杨心觉得自己仿佛变成了一只欢快的鸟儿,罗半山喋喋不休的介绍她一句也没听到,只顾着欣赏眼前的美景。这里不仅是花的海洋,还是候鸟的天堂。

走出李子林,沿着公路上行不到一里路,杨心看见十几个蔬菜大棚,旁边建有一个临时仓库。罗半山站在路边,看着几个妇女在搬运干海椒,双手叉着腰说:"我的海椒基地,是目前水镇最大的产业,覆盖面广。这么说吧,蛮王寨村民只要在家里还能动的,都种海椒。"杨心向罗半山竖起大拇指。罗半山此时毫不掩饰自己的战绩。杨心拿出手机拍起视频来,罗半山显然很享受杨心的赞美,但脸上依旧没有笑容。杨心也从罗半山双手叉腰的姿势和简短的介绍看出了他的骄傲,他在极力展示自己在水镇打拼的成果。

"你承包了多少亩地?"杨心问。

"李园一千亩。"罗半山回答。

"承包多少年?"杨心又问。

"一千年。"罗半山回答。

"一千年?什么意思?"杨心看见罗半山严肃认真的样子,不像开玩笑。"蛮王寨的人,迁走的迁走,打工的打工,不会再回来了。一家一家的房子修在那里,没人住,锁都生锈了。土地山林嘛,就更没人要了,承包多少年都行。"杨心一听,"咯咯咯"笑起来,说:"罗老板,你真幽默。"杨心接着问到企业效益。罗半山便拉起苦瓜脸说:"李子产业还没有利润。海椒还行,本公司的主打产业也是县里的龙头产业,品牌亮点。"罗半山停顿了一下继续介绍道:"每年销售一千万元,利润五十万。"杨心一听大感不解:"利润这么低?"罗半山一脸无奈地说:"农业产业无法跟你的三多公司比,属于劳动密集型产业。你看那些育苗的、运肥的,哪一样不花钱。"罗半山说完,脸色凝重起来,杨心从他的表情中看出了冷漠。

说着话,三人从蔬菜大棚转到后山椒园。一面大坡上,被开辟出一层层梯田。梯地里,一垄一垄的海椒横竖成行,排列整齐。杨心感觉罗半山把海椒园做成了花园,产业做出了文化,连连赞叹。而罗半山的表情依然没有变化。

翻过一个山头，走在前面的罗半山突然吼叫起来："向皮子，你在干什么？"杨心此时也翻过山头，看见一个人在土坎下正挥舞着锄头挖土。罗半山走近后，见向皮子还不停止，装作没听见的样子并且已经把下面的土地挖成斜脚。罗半山站在上面，打开矿泉水瓶盖，往向皮子头顶倒下去。向皮子淋了一头水，退出一丈远，抓起一把泥巴向罗半山飞来。罗半山怒不可遏，指着向皮子对杨心说："蛮王寨就这个向皮子怪得很，一天没事干，提起个烂锄头，铲别人家的田边地角。我就奇怪，这块地老是垮塌，原来就是他在下面挖。"说完指着向皮子，大骂起来："向疯子，现在我捉了你个现行，看你还怎么狡辩！当初我搞承包，全组就你不干，李子园建起来了，你又横看竖看不顺眼，尽做这等恶心事！"罗半山怒容满面。"这块地被你挖去一半，今天我要是不来，要被你挖完。"

　　此时杨心才看清楚土坎下的向皮子，高个子，一头花白头发，年龄应该在五十岁以上，两颊无肉，一个大鼻梁突兀着，与整张脸极不协调，好似一架钢筋铁骨的机器人，套着一身衣服。向皮子自觉无理，但看见杨心两人过来，突然有了主意，只见他站到土堆上，大声地申辩："是哪方来的神仙，你们给评评理，罗老板的李子园影响了我的通行，我这是在挖一条路。"他话还没有说完，因在土堆上踩虚了脚，便向一边歪倒下去，很快又站起来。

　　"影响通行？你倒是说个理由来！"罗半山近乎审讯。"好，我给你个理由。去年派出所的人来村里普法，你也参加的，里边讲了个道理，就是相邻关系。这个法律讲得透彻，你的李子林围住了我的这块地，影响了我的通行，就是影响相邻关系，你就得给我让一条路来。你不修路，我自己修。"

　　"岂有此理！"罗半山打断他的话，"脱贫攻坚战时，我把你纳入我的公司进行帮扶，给你建了果园、菜园、花园。政府见你家吊脚楼成了危房，免费给你维修，房前屋后路面都硬化了，厕所重新修整，买牛买猪送给你养,巴心巴肠对你,就差把心子掏给你吃。第三方来人考评时,你竟然给人家画上不满意。我问你,你有没有良心?你讲不讲良心?"罗半山发出一连串问。"我发展李子产业,你不配合,全组就你这块地不出租。但是,原来的路还在,你想怎么走都可以,谁挡了你的道?你分明找我的茬子。好,今天你挖了我的土,就得赔钱!"

向皮子见下不了台,开始强词夺理,于是壮起胆子说:"公安局来人普法,那个相邻关系……"罗半山打断了向皮子的话,质问道:"普法我也参加的,你也参加的,但是,既然你懂法,你不能知法犯法吧。你既然参加普法大会,为啥还挖我的土?你挖了我果园的土坎子,就是侵权。你今天必须给我恢复,不恢复也行,赔钱。否则,我们派出所见。"向皮子此时见有外人在场,便岔开话题,大声问道:"上面那位贵客,来自何方,敢问高姓大名?看你的穿着打扮,定是见过大世面之人。我就请你来评个理。他罗半山不得了,当了老板,尾巴翘上天,根本无视小老百姓切身利益。他搞果园挡了我的道,我挖个角,修条路,犯哪门子法?"罗半山见向皮子越扯越远,顿时火冒三丈,声嘶力竭吼起来:"向皮子,这一面大坡,东南北三个方向都可以走,你为啥偏偏朝西走,而且非要朝没有路的地上走?"罗半山气得语无伦次,说完话伸出右手揉了一下鼻子,脸上划出一道泥痕,转身对着杨心说:"杨总,你眼见为实,他向皮子就是想占我的便宜。"向皮子见明显输了理,便坐到土堆上说:"东南北都可以走,我偏不走,就走西,我就认这条道,这是我的权利!""你是故意找茬。""罗半山,对不起了,你不让,可以,但要给我一笔钱。""想吃诈?""啥子诈哟,买路钱!"两人你一句我一句吵了起来,而且越吵越不着边际。

最后两人竟然动起手来。罗半山顺手抓起一把泥土,朝向皮子扔去,正中其后背。向皮子扔下锄头,从坎子下爬上来,跟罗半山扭打在一起。杨心和助手走向前,使出吃奶的力气才将两人分开。向皮子趁势抓起锄头,做着打架的姿势,而罗半山也不示弱,拿起一块石头,准备动手。

　　正在四个人僵持之时,突然天空中出现一道闪电,接着一声雷鸣炸响。杨心仰望天空,从东边飘过来的一团乌云遮住了太阳。突然,云层翻腾起来,天空越来越黑。第二声雷滚过之后,下起了雪粒子。

　　罗半山叫了一声:"不好,下雪粒子了,快回仓库。"说完便招呼杨心和助手回到仓库。向皮子也随后跟来。罗半山见了向皮子,气不打一处来,指着向皮子的尖鼻子说:"你说你懂法,你懂啥子法,挖塌了老子的地,还要我拿钱。"向皮子见外面雪粒子越下越大,便挤进仓库大门,又怕罗半山赶他走,便紧紧提着锄头不松手。罗半山再也忍不住,抄起一根木棒朝向皮子横扫过去。向皮子见状,双脚跳跃躲过,扬起锄头朝罗半山当头砸下,罗半山见来不及躲闪,便双手托举木棒挡住,只听得"咔嚓"一声,锄头和木棒均已折断。两人丢开武器,手脚并用,扭打起来。杨心和助手见状吓坏了,赶快躲得远远的。

　　正当杨心两人焦急万分,担心着将要发生流血事件之时,在大棚中扯苗的两个健壮的妇女跑了过来,一人抱起一个,拽倒在地。按住向皮子的妇女鼓起一对眼睛,指着向皮子鼻子说:"要打,到后山去,莫耽误老娘扯苗。"按住罗半山的妇女沙哑着嗓门吼了起来:"罗老板,你还有闲心打架?鹅蛋大的冰雹下了好一阵了,各人哭去。"罗半山此时才想起冰雹的事,冲出仓库,向李子园飞奔而去。

　　杨心紧跟着走出仓库,见地上密密麻麻堆积了雹块。追至李子园,那一坡灿烂的李花已经不见了,李子树被冰雹打成光杆杆。罗半山坐在一截枯树上,捂住脸"呜呜"痛哭。"完了,完了,李子园完了。呜呜……"罗半山边哭边说。杨心和助手则望着李子树发呆,他们都找不到合适的话开导他,没想到这山区的天气果然厉害,瞬息间把罗半山三年的希望化为乌有,面对此时此景,他能不伤心欲绝吗?

八

罗半山的哭泣如冰雹一样撞击着杨心。此时,蛮王寨在遍体鳞伤中忍受着剧烈疼痛,这片生机勃勃的李子园如战败的军队,丢盔弃甲,狼狈不堪。杨心看了看时间,从下雪粒子到下冰雹,长达四十分钟。四十分钟,鸡蛋大的冰块,足以摧毁一个李子园。杨心让助手拍下这一幅凄惨景象。

杨心坐在枯树枝上,心情沮丧。助手拍完照也坐到了枯树上。杨心忍不住对助手说:"你看看,四十分钟,无情的老天爷,就把罗半山丰收在望的李园摧毁。"杨心刚才在仓库里,没有看见这场突如其来的冰雹,她在想象着刚才的场景。鸡蛋大的冰雹噼噼啪啪疯狂地砸向李园,可怜那些毫无遮挡的李子树,在狂风恶雹下,任凭摧残。刚才还如初雪一般花枝招展令人惊艳的李园,转眼间只能看见一堆一堆的残冰雪块散落树下,李子树上伤痕累累。听着罗半山的哭泣声,杨心那颗被打磨得无比坚强的心也碎了。罗半山的哭泣声,声声如剑,穿透她的心,令她情不自禁,泪如雨下。三多集团这位新掌门人驰骋商海,经受过无数挫折打击,品尝过太多人间百味,却从未掉下一滴眼泪。在水镇,在故乡,在全军覆灭的李园,在一个男人的哭泣声中,她落泪了。这一千亩李园,是脱贫攻坚战的成果,是乡村振兴的希望,是蛮王寨村民的未来,是罗半山三年的心血。

她觉得此刻自己仿佛融进了水镇,融进了奶奶常常忆起的,也让她心驰神往的故乡,融进了这方山水。她此时已然感知到,罗半山那冷漠的外表下,深藏着岩溶一般炙热滚烫的心。男儿有泪不轻弹,只是未到伤心处。这一千亩李园,浸染了罗半山多少心血汗水,秋剪冬管,培肥铲草,如婴儿一般呵护,一天天盼望着长大,期盼着开枝散叶,花香果甜。今年进入第四年,到了盛果期丰收季,冰雹砸在李子树上,就等于砸在罗半山身上。

正当杨心陪着罗半山伤心之时,镇党委书记曾诚带着林子浩和镇里干部来了,在园子里转了一圈后来到罗半山坐的地方。曾诚举头望了望天,弯腰捡起两坨雪白的冰雹,对民政员说:"如实调查统计,今天下班前上报。"说完便默不作声,一行人站在李园边,在残酷的大自然面前,人是如此渺小无助。这场突如其来的灾难,令他措手不及。原定的"水镇李花节"忍痛取消,水镇唯一的亮点产业被整瞎,三年来,镇政府干部围绕李园产业投入的时间精力,付之东流。曾诚非常清楚,没有政府的救助,没有外资注入,罗半山就此一蹶不振。这场冰雹,对罗半山就是灭顶之灾。镇上的这个龙头企业将深陷困境,甚至破产。

曾诚书记此时跟罗半山一样,心情沉重而复杂。他弯腰扶起罗半山,轻轻地安慰道:"天灾无情,人间有爱。振作起来,我们共同面对。"随即转身对镇长郭平说:"立即通知镇村干部,到蛮王寨村委会开会,专题研究抢险救灾。"说完,见杨心站在一边,便走过去,握了握她的手说:"水镇有难,我恳请杨总参加会议,并为我们支个招。"杨心连连点头。

蛮王寨村委会坐落于半山腰上。一栋独立的砖混结构楼房,大门旁挂着村党支部和村委两块牌子,前面是一个宽敞的水泥坝子,坝子外就是连接水镇和县城的公路。两楼一底的办公室,楼下为村民服务中心兼办公区,二楼为驻村队员寝室和图书室,三楼为一间大会议室。杨心进入会议室,看见正前方主席台后墙上一排标语格外醒目:不忘初心、牢记使命。会议室的桌椅跟教室的课桌差不多大小,清一色的绿色塑胶凳。主席台上摆了三张桌子,除了位置不同,桌上多了一只麦克风外,与其他桌椅没啥区别。曾诚书记见参会人员到齐,便拿过话筒,用嘴使劲儿地吹掉上面的灰尘,开始讲话:"同志们,水镇发生了严重灾情,大家亲眼看见了。我们水镇的这场冰雹,时间长、雹块大,比较罕见。这场灾难的现场我们都看了,触目惊心啊!我第一时间向县委书记、县长做了报告,县上救援队正在赶来的路上。我现在做几项紧急安排:一是民政干部立即核查灾情,今天下班之前上报;二是农服中心牵头,联系海椒苗,迅速补栽;三是财政办筹备资金10万元,划拨给各村抗灾;四是公安部门派出所加大巡查力度,司法所快速调处纠纷,启动应急机制,将灾情引发的矛盾纠纷解决在村里。散会!"

曾诚书记话音刚落,干部们纷纷起身离开。此时,财政办主任走过来对曾诚说:"曾书记,账户上无钱。"曾诚问道:"上个月不是还有100万?""书记,各村投入乡村振兴项目,去年缺口100万,上个月经党委会研究决定,已经全部填了空缺。"曾诚一听,赶紧招呼干部们重新坐下,举起右手,狠狠地打在桌面上,接着咬牙切齿地说:"借!"财政办主任还想说什么,被曾诚示意打住。"我们绝不能让罗半山倒下,我们绝不能让水镇的龙头企业垮掉。就是砸锅卖铁,也要渡过这个难关。"曾诚说完,突然站起来说:"我捐出一个月的工资!"

会议室顿时鸦雀无声,没过多久,镇长郭平站起来说:"我跟了!"林子浩也毫不犹豫跟了,很快,镇干部、驻村队员全部跟了。

坐在主席台上的杨心,此时已被这群人血性的举动震撼,她从未见过如此场面,这分明就是与水镇共存亡,这分明就是在用血肉之躯与无情的苍天做殊死的搏击。她再也无法控制住自己,她也是水镇人,水镇的灾难当然就是自己的灾难,岂能袖手旁观!这位三多集团的董事长,从小生长于深华市,没有关于水镇的故乡情结,而故乡的人也根本不认识她,她只是一个根在水镇的外乡人。杨心是一个真正的有实力的企业家,此时大家却没有一个人关注她,没有一个人向她请求。他们瞧不起杨心吗?不,这是水镇人的气节,他们遭受大难,宁愿自己扛下,也不愿意让一个游子,一个外来人承受。此时,杨心内心充满矛盾。她是外人吗?不是,她是地地道道的水镇人。是水镇人吗?却连故乡长什么模样都不清楚。她生在大城市,长在大海边,也没有回来过,她还有一份故乡的情怀吗?显然水镇故乡,已经被深华第二故乡取代,故乡对她而言完全是陌生的,要不是为了满足奶奶的心愿,她恐怕这辈子都不会回来。所以,她完全没有必要为遥远的水镇操心,为故乡的一个灾情挂怀。可是,今天发生的事猛烈地撞击着她的心。刚才镇干部们的举动让她心灵震颤。这群人,多数不是水镇人,铁打的营盘流水的兵,他们只是暂时驻守在水镇,可是,他们能做到与水镇共存亡,作为水镇人,她为何做不到呢?刚才大家捐款的那一幕,深深地打动了杨心那一颗早已被锻造得刚硬的心,此时,她感觉自己飘浮游荡的灵魂,在水镇、在这个令她陌生的故乡,找到了安放之地。于是她站起来,看着焦急万分的曾诚说:"三多集团决定向半山农业融资500万元,董事长杨心个人,向水镇人民政府捐款100万,明天上午到账。"杨心说完就跟随曾诚走出了会议室。此时,会议室的人不约而同地看向杨心,接着爆发出雷鸣般的掌声。

杨心回到三多旅社,跟奶奶讲了今天发生的事情。

杨素心疼地看着杨心说:"孩子,你做得对。咱们做人凭良心。事发紧急,水镇损失惨重,三多集团理应伸出援手。融资500万给罗半山的事,由奶奶出面,奶奶这张老脸还能换来这笔款子。"杨心当然相信奶奶的影响力,奶奶是三多集团的创始人,虽赋闲在家,但在股东们的心目中,她仍然是他们的主心骨。杨素拿起电话,开始联系融资的事情。

一通电话后,杨素对杨心说:"杨心啊,奶奶是不是自私呢?我把你带回水镇,而水镇跟奶奶有关系,跟你没有任何关系。"杨心淡淡一笑说:"奶奶,我给您说实话吧,水镇给我的印象太差,到这种地方投资,就是砸钱。我的投资计划书连我自己都没有说服。董事会搁置再议,当然在预料之中。"杨心把声音压得很低,因为她害怕伤害了奶奶,因为在奶奶的心中,水镇是伟大而神圣的,是不能被冒犯的。奶奶常说,喝了龙河的水,走到哪里都是龙的传人。杨素见杨心没精打采的样子,就知道杨心的心思,于是开导起来:"你和罗半山离开后,董事会秘书也向我通报了会议结果,你的投资计划书被搁置再议。但是,搁置再议不是被否决。正如你刚才所说,你都没说服自己,怎么能说服集团高层?"听了奶奶的话,杨心仰起头,甩了一下压在额头的长发,说:"奶奶,可就在今天完全变了。我看到了水镇的希望。"杨心说得斩钉截铁。

杨素明白杨心的意思,在水镇这几天,杨心原本就是陪奶奶回老家走走看看,了却一个心愿,顺道到乡下散散心。生活在大城市的杨心陪奶奶来到水镇,陪着奶奶住三多旅社,吃三多面三豆饭,就是一种历练。但是,杨心也是为了奶奶,再苦再累,她宁愿忍着。蛮王寨原本是杨素要去的地方,那里有冉来香,有父亲、弟弟,即使都已成荒冢,只剩下眼泪与叹息,但是,杨素也想去看看。杨素年事已高,这一次回乡,恐怕就是她最后看一眼故乡了。杨素怎么不清楚,深华与水镇,天差地别。但是,这个水镇,这些人,这些事,开始牵动杨心的神经,她为之感动,为之震撼。刚才杨心说,她找到投资水镇的理由,这句话,杨素虽然无法肯定,但给了杨素心灵巨大的安慰。这次水镇之行,给杨心带来的变化,显然让杨素欣喜万分。作为民营企业家,引领企业发展40年的掌门人,她有多年征战商场的经验。她深知,企业精英们宏阔的视野,将决定企业的高度。

杨素把思绪拉回到三多集团。三多集团旗下的房地产公司,近几年,市场萎缩迅速,而且大城市房地产饱和,房地产企业都在苦苦挣扎,供给侧结构性改革,公司也进入转型期,而融入乡村振兴,实现从大城市向大农村,从沿海发达地区向中西部欠发达地区的转移,这本身就是三多集团在苦苦寻找的路径。未来的路,杨素在寻找,杨心在寻找,三多集团也在寻找。那么,水镇是否能成为他们的契机?

杨素让助手开车出门,她要再看看故乡的这次特大灾难。路边依然堆积着一团一团的冰块,农舍屋顶被冰雹砸得稀烂,残花败叶掉落一地。坐在街沿上的老人,一脸仓皇之色。那如初雪一般的李园,瞬间消失,树叶李花掉落一地,那些躺在地上的李花还倔强地散发着幽香,杨心不敢再看下去了,心里隐隐作痛,立即让助手开车回旅社。

"这就是我魂牵梦绕的故乡吗?"水镇的过去如电影一样在杨素脑海里闪现。多年来,她并未辜负时光,然而却离故乡越来越远。杨素在哀叹中沉默着。"故乡呵,我的母亲,久违的女儿回来了,你究竟怎么了?为何老天要在我回来的时候癫狂,要毁灭故乡在儿时的美丽记忆?为何故乡总是把浑身疮疤呈现于我的眼前,难道是要让我这个不孝之子来分担故乡母亲的痛苦吗?"

杨素回到旅社,也没有心情跟杨心交流。杨心此时坐在阳台上,望着劫后余生,仍在风中摇摆抗争着的几棵李子树发呆。"我为什么要选择投资水镇?"昨晚深华总部发来的邮件,已经明确告诉她,水镇投资计划书"搁置再议"。杨心在三多集团旗下的市场部当经理时,设计过无数投资方案,攻下无数坚固堡垒,为三多集团开疆拓土立下了汗马功劳。但是,这次陪奶奶回故乡,兴之所至草成的投资计划书,却未获通过。她郁闷恼怒,无法接受。方案被否决,意味着投资水镇的计划落空,意味着奶奶的心愿未了。初心与现实形成的强烈的撞击力,让杨心心烦意乱。

杨素坐着轮椅轻轻地来到杨心身边。杨心,你还记得总部大厦前的石头上刻下的八个字吗?"杨素见杨心脸上阴云密布,便试图开解。

杨心被奶奶的话拉了回来。"当然记得:脚踏实地,敢立潮头。"杨心回答。

"对,脚踏实地,敢立潮头。要真正理解这八个字的深刻含义。民营企业,不脚踏实地就会被风浪击垮,不敢立潮头就不能引领时代。所谓长江后浪推前浪,逆水行舟,不进则退,说的就是这个理。"杨素解释着。

"奶奶,当年成立集团公司时,您题写的八个字,杨心谨记。"杨心的话让杨素格外高兴,她脸上露出了笑容,说:"三多集团从一家三多面馆起家,靠房地产崛起,在旅游电商中发展壮大。这是国家强大带给三多集团的巨大红利。敢立潮头,就是要紧跟时代步伐,敢于融入国家战略,在拼搏奋进中取得双赢多赢共赢的业绩。"杨素回忆三多集团的创业史,目的就是以史增信,鼓舞杨心的斗志。而杨心在奶奶的开导中也在努力寻找答案。

三多集团与乡村振兴应该衔接起来,要敢立潮头,这个信念,在杨心的脑海中逐渐清晰和坚定。那么,如何找到切合点呢?见杨心不说话,杨素哈哈一笑说:"企业掌门人是企业的晴雨表。她是晴天,企业就是晴天,她是阴天,企业就是阴天,她是雨天,企业就是雨天。"杨心顿时明白了奶奶的良苦用心,于是笑着说:"奶奶您放心,孙女再补充一句,哪怕杨心遭受阴雨天,也会让三多集团保持晴天。"杨心望着慈祥的奶奶,调侃起来:"我一定像奶奶一样,忍辱负重,扛起三多集团,让它永远是晴天。奶奶,您就想把孙女变成您!"杨心说完两人开怀大笑起来。

杨素兴致不减,她虽然九十五岁了,只要谈及企业发展的事,她就非常兴奋。"奶奶始终反对搞运动式的投资,那是极不冷静的投机行为。但是,善抓商机,乘势而上,敢立潮头,这是企业优良的品质。这次集团董事会研究你的水镇投资计划案,有的股东反对,理由很简单,盈利,是企业生存发展的根本。奶奶必须提醒你,股东的意见不无道理,他们都是为了三多集团。奶奶也为三多集团有一批冷静的精英管理人才感到欣慰。你不能感情用事,更不能为了满足奶奶的心愿,便不顾一切建议。咱们要把理由找充分,这个理由就是能形成团结战斗力的思想基础。杨心,奶奶还要告诉你,作为企业领头人,还必须具备过人之处,那就是善抓商机,乘势而上,机不可失,失不再来。这个话,就是奶奶一生创业的体会,也是三多集团的竞争法宝。"杨素讲完,杨心追问道:"愿闻其详。"杨素接着说:"融入国家战略,在双赢多赢共赢中,寻找契合点,找准突破点,形成引爆点。"杨心冰雪聪明,早已洞悉奶奶的心思。她暗自佩服奶奶,九十五岁高龄的老人竟然还在研究国家政策走向,甚至能探讨高精深的前沿理论。

"投资水镇,就是打造民营企业与乡村振兴相衔接的精品案例。"杨素这句话让杨心兴奋起来,她说:"奶奶,我补充一下,三多集团敢立潮头,开辟了乡村振兴的新领域,开创了乡村振兴的新模式。"

九

　　三多集团对水镇遭受百年不遇的冰雹灾害一事特别重视,在接到杨素的电话后,集团董事会秘书处调取了相关气象资料,杨心也将自己拍摄的灾情照片连同镇上的统计报告,悉数提交。集团董事会当夜紧急开会研究。第二天上午,对罗半山的融资款500万元到账,作为三多集团的创始人杨素对家乡的一份回馈,也了却了她多年的心愿。她知道,启动这样的紧急磋商机制,三多集团还是第一次。

　　这次回乡探亲之行,对于杨素来说,寻找乡愁的同时,也看到了故乡水镇与深华市的巨大反差,看到了沿海发达地区与中西部欠发达山区农村的不平衡。这些天她在调研,也在思考。脱贫攻坚战,消除了农村的绝对贫困现象,拔掉了穷根,补齐了与中国小康社会极不协调的一大短板。但是,却没有从根本上消除城乡之间、沿海与内地之间的显著差别,这就是乡村振兴的历史性任务。

　　杨心同样在激烈地斗争着。她回到水镇的这些天,从南方的大海边,来到万山丛中的大西部,从大城市来到一个偏僻落后的小山村,她接受着那些仿佛一下子跳出来的方方面面的信息。这些信息猛烈地撞击着杨心的脑细胞。乡村振兴,究竟振兴什么?怎么振兴?为什么罗半山会说投资水镇没有一个村民替他说过一句好话?为什么向皮子会那么缠斗?为什么铁炉子一位活了近乎一个世纪的人,依然对从前地主家的小姐如此情深义重,见了杨素如见主人,尚行下跪之礼?为何水镇杨、向两大家族有世代仇怨?还有三多桥的爱情,三多面的趣闻,曾城书记、林子浩队长的临危不惧、挺身而出等等,萦绕在她心中的问题一个接着一个,她必须找到相应的答案。于是她决定带着奶奶回深华,暂停对水镇的考察。

用过早餐后,铁炉子和村支书杜鹃来告辞,接着罗半山也来了,他依然是一脸冷漠,不善表达,仿佛那些感激的话,是从牙缝里挤出来的。但是,此时的杨素依然看出,罗半山的心事写在脸上。罗半山呢,对杨素、杨心的戒心,以及杨家祖先的纠结,早已经被杨素和杨心的善举融化。他此时就想跪下叩头,以此感激救命之恩。

罗半山离开后,杨心跟奶奶聊起了自己见到的那场纠纷。对于罗半山与向皮子之间的过节,杨心并不了解,但就当时发生的事而言,向皮子有明显的过错,挖人家的田边地角,还振振有词,绝不妥协,而且竟然为这点小事大打出手,甚至不惜以命相搏,这究竟是什么原因?杨心没想明白,杨素似乎不愿多说。

祖孙俩正交谈时,镇党委书记曾诚、驻村队长林子浩到访。金幺妹见镇上的一把手来了,便急忙上楼,打开一间小客厅。曾诚书记没有坐下,而是到了杨素的房间,把她扶到轮椅上,跟杨心一起来到客厅。杨心看见金幺妹的客厅里摆着三件套沙发,一张玻璃面茶几挤满了全部空间,房顶安装了一盏大吊灯。金幺妹打开吊灯,房间顿时亮堂起来。杨心看出金幺妹的装修风格有些不伦不类,沙发、吊灯是大号的,这代表金幺妹进过县城,见过大世面,至少参观过县城宾馆,家具和灯饰是城里的,但装修风格却是水镇的。墙面只刮了一层白涂料,地面安了一层瓷砖,简单做了个踢脚线,没有做吊顶,这样的客厅在杨心眼里是简陋的,但是在金幺妹眼里是豪华的。打开这间房,就是想把最好的一面展示出来,给镇上的一把手留下好的印象,指望他以后能多照顾生意。看见客人坐定,此时刘少年也提着水壶,拿着一叠碗上来,站在门外不敢进来,他怕跟当官的打交道,便干咳了一声,喉咙里有痰,不敢吐,就咽下肚去。金幺妹厌烦地接过水壶,示意刘少年下楼。她摆上几只小土碗,麻利地泡上阴米茶,笑嘻嘻地招呼一声,也小心翼翼退出房间。金幺妹这个动作,又使杨心想到城里大饭店的服务员,心里觉得别扭,只想笑。但是转念一想,这金幺妹是真诚的,她在用最高规格最高礼节接待客人。

曾诚待金幺妹离开后,便望着杨心满脸感激地说:"镇上的事多,这两天又忙于救灾,没有时间专程陪杨总一行考察调研。首先,我代表镇党委政府,对三多集团快速融资捐资,解水镇燃眉之急的义举表示真诚的感谢!其次,水镇条件差,三多旅社就是水镇最好的招待所,生活工作多有不便,镇里却无能为力,请杨总一行海涵。再次,乡村振兴进入全力推进期,热诚欢迎民营企业回乡投资,共同建设美丽水镇。"杨素听完略有所思,然后一脸严肃地回答说:"曾书记言重了,我年事已高,一直想回老家看看,却不料遇到天降冰雹。灾难总是相连的,老天爷安排我祖孙回乡,恰巧遇上了这场冰雹。是福不是祸,是祸躲不过。40年了,也到了我们这些游子回报的时候了。"曾诚听了,甚为感动,从手提袋里取出几样东西放到茶几上说:"奶奶,你们明天就要回深华,这是您喜欢吃的水镇三多面、三豆饭的原材料,我早上起得早,到菜市场转了一圈,买齐了。土鸡蛋、牛羊肉、土豆、四季豆、嫩胡豆,这些都是绿色环保蔬菜。奶奶不要嫌弃,请带回深华。您对水镇情深义重,我们铭记于心,小小礼物,不成敬意,万望笑纳。"杨心开心极了,莞尔一笑说:"曾书记费心了,这些蔬菜都是做三多面、三豆饭的上等食材。奶奶,您看,我们就收下吧。"杨素笑着点点头。

一阵客套之后,曾书记话锋一转,直奔主题。"水镇的地理位置处在大西部大农村,属于典型的山地,脱贫攻坚战时,曾被划入武陵山集中连片特困地区,国家实施精准扶贫精准脱贫战略,消除了农村极端贫困现象,能站起来的扶他们站起来,不能站起来的,政府低保兜底。总之,让老百姓不愁吃不愁穿,教育医疗住房饮水有保障。可以这么说吧,过去缺粮断顿的日子一去不复返了。但是,西部与东部相比,大农村与大城市相比,差距还是很大。杨总,你们这次回水镇,想必已经深有体会吧。"曾诚书记说完,杨心点了点头。曾诚则继续介绍道:"就你们住的这家三多旅社,是目前水镇最好的宾馆,楼下的三多餐馆,就是最好的饭店。这样的条件,别说跟沿海大城市比,就是跟县城也没法比。"

林子浩听到这里,也明白曾书记想要表达的意思,于是插进话来:"国家显然已经看到这个短板弱项,正在想办法补齐。脱贫攻坚战,让缺吃少穿的贫困户站起来,过上正常人体面的生活,这是一项了不起的民心工程,是伟大时代才有的伟大事业。"林子浩说到这里呷了一口水,然后继续娓娓道来:"乡村振兴,则要求高质量发展,高品质生活。国家正在花大力气,一步步改善改变农村面貌,缩小城乡差别。但是,这个进程异常艰难,要调整改变城乡二元结构,谈何容易。或许可以这么讲,比脱贫攻坚战更加艰巨。这就是国家脱贫攻坚战后,义无反顾地接着进行乡村振兴的道理。只有这么坚持不懈的努力,我们才能彻底改变发展不平衡、不充分的现象。"

杨素听了林子浩的话,也不无感慨。这次回水镇,她显然已经感受到了,改革开放几十年,一部分地区、一部分人,已经富起来,强起来,但像水镇这样的地方,却明显落后。曾书记、林子浩说得好,水镇不仅没法跟沿海大城市比,也没法跟近在咫尺的县城比,这就是水镇的现实。但是,我的家乡水镇,你得赶紧跟上新时代的步伐,你绝不能在历史潮流中停滞不前。杨素想到这些,便看着林子浩说:"东西部差距,城乡差距,这是历史形成的。历史拉开的这道巨大的沟壑,也必然需要时间去填平。"

杨素说到这里,突然想到罗半山,那位在水镇办企业,搞得焦头烂额的企业家。"罗半山目前还好吧?"杨素问道。"罗半山的半山农业主要经营海椒、李子项目,做蔬菜水果生意。罗半山是蛮王寨上的人,脱贫攻坚战期间,镇里动员他回乡投资办产业,带动贫困户增收致富,为贫困村脱贫摘帽,发挥了重要作用。水镇偏僻落后,招引不来企业,目前为止,他的公司是水镇唯一入驻的民营企业。本来李子园今年开始盈利,可又偏偏遇上天灾。"曾诚说到这里,暗淡的眼神突然放出光亮,望着杨心:"要不是三多集团救命,他就完了。"

聊到罗半山,杨素又想到向皮子来。从杨心的描述中,杨素了解了这个人的一些情况。此时曾书记在场,正好摸一下底。于是杨素问道:"曾书记,你认识蛮王寨的向皮子吧?"曾诚一听皱了几下眉头,欲言又止。杨心猜到了曾诚的想法,她此时也想得到一个答案,便把罗半山的抱怨直截了当说了出来:"罗半山说过,他在蛮王寨办果园,没有一个村民替他说过一句好话。这是真的?"曾诚欲言又止。杨心见此便直接问道:"曾书记,蛮王寨村民素质如何?"

曾诚其实也是个直肠子,便竹筒倒豆子:"罗半山已经有了很深的感悟,这做城里的生意跟做农村的生意大不一样。罗半山回到水镇,签订了土地流转协议后,就多次想反悔。他的确跟我抱怨过,远香近臭,在城里做,乡里乡亲倒还客气,自从回到水镇,却像下了老荒田,满脚的蚂蟥,这家安了那家起事,那家摆平这家闹。好处得了不少,还真就没人替他说过好话。罗半山多次找我诉苦骂娘,说镇里忽悠他,骗了他,把他陷进汪洋大海无法自拔。"曾诚说到这里停顿了一下,喉咙里"嗯嗯"两声,继续解释道:"不过,咱们水镇人朴实,罗半山讲的没有一个人替他说好话,那是指说话的只占很小的部分,没说话的呢?你想想,没说话的人占了大头,他们把话放在心窝子,嘴上不说,心里亮堂。奶奶,我说得对吗?"曾诚特别强调了一句:"那个向皮子吧,他就是少数。"

此时林子浩接过曾诚的话,意味深长地说:"我到蛮王寨这段时间,通过接触了解到水镇的老百姓比较淳朴。多数人默默劳动,不善表达,心里却明白事理,非常善良。投资水镇,投入的不光是钱,还要投入情感,投入责任。乡村振兴,说到底,是人的振兴,变与不变,人是关键!"杨素听了林子浩的话,连连点头。

十

铁炉子为啥在杨素面前一再道歉,并且说了那"天大的难",让他悔恨一生,就是因为他的秘密行动,被杨开石发现,最终把藏身于向小坎家的杨素找了出来。

家住蛮王寨的铁炉子,突遇一场暴雨,父母在龙河边干活,被洪水卷走。铁炉子孤苦伶仃,幸被杨素发现,并带回"庄屋井",杨开石安排铁炉子放马。所以,铁炉子在杨家自然就对八小姐杨素亲近。后来杨素被悄悄沉了河,铁炉子很是伤心,却无法跟人诉说。

蛮王寨山高地广,牧草丰盛,又是铁炉子的老家,他喜欢把马赶至此地放养。让铁炉子感到奇怪的是,八小姐杨素骑过的那匹桃花马,跟他玩起了"失踪"。上山后,那马就离群,径直往山上走去。铁炉子在后紧追,中午时分,铁炉子找到向小坎家,发现这匹马藏在吊脚楼下的马厩里。第二天,铁炉子又发现那匹桃花马一到蛮王寨就发出前所未有的嘶鸣,而且站立起来,前蹄子上扬,随之又卧伏下去。铁炉子非常了解这匹马的习性,这是见到主人后的兴奋。奇怪的是,这桃花马再次径直朝向小坎家奔去。

铁炉子进入马厩,猛然看见杨素正拉着马缰绳,把头靠在马嘴边,呜呜咽咽地哭着。铁炉子吓得魂不附体,以为撞见了鬼,手脚并用连滚带爬地往外奔。杨素见是铁炉子,就忙叫住他,把他带进房间。铁炉子仍然惊魂未定,说话的声音都有些颤抖。"小姐,您拉一下我的手,我不知您是人还是鬼。"杨素看着满脸惊恐的铁炉子,反倒笑起来,说:"铁炉子,你的八小姐福大命大,没有死得成,小坎哥的妈妈救了我。"杨素说着拉住了铁炉子的手。铁炉子也感觉到了杨素的体温,于是跪倒在杨素脚下大哭起来。"小姐,你命好苦啊。听说您被那个该死的尿罐沉了河,第二天,我就沿河找,找了三天,没见人,也没见尸骨,我只顾伤心了,万没想到小姐还活着。在水镇,被关进猪笼子沉河的,就没有人活下来,小姐,您是铁炉子见着的第一个大活人啊。"

杨素此时才想到正事,于是告诫道:"铁炉子,你既然知道我活着,知道我现在的住处,就要替我保密,绝不能告诉任何人。今后更不要来小坎家里找我。如果你要我继续活下去,就得这么做,明白吗?"铁炉子连连答应。杨素还是不放心,她知道铁炉子绝不会放下自己不管的,于是叮嘱道:"我现在住在小坎哥家很安全,这里单家独院,离大路远,只有小坎哥的妈妈和弟弟在家,我在这里等小坎哥回来,然后接我出门去。只要离开水镇,我就安全了。"杨素最后特别严肃地告诉铁炉子说:"我们今后都不要见面了。"说完就要铁炉子离开。铁炉子此时却是千万个舍不得,不愿走。杨素好说歹说,铁炉子才牵着桃花马走了。

可是铁炉子还是个孩子,自然不清楚八小姐如今的处境,他每天都跟着桃花马来到向小坎家附近,在吊脚楼的周围转悠,甚至到屋檐下坐一坐。向小坎妈妈看见铁炉子,就拿着竹竿撵。铁炉子是个聪明的孩子,他跟向小坎的妈妈套近乎,甚至帮忙干一些农活。向罗氏想着这孩子放马无聊,或者就为讨一碗饭,就没往心里去。而杨素看在眼里,急在心里,她当然知道铁炉子是来陪她的。但是,铁炉子冒冒失失的举动,可能会暴露她的行踪,使她处于危险中。杨素明白,如今藏身小坎家,小坎和父亲外出谋生,杳无音讯,向罗氏带着二儿子,日子本来就过得苦,如今天上掉下个儿媳妇,生活的压力,尤其是精神压力是可想而知的。要是再遭遇不测,仅凭向罗氏一人之力,那是断不能挽救的,还会让妈妈搭上老命。杨素清楚,而且早已领教过杨开石的凶残。杨素此时的心情是复杂的,她思念小坎哥,要是小坎能回来,一定会带她离开这个伤心之地,即便跟随小坎浪迹天涯,她也不害怕。可是,小坎哥,你如今在哪里?你什么时候回来?你心爱的人此时正在落难,肚子里的孩子一天天长大,难道你就没有一点心灵感应吗?

杨素因为思念,而感到无助;因为无助,而倍感孤独。所以,她虽然明知自己身处险境,绝不能透露自己的藏身之地,却仍然希望铁炉子来看她。铁炉子是她在危难中唯一能见面的杨家人,甚至她希望铁炉子能帮她。她虽然和父亲杨开石有着深仇大恨,杨家庄园森严壁垒,父亲冷酷无情,重男轻女,但是毕竟杨家才是她的家,是生她养她的地方,那座豪华的西式庄园里,还有妈妈,还有花草果树,还有她住过的阁楼闺房。要是自己顺从父亲意愿,不挑战和撼动那座庄园的权威,杨素还是幸福的八小姐,也一定坐在舒适的教室里,聆听老师的教诲。但是,这一切都已失去,她生来就不属于这个家,她已经死过两次,像牲畜一样被抛弃过两次,如今她已跟杨家情断义绝,即使杨开石不杀她,她也会背叛和逃离。此时的杨素,并不是对杨家、对父亲有指望,她明知铁炉子的到来就是危险的信号,却仍然想见他,想听到他的声音。

铁炉子对杨素是忠心的,只要是关于杨素的事,他桩桩件件都记在心上。杨母清理杨素遗物时,曾把一对枕头留下。铁炉子当时没在意,现在见小姐还活着,便自然想到那对枕头。这是八小姐留在杨家唯一的东西,现在应该物归原主。铁炉子趁杨母到金刚寺上香的机会,便偷偷溜进卧室取走了枕头,当天便送给了杨素。

这是一对青布枕头,杨素的妈妈在上面绣了一只秋沙鸭。杨素特别喜爱这对枕头,尤其是妈妈绣的那只秋沙鸭,活灵活现,每晚她都会摸着小鸭进入梦乡。铁炉子送来了枕头,杨素一阵激动,抚摸着一对小鸭子不肯放手。突然,杨素看见枕头上有泪痕,鼻子一酸,难道妈妈还在想她?还在用自己的枕头睡觉?确实如此,这对枕头是女儿杨素的唯一念想,母亲抱着枕头睡,那就是舍不得女儿,夜夜陪着女儿。

母亲的八个女儿中,只有杨素读过书。杨开石说过,嫁出去的女儿,泼出去的水,根本不值得挂怀,女儿长到十二三岁,就像赶牲口一样,早早地把她们嫁了出去。唯独八小姐杨素,媒人上门几次,都被她挡了回去。母亲最喜欢的女儿就是杨素,她喜欢杨素刚强的性格,好学上进。她凭自己的努力,考上了县城中学,她不想嫁人,不想被父亲瞧不起。母亲仿佛看见自立自强的女儿走出大山,走出这座庄园,她一辈子都得不到的东西,希望女儿能得到。母亲曾经说过,正因为有了杨素,接下来才生了儿子,为杨家续了香火,母亲在杨家才有了地位,杨素简直就是妈妈的救命稻草,是杨素带给杨家的福分,是杨素让母亲活得有了尊严。杨素看着枕头上的泪痕,知道母亲是多么疼爱自己。可是在杨家庄园里,女人只不过是用来传宗接代的工具。就是一位母亲,面对女儿的生死也无能为力,甚至都不敢多言多语。在那个漆黑的夜晚,女儿被按进猪笼抬走的那一刻,母亲的心都碎了,却也只能追出大门,呼天抢地哭喊几声,眼睁睁看着女儿被管家抬走。杨素抱着枕头,坐在床沿上,越想越伤心,眼泪扑簌簌地掉落。铁炉子不知所措,只好借故离开。

  杨母从金刚寺回家,发现一对枕头不翼而飞,便怀疑杨府进了盗贼。此事被管家尿罐上报给杨开石。

  这位被称为"尿罐"的管家,真名叫胡贵,是水镇老场上"刘八字"的徒弟,深得师傅真传。此人个子不高,却精明能干,有过人之处。他读过私塾,能识文断字,研究地理,推演算卦,此外他还精通兵法。所以,尿罐还是杨开石的军师。水镇每年都有战事,土匪抢劫,官府镇压,所辖九乡一镇,争权夺利,相互残杀,战火不断。而杨开石能够始终坐在区长的头把交椅上稳如泰山,与这位管家兼军师运筹帷幄决胜千里不无关系。

  针对夫人的枕头失窃案,尿罐自有见地,他不仅能准确判断前方战事,而且洞悉人心。他料定此事与八小姐杨素之死有关联。杨开石听了他的一番分析,开始警觉起来,他想到刘八字的卦象,却也大感不解,杨素沉河,岂有生还之理?此时,他心里蒙上了一道阴影,生怕那女鬼冤魂不散,祸害杨家。尿罐虽然有一肚子诡计,此时也是一头雾水,为何贼人单单偷了一对枕头,还是杨素用过的枕头?难道庄屋井真是闹鬼了不成?他心里其实也还是有些惧怕的。

  第二天,尿罐带着两名兵丁,尾随着铁炉子和那匹桃花马,而铁炉子浑然不知。那匹马吃着吃着草便开始离群,一直走到向小坎家里才止步。尿罐立即警觉起来,命令兵丁进屋搜查。八小姐杨素和那对枕头很快便被发现。

十一

　　林子浩壮着胆子约了杨心晚饭后到三多湖边散步。他不知道自己的勇气从何而来，而杨心竟然答应跟他到湖边走走。从旅社到湖岸大约300米行程，两人很快到达一座新修的人工大桥上。林子浩介绍道："两条小溪在此交汇，这里就是龙河干流源头。2004年建成的水库，形成了山腰上的这潭漂亮的湖，水镇人习惯称为三多湖。为了使三座屏障之间的交通便利，政府出资在两溪口上建了两座桥。杨总你看看吧，就是这两座桥，飞架在龙河的两条支流上，一左一右，如展翅飞翔的岩鹰。"林子浩边走边说，杨心拿着手机不停地拍摄着。

　　此时，夕阳在西边山岭上发出万道霞光，五彩斑斓，如一位身着盛装蹁跹起舞的土家少女。而在东边的山体屏障上，晚霞映照，农房瓦舍的墙体格外醒目，如一个个土家族儿郎，展示着强健的体魄；它们掩映在青山翠绿之中。那些散落山间的村庄，又如一本本泛黄泛红的书页，散发着书香气息。它们正静静地伫立着，目送远去的彩霞。杨心突然惊叫起来，她看见水镇新场，在霞光中如一条金丝带，漂浮在三多河岸，而此时也显得格外静谧。

　　杨心显然被水镇的傍晚迷住了，她不停地拍照，时而赞叹。欣赏完桥上风景后，林子浩带她来到大桥下的湖边。此时，天色渐暗，然而，两条深溪清晰可辨，两边悬崖绝壁，如刀削斧劈，果真如天门一般。三多湖此时也变得宁静，几乎听不到湖水拍打湖岸的声音。一阵阵山风掠过，杨心感到神清气爽，不由得坐到梯子上脱掉鞋袜，把脚伸进湖水里。凉凉的龙河水，洗涤着她的脚，像母亲爱怜的抚摸。杨心闭上双眼，尽情享受着这难得的惬意。

　　这时，巡湖的机动船靠岸。林子浩上前打招呼："能否带我们到湖上夜游?"驾船的是一个年轻人,连连摆头说:"湖大了,河汊多,航道曲折,夜里不辨方向,容易迷路。"林子浩只好作罢,转头对杨心大声说:"改天我陪你游览三多湖。"

林子浩返回到石梯上,他看见此时的杨心如一尊超凡脱俗的美人雕塑,镶嵌在三多湖岸。晃动的湖水,摇曳的树枝,飞翔的鸟儿,此时仿佛凝固、定格在这个瞬间。林子浩不自觉地拿出手机,拍下这一幅优美的画面。杨心显然还沉浸在家乡的山水中,她静静地坐着,深情地凝望三多湖。

"你喜欢水镇吗?"林子浩打破沉寂,轻声地问。

"喜欢。"杨心回过头来,脸上露出甜蜜的微笑。

"家乡留给你的最深刻印象是什么?"林子浩说完,觉得不太妥当,因为他发现自己在用老师的口吻在提问。

"拙朴率真。"杨心看着林子浩,又补充了一句,"没有丝毫的掩饰。哪怕是苦难和落后。"

林子浩听了杨心的话,想到这几天水镇发生的事,他不无感慨地说:"这是对母亲的包容。"

杨心嫣然一笑,说:"我的母亲,哪怕处在苦难中,哪怕落后,也依然是美的。"

林子浩安慰道:"多谢你对家乡的包容和热爱,你没有嫌弃,还饱含着深情,我代表水镇百姓谢谢你。水镇条件差,你和奶奶受苦了。""没有,应该说谢谢的人是我,我是主人,你们是客人。驻村驻乡队员,曾书记、郭镇长,你们都不是水镇人,却在为水镇无私奉献。就这几天,可能会改变一切。"林子浩没有明白杨心话中的意思,但是,他隐隐感觉到,眼前的这位上市公司董事长,正在酝酿着一盘大棋局。

林子浩从挎包里取出一本书,双手送给杨心说:"这是我新写的一本《人类学心语》,希望你喜欢。"杨心接过书,随手翻了几页,说:"谢谢赠书,我拿回去好好拜读。"说完就放进包里。

"林队长,听说你是博士?"杨心问道。

"由于各种原因耽误了论文,所以我还不是真正的博士。"林子浩回答。

"奋斗中的真博士。"杨心夸赞道。

林子浩苦笑了一下,摇摇头。

"你在哪里读的本科?"杨心问道。

"深华大学。"林子浩回答。

杨心一听,顿时兴奋起来,一脸惊讶,脱口而出:"我也是,咱们是校友。没有想到,竟然在水镇邂逅校友。请问,你学的什么专业,哪一年毕业的?"

林子浩抿嘴一笑回答:"2004年毕业,新闻学专业。"

杨心哈哈大笑起来:"我2005年毕业,学的金融学。你是学长,握个手吧。"林子浩却有些腼腆,这个腼腆来自内心的怯懦和自卑,尤其是在这位成功的企业家面前。

"林队长,来,咱们校友一场,握握手。这么大的人了,还害羞呀?难道我这个学妹还会吃了你?"林子浩只好伸出手浅浅地握了一下。

杨心从林子浩的羞涩中突然想到"差距"二字,读大学,有专业差距,走出社会,有成就差距。差距使人自卑,差距形成阻隔,差距产生矛盾。见多识广的杨心,哪能不洞悉人类的这个弱点。"师兄,咱们聊一聊乡村振兴吧。"杨心想转移话题。"怎么振兴?产业、人才……"杨心手扬了扬,打断林子浩的话说:"我想听一听,你从人类学角度,谈谈乡村振兴。"林子浩对这个问题有过思考,但没想到眼前的这个企业家也关注这个话题,所以甚为吃惊地说:"人类学?"杨心盯着林子浩,肯定地回答:"对!"

已经很久没有人关注和提起过人类学这个话题了,他的前妻瞧不起他考的这个专业,甚至学校都不安排他教授专业课程。虽然到水镇来自己只有一个目的,就是完成博士论文《拯救空心村》,但千头万绪,还不知道从何写起,没想到杨心偏偏问这样的问题。他埋下头,尽快地梳理着,勉强回答道:"人类学研究的就是人。我就这么直白地说吧,没有人,任何资金项目都没有意义;没有人,任何治理机制都没有意义;没有人,路、电、水、气、房、网、数,形同摆设。所以我认为,乡村振兴的首要之举,就是要把人吸引进村。振兴产业、振兴人才、振兴文化、振兴生态、振兴组织,首先得振兴人。只有人在的地方,才有经济;只有人在的地方,才有治理;只有人在的地方,才有美感。所以,我的博士论文题目为《拯救空心村》。"

  杨心听得津津有味,睁大眼睛直直地看着林子浩说:"你的研究方向是什么?"林子浩一听,就开始慌乱起来,因为他对如何拯救振兴空心村,根本没有实战经验,也没有深入研究,不知道如何回答,面对杨心,他这个博士可不敢随口说,否则就要闹笑话。他回想起这几天发生的事,感到找到了一丝线索,于是理了理思路说:"我学的是人类学,研究好人,也研究坏人。研究人光辉的一面,也研究人阴暗的一面。研究人性真善美,也研究人性假恶丑。比方说,产业、人才、文化、生态、组织都振兴了,可这个村子里的人却天天在吵架打架,你挖我的墙脚,我挖你的地边,你看不得我养了两只鸡,我看不得你养三只鸭,于是偷偷摸摸。你说,这路修好了,房子改造了,水电接进屋了,人却躺下了。人没振兴,岂不是白搞?"杨心听着,不停地点头。"脱贫攻坚战也好,乡村振兴也好,万事万物最后归结到人的脱贫,人的振兴。"杨心皱起眉头,嘴巴鼓了起来,继续问道:"人怎么振兴?"

  林子浩感觉自己被杨心穷追猛打,无处藏身,只好应对着说:"有人说人本性善,也有人说人本性恶,也有人说人有时善恶难分。不论什么人,最终走向善……"杨心打断了林子浩的话说:"师兄真是才华横溢,我自愧不如。但是,我想提醒你的是,你研究的是人回村,让走出去的人回来,充实空心村,而我研究的是人离开土地。人回来,但土地不是他们唯一的依赖。"林子浩听了杨心的话,不甚理解,于是他想听杨心的意见。

杨心见林子浩局促不安,便大笑起来说:"学长你爱学习,不断进步,头脑还没生锈。你的那些观点,经过实践证明,一年两年或者三年,就会形成学术观点,从而完成你的博士论文。师妹我不才,也有个观点,抛砖引玉,与师兄共勉。"林子浩连忙说不敢当,杨心认真地说:"我想探索的是人与土地分离。"见林子浩疑惑地望着自己,杨心继续说:"人与土地分离,就不再怕洪水猛兽,就不再遭日晒雨淋,就不再畏惧雪粒冰雹!"杨心说完,便陷入沉思。林子浩此时似乎听懂了杨心的话,回想着前几天发生的灾难,沉默不语。

突然杨心问道:"你大学毕业怎么不在深华?"林子浩回答:"为了爱情。"杨心淡然一笑说:"那你为何选择人类学这个专业呢?"林子浩回答:"为了失败的爱情。"

杨心这才认真审视起眼前这位博士,高大帅气,戴着一副黑框眼镜,文质彬彬。"这位师兄憨憨的,还挺可爱。"心里想笑,却忍住了,眼前的这位师兄显然受伤了,可不能在他伤口上撒盐。可是林子浩想把话说完,他觉得杨心是他的希望,兴许能解开他的困惑,于是坦言道:"唉,像我这个岁数的人,多少都有点故事。在杨总面前,我就实话实说吧。师兄无能,因为学的是人类学,妻子抱怨说研究人类的研究不出人民币,吵了几次,离婚了。所以我才不管三七二十一,一定要考个博士。可是博士考上了,单位找到了,才发现学校不安排我上人类学课程,安排上新闻学课程。"

林子浩说到这里,情绪瞬间跌落千丈,连说话的声音都变得低沉起来:"杨总,师兄活得窝囊,让你见笑了。我现在孑然一身,无依无靠。"稍稍停顿了一下,林子浩还是忍不住向杨心求助说:"杨总,三多集团有招人计划吗?我可以应聘吗?我现在只想找一个安身立命之所。"话说到最后,声音竟然低得让杨心听不见,头也偏向暗黑的湖面。这究竟是在跟杨心说,还是在跟三多湖说,或者在跟自己说呢?

林子浩的唐突让杨心的心里"咯噔"一下，像被什么堵了，难受起来。她被林子浩这突然的情绪和请求搞得很是尴尬，她对这样的行为是非常反感的，因为她是在逆境中打拼出来的，在三多集团坐到今天的位置上，绝不仅仅是因为奶奶的呵护，可以说，杨心的奋斗史，写满了汗水、泪水。但是面对自己的学长，又不好一口拒绝，于是她轻轻问道："你真舍得这份光鲜稳定的工作？""舍得。只要三多集团肯收留我，我宁肯辞职。"

杨心万万没有想到，帅气阳光的林队长，内心却是这般苦涩。一个男人在一个女人面前倒苦水，把原本羞于启齿的秘密向一个陌生的女人袒露，这需要多大的勇气！

本来话说到这里，就可以打住，可是林子浩似乎再也控制不住，他既是在求职，也是在倾吐心中的苦闷。"杨总，水镇发生冰雹之后，三多集团及时出手相助，让我有了希望，有了信心。我不仅看见了三多集团的责任和担当，也看见了三多集团的实力。"杨心听完，没有说话。她始料未及，堂堂一位博士，会突然向自己求职。在水镇这个山旮旯里，一个被女人抛弃的男人，一个驻村的大学教师，离开了家，离开了团队，从喧闹的大城市，到一个陌生的偏远落后之地，有这样的心境，有这样的人生之困惑，实属正常。想到这里，杨心的心里稍稍得到宽慰。水镇人拙朴率真，林子浩憨厚坦诚，杨心喜欢水镇，也喜欢林子浩的诚实。但是，她此时什么也不能够承诺，因为她对林子浩知之甚少。

杨心笑起来，说："你看看吧，水镇像一只腾飞的岩鹰，两道天门上的两座大桥，就是它翱翔的翅膀。我相信，故乡水镇跟全国的乡村一样，一定会振兴起来，奔向辉煌。"杨心说这番话，其实就是想把林子浩落寞的心绪带回到现实，他是博士，还要完成论文，他是驻村队长，肩负着乡村振兴的重任。如此这般的心境，何以承担起这一份沉甸甸的责任呢？

"我喜欢水镇的真诚。她把美丽呈现给她的儿女，也丝毫不隐瞒她的落后与粗糙。而故乡的落后与粗糙,在她的儿女们眼里,也是美的。"杨心说完高昂起头,那一双美丽的丹凤眼仿佛能看透故乡的夜晚,看透这深沉的湖水,看透林子浩颓废的灵魂。

"落后与苦难也是美吗?"林子浩不解地问道。

"是的,在我的眼里,苦难与落后也是一种美,天然的美。就像你研究人一样,人有光鲜的一面,也有低落的一面。"杨心回答。

"你是企业家,也是诗人。"

"嗯,企业家也是诗人。"

"我看你就是诗人。""敏感、冲动、理智。""你真是诗人。""都说冲动是魔鬼,可我的冲动却把一件一件不可思议的事情干成了。没有冲动,就没有激情;没有冲动,就没有成功。所以,我认为冲动是创新之母。"

此时,杨心站起来,伸出手在林子浩厚实的胸脯上拍打了一下,说:"水镇是我的故乡,可我从未回来过,故乡在我的心里,这叫乡愁。你,林队长,从大城市来到水镇。机缘巧合,你我在这里相会,像脚底下的这两条神奇的小溪,穿越群山,在水镇交汇。这就是天意。"

杨心转头望着黑乎乎的湖面说:"你和我原本就跟这黑夜一样,谁也看不见谁,与水镇毫无关系,因为乡村振兴,咱们邂逅在水镇。我不是诗人,可有一颗诗人敏感冲动的心。或许,你和我在这里,一年、两年、三年,可能会碰撞出火花,让这片荒山荒水,变成金山银山。"

杨心说完,便伸出手指头要拉钩,林子浩措手不及。杨心突然一脸严肃地说:"咱们拉钩吧,水镇需要振兴,咱们自己也需要振兴,既然来了,就不要轻言离开。"

杨心说完转身朝旅社走去,边走边说:"夜深了,回去吧,我们改天再讨论《拯救空心村》。"杨心此时像变了个人似的欢快起来,走在路上还哼唱起一首歌,清脆的声音似乎要将这黑夜穿透。太阳能路灯格外明亮,照着黑暗中的路,照着她一路前行。而林子浩却步履艰难,沉重的步子迈得缓慢。来时的激情与冲动,此时烟消云散,荡然无存。

十二

杨素和杨心走了,水镇暂时恢复平静。林子浩急切盼望加入三多集团的愿望落了空。杨心走了,也许一去不复返,这个高傲的女人,对林子浩的请求压根儿就没正面回答。眼下,林子浩只有盼望着驻村工作早日结束,回校教书。

周末了,从县里抽调来的驻村队员余春兰和邱仁义早早地回家了,村干部们去忙自家的事,村民也不会在这两天来村委,村委会突然清静了,只有孤零零的林子浩。他原本也是可以走的,但他不愿走,不能走,父母离得太远,在北方的佳木斯农村。他原来租住的房子已经退掉,没有落脚之地,回单位吧,又没有自己的课,而且此时回单位,他担心同事们、学生们会投来异样的目光。他不想走,还有一个原因,他想把驻村补贴省下,存点钱,以后还要过日子呢。博士论文,唉,林子浩一想到这个,就头疼。为了追求那个文凭,那一张纸,那一份虚荣,把家读穷了,把家读散了。现在还要继续读,还要开展田野调查,同样需要大笔经费。实在没办法,能节约就节约。村委会这间房子,虽然冷清,自己也感到寂寞,但这里就是他现在的家,至少是一个能让自己理直气壮生活下去的地方。

躺在床上,林子浩突然感觉一种沮丧。杨素、杨心虽然回水镇只有几天,但关于她们在水镇的故事,却印进了林子浩的脑海,其中就包括这三多面。他对杨素和杨心是仰慕的,尤其是对杨心,没想到她竟然是自己的校友,大名鼎鼎的集团董事长,竟然跟自己相谈甚欢。他因此对杨心是敬重的,杨心留给她的印象是美好的。可是,他没有及早明白,虽为校友,两人却有天壤之别。杨心是一轮月亮,而自己不过是一颗星星。他不该把自己的不幸遭遇向一位尚且陌生的人诉说,更加不该向她求职。显然是自己冒失了,40岁的人,如此幼稚,这么做等于掀开疮疤给人看,让人瞧不起。林子浩每每想到此事,便狠狠地抽打自己一耳光。

窗外鸟儿的鸣叫此起彼伏,这叫炸林。林子浩在床上躺了一阵儿,想睡个懒觉,但怎么也没有睡意,他干脆翻身起了床,简单洗漱一下,来到厨房。冰箱里有鸡蛋、腊肉、新鲜蔬菜,食物不缺,他准备做一碗三多面。

吃过早餐,林子浩把乡村振兴档案盒子抱到办公桌上,按照杜鹃支书的要求,在本周内要填录完全村326户1200人的信息,其中有两户七人要录入国家乡村振兴大数据平台,纳入监测户,上报县乡村振兴局。工作量很大,但这又是必须尽快完成的基础性工作。在填录这些档案的同时,林子浩还有一项特别的任务:拟制新纳入监测户的帮扶措施和家庭致富规划。所以,今天做资料,明天还得走访。

他打开盒子,把走访资料进行比对,发现有两户比较突出。一户户主为向朝伟,另一户户主为彭家声。资料显示,向朝伟,55岁,家里有个92岁的老人,卧床多年;妻子患有心脏病;有一个儿子,38岁,小儿麻痹症患者,未婚;女儿向小英,15岁,还在读书,身体状况健康。彭家声,88岁,老伴去世,儿子在邻村当上门女婿,女儿出嫁外乡。从产业状况看,彭家声养有两头猪、一头牛、两只羊、两只鹅、五只鸡、十只鸭,算得上六畜兴旺。而向朝伟家里只有一头猪。林子浩决定亲自去走访一下,因此把资料看了两遍,确保统计到了牲畜数量,这是前期村干部们"大排查,大走访"得出的结论。

林子浩放好档案盒,突然心里不踏实起来。牛羊猪鸡鸭鹅,这些几乎作为农民自给自足的商品,能进入市场销售,增加收入的有多少呢?既然不能卖出去,又何来产业收入呢?转而一想,农民不养牲畜,还不得掏钱买吗?这难道不是收入?但林子浩总觉得有哪儿不对,他想到自己的父母。父母也是农民,从小就很少见父母买过肉,尤其是鸡鸭鹅,他们舍不得花这个钱的。那么这究竟算不算产业?能否作为乡村振兴中监测户的增收项?能否作为乡村振兴的基础统计数据?如果把这些纳入统计,而且以统计数据作为达标的依据,那么乡村振兴战略究竟振兴了什么?农民养殖家畜家禽,历来有之,乡村振兴是在现有的基础上振兴,还是把原有物质基础作为振兴数据?如果这么搞,那这个振兴就是数据振兴,绝对是形式主义,对农民来说,毫无意义。

想到这些,林子浩拨通了杜鹃的电话:"喂,杜支书,我是林子浩。"

"知道啦,这周你又没回家?"

"我现在以村委为家。我想请教一下,去向朝伟和彭家声家的路好不好走?我明天去走访。"

"这两家已经纳入监测户,驻村队应该去走访,实地了解,也是对村委工作的监督。路好走,只是有点远。你明天去是吧?我今晚给组长马兹文打个电话,中午就在他家弄点吃的。""谢谢了。走访是驻村队的职责,谈不上监督,很多事,我们不懂,还得向你们学习。"林子浩想到统计的事,于是问道:"杜支书,我有个疑问,想请你解答一下。监测户家的猪牛羊鸡鸭鹅这些纯属自给自足的家畜家禽也统计为收入吗?""是的。""我觉得不妥。"

"有什么不妥?"

"我觉得这些都没有卖出去怎么能算收入?""林队长,你可能刚到农村,还没有摸透情况,你从大城市来,也不了解农村。这么说吧,你按照我交代的做,不管妥与不妥。"林子浩听了杜支书的话只能先挂了电话。

第二天,林子浩起得早,在村委坝子里跑了几圈,又在健身器材上练了一会儿,洗脸漱口后到厨房做了一大碗三多面。吃完早餐,他砍了一根杂木棍当作拐杖,主要是为了防狗防蛇。接着他换上了一双解放鞋,揣进一包饼干、一瓶矿泉水,背上挎包出发了。

今天要走访的这两家就在蛮王寨上。林子浩沿着一条狭窄的公路向上走,没走出多远便汗流浃背。于是他跑进路边的小树林赶紧脱下保暖内衣,一屁股坐到树根上休息,然后继续往前走。

刚来到蛮王寨老院子穿心大店,林子浩碰见了组长马兹文。马兹文说:"林队长,你一个人上寨子要小心点,山里没有老虎马豹,可是野猪很厉害。你走访完后,到我家里吃点东西再回去。"林子浩答应下来。

他看了看四周,晴朗的天空下,群山苍茫,浩浩荡荡,周围青松翠柏,吐发新枝,万物复苏,郁郁葱葱。然而,偌大的山梁之上竟然看不到多少人类活动的痕迹。公路两边被杂草包围,已经看不见路肩。房子隐藏在树荫里,不走近就不知道这里还有院落。很多人家早已搬走,房屋年久失修,破破烂烂。有的街檐下长出一人高的蒿草,还有枯死的麦秆。有的房屋歪斜着,眼看就要倒塌。这个古老的土家山寨、这个曾经热闹的聚落如今一片衰败之象。因为房屋拆毁,那块已经泛黑的打谷坝子显得宽大,两个碾稻草的石骨碌躲在坝子一角,身上已经覆盖了一层青苔。一只狂躁的黄狗在坝子边上来回走动,不时吼叫几声,却丝毫没有威力。组长马兹文告诉他,这里原来有二十几户人家,现在常住的只有两户了。这是林子浩早就知道的结果,这里就是空心村空心寨。

林子浩问马兹文彭家声和向朝伟的住处,马兹文指向西边的山坳说:"那就是向皮子家。"然后转身指向东边一条人行便道说:"从这里走,大约三里路,翻过那道棱,就是铁炉子家。"林子浩皱了皱眉头问:"彭家声就是铁炉子,向朝伟就是向皮子?"马兹文咧嘴一笑说:"正是。"林子浩也跟着笑了,但有些疑惑。

且说杨素杨心回到深华市,两人的心情都不能平静。水镇一行,短短七天时间,却似经历了惊涛骇浪。冰雹之下的满目疮痍,向皮子与罗半山的纠缠不清,镇村干部的艰苦奋斗,像电影蒙太奇在她们的脑海中不停闪现。

第二天上午,杨心回到三多集团总部,下午就召开董事会,报告了自己在水镇考察调研的情况。杨心精心制作了PPT,在电子屏幕上展示美丽的三多湖、雄奇的蛮王寨、神秘的巴人崖棺、初雪斑斓的李子林、绚丽的彩霞,把与会者带进了万山丛中的秘境水镇。一场报告会后,在三多集团内部,尤其是高层管理人中,一石激起千层浪,大家对民营企业如何深度参与欠发达地区的乡村振兴展开了激烈的讨论。

下午,杨心在总经理的陪同下,巡查完三多集团下属八个子公司后,心情又开始跌落。在建筑公司,她看见一百多辆挖掘机停放在道旁,生锈的脚手架零件堆积如山,院墙一角的盒子板早被雨水浸泡腐烂。晚上在三多饭店用餐时,杨心发现生意清淡。昔日爆满的豪华餐厅,一百多个雅间,只有不到一半的客人。大门口的迎宾小姐虽然也穿着红色旗袍,却看不出昔日那样的春风满面。客人大幅度地缩减,利润直线下滑。如此惨淡经营,如何支撑三多饭店呢?稍稍让杨心宽慰的是,两家电商公司、三家物流公司,呈现出忙碌景象,这些新兴产业,如今支撑起了三多集团半壁河山。

吃过晚饭,杨心回到奶奶居住的海滨别墅。走进后园,看见奶奶坐在椰树林中望着大海。杨心知道奶奶此时正在思念故乡,思念三多湖。人老了,乡愁会更浓。

杨心轻轻走到奶奶身边,在一张沙滩椅上坐下,奶奶转过头微笑着说:"你回来啦?"杨心拉住奶奶的手说:"奶奶,这次水镇之旅,您的大脑里是不是又有了智慧闪现?"

杨素拍打着孙女的手说:"杨心,公司一定有事吧?"

杨心甩了一下头发,然后抱怨起来:"只有奶奶能洞悉我的心事。在水镇,我有冲锋陷阵的冲动,回到三多集团,我就垂头丧气。"

杨素叹了一声气说:"三多集团面临着巨大挑战。"接着她端起杯子喝了一口牛奶,略有所思,然后看着大海说:"三多集团与深华一起成长,它是深华市,也是中国改革开放的见证者、实践者。深华有一颗坚强的心脏,如大海一样辽阔深邃,这也是三多集团应该具备的品质。回顾三多集团走过的路,可谓一路高歌,一路坎坷,苦难与辉煌相随相伴。依托三多饭店、三多建筑,我们淘到第一桶金,奠定了坚实的基础;依托三多国际旅行社,我们拓展了发展空间,塑造了三多品牌;现在,我们依托三多电商、三多物流,开辟了新的领域。去年,三多集团设立了历史馆,我觉得很好,你办了一件大事,展出了三多集团的历史,展出了三多人的创业创新精神。三多集团的每一次突围,都是一场激战、一场革命。"

杨心点点头,端起杯子喝了一口牛奶说:"勇立潮头,是三多人的精神。"杨素伸出左手理了一下头发,对杨心说:"三多集团一直与国家战略同频共振,可是最近这些年,我们的思维开始僵化,没有与时俱进,以至于造成如此被动的局面。杨心,你要牢记,脚踏实地,勇立潮头,这是三多集团走过的路,也是三多集团一条极其重要的成功经验。"

杨心听了奶奶的话皱起了眉头,陷入了沉思。如今的三多人怎么了?究竟是躺在功劳簿上睡大觉,还是应该注入新鲜血液?三多集团的依靠力量在哪里?片刻后,杨心突然站起来,走到奶奶身后,轻轻按摩着奶奶的肩膀压低声音说:"奶奶,您说的话,就是一针见血。我在水镇,豪情万丈,思潮起伏,回到三多集团,就心情低落,毫无斗志。公司职工缺乏创新活力,缺乏创造动力,我和他们成了一具具僵尸。"杨素的脸色变得凝重起来,说:"三多集团早晚会被这些人耗死、困死、拖死。"杨心停下手,走到一棵椰子树下。此时,一群海鸥飞过,杨心双手按住胸口,紧闭双眼,听着一阵紧似一阵的浪涛声,默念道:三多人到了拉出去的时候了,拉到那一片片火热的战场。我要像奶奶一样,勇敢地带着三多人勇立潮头。

天色开始暗淡下来,海风轻轻地吹着,杨素感觉到一阵凉意便拿起外套披上。杨心从挎包里拿出林子浩的《人类学心语》翻阅起来。

奶奶问道:"杨心,你最近读什么书呢?"杨心把《人类学心语》递给奶奶说:"这是林队长写的,我读了几章,感觉不错。"奶奶看了看封面连连说"好"。杨心见奶奶开心,于是接着说:"这次回水镇,我还有一个意外收获就是认识了林队长。奶奶,您猜猜,他是哪所大学毕业的?"杨素哈哈一笑,摇了摇头说:"这么多大学,你叫我怎么猜呢?"杨心嫣然一笑说:"深华大学,我们是校友。"杨素一听便停下正在做伸展运动的手臂说道:"林队长还是位博士,又写了书,这个小伙子挺不错的。"杨心眨着眼睛对奶奶说:"三多集团要勇立潮头,就得不断吸纳新鲜血液,像林队长这样的人才,就可以招录一批。"杨素哈哈大笑起来:"杨心,林队长可是人才呀,但是,他是驻村队长第一书记,在乡村振兴的推进期,可不能动摇他哟。"杨素说完就眯起眼睛看杨心。杨心知道奶奶一定会催她交男朋友了,于是脸上燥热起来,但还是接着介绍起林子浩来:"林队长是深华大学新闻系毕业的,比我高一个年级。后来考取硕士、博士,研究人类学专业。他给我说,读书把家读穷了,老婆读跑了,现在还是穷秀才一个。"奶奶有些吃惊,嘴里咕哝道:"怎么回事?""哎呀,人家嫌弃他穷酸吧。""林队长可是又高又帅,又是博士,怎会被人嫌弃呢?""是的,师兄跟我说的。我感觉他现在情绪有些低落,与其说是驻村,倒不如说是在逃避。"杨素眼睛直直地看着杨心。杨心被奶奶盯得不好意思起来,一张脸绯红。"水镇需要振兴,我看这林队长也需要振兴。"奶奶打趣地说。

杨素似乎看出杨心的心事,于是故意说:"真要招他进来,这个专业也不对口……"杨心抢过奶奶的话说:"专业不是问题,奶奶,您是什么专业呢?"杨素一听笑起来。杨心接着说:"人类学,顾名思义,就是研究人。《人类学心语》开宗明义指出,人是高等动物,智慧动物,是地球的主人,所有的文明成果为人类创造。您还会小看人类学专业吗?"杨素拿过杨心手里的《人类学心语》,读起了序言。奶奶显然已经感觉到孙女对一个男人的兴趣,读完《人类学心语》序,便对杨心说:"你都快四十岁了,为了三多集团,你牺牲了爱情。现在,奶奶想抱曾孙子了。"杨心的脸红得更加厉害,她知道奶奶那双眼睛能洞穿她的内心,这个世界上,没有人比奶奶更懂杨心。听了奶奶的话,杨心用双手捂住炽热的脸颊,此时,她才意识到,不知不觉间自己喜欢上了林队长。

  杨心思绪起伏,因为奶奶的话,她回到了过去。她出生在深华奶奶开办的三多面馆里。深华是一个在荒地上崛起的城市。哪里有在建的高楼大厦,哪里就有三多面馆,奶奶硬是把三多面馆开到一百多个建筑工地。后来奶奶不再亲自开店而是搞起了加盟店,开起了深华市第一家饭店。这就是三多集团的前身。那些吃着三多面的建筑老板,吃着吃着却成了奶奶的部下。但是,就在这顺风顺水之时,父母却遭遇车祸,撇下奶奶和杨心走了。那个时候,杨心正在深华大学读书,她被这突如其来的变故吓傻了,奶奶派车把她接回了家,那一个学期,杨心在失去双亲的痛苦中度过。坚强的奶奶没有因丧子而被摧垮,而是带着杨心和三多公司的员工马不停蹄地跟着深华一起飞奔,创立了三多集团。可是,杨心却耽误了终身大事,她没有时间谈恋爱,到了该成家之时,却发现身边优秀的男人都有了选择,奶奶给她物色的几位,她却一个也看不上。但是,她并不后悔,哪怕是单身一辈子,也不后悔跟随奶奶打天下,她决定嫁给深华,嫁给三多集团,而不是嫁给一个男人。

  杨心捂住脸,好一阵儿才松开。奶奶早已经看出孙女的情愫,这位满脑子经济指标、经济参数的三多集团掌门人此时的内心已经让一个男人闯了进来。这个男人或许就是林子浩?

十三

星期一的早上,回家过周末的两名驻村队员返岗。余春兰,来自县环保局;邱仁义,来自县税务局。余春兰比邱仁义迟到两天,她很勤快,队里有了这位女队员后,后勤事务就不用别人操心了,什么买菜呀,做饭呀,清洁卫生呀,她一个人就打理得井井有条,村委这幢小楼,比平时干净了很多。三人小分队,林子浩主外,余春兰主内,而邱仁义年龄大些,就跟着林子浩跑跑组,走访监测户,其他的事一概不管,闲暇之际爱躺在床上打"皮皮麻将"。一开始,林子浩对邱仁义是有看法的,为啥县里派一个年近六十岁的老头驻村,岂不是给村上添麻烦吗?队里的内务,尤其是填制台账、报表之类的工作,根本指望不上邱仁义,由林子浩和余春兰包了。但是,这个邱仁义脑子特聪明,记忆力超强,他对数字特别敏感。这个优点让林子浩对他刮目相看。但是,驻村队员不能只抓数据,林子浩当然也清楚这个道理。就单单抓农村工作这个方面,林子浩也无法跟邱仁义比。他甚至想,这个驻村队长第一书记应该由他来当。

三人刚吃完三多面,杜鹃骑着摩托车来了。她放好车,走近站在坝子边的林子浩说,今天上午开个村委扩大会,传达全县"撂荒地复垦"大会精神,并且要把"脱贫不稳定户""边缘易致贫户""突发严重困难户"的走访工作同步进行,还要准备迎接上级的乡村振兴中期评估验收。

邱仁义走过来,用餐巾纸擦着嘴巴说:"验收?评估?依我看,这个乡村振兴还是沿袭脱贫攻坚的那些调门,没有任何新的招数,把一个监测户养殖的鸡鸭鹅,连鸡鸭鹅下的蛋都统计成振兴数据,这叫振兴?"

林子浩眯起眼睛看着邱仁义说:"邱老头,不要随便发牢骚嘛。"

邱仁义嘴巴里"哦哦嗯嗯",扭身离开了。

林子浩为啥今天对邱老头说话不客气,他也有些莫名其妙。他对邱老头的颓废态度一直不赞成。但是,他又有些同情邱老头,为什么呢?自己不是也想逃离吗?自己不是也跟杨心求职了吗?林子浩想到这件事就非常后悔,万不该在杨心面前提出这样的请求,她虽然是师妹,却是上市公司董事长,人家可能压根就没放在心上。他吃了闭门羹,总觉得丢丑。

村委扩大会结束后,村委干部、各组组长走了,村委会又冷清下来。按照杜鹃的安排,明天就要实地踏勘"撂荒地"。三位驻村队员在办公室忙着做"撂荒地"的统计资料。

余春兰在键盘上快速地敲打,键盘的敲击声充满了狭小的办公室。突然邱老头把水杯捏在手里,开始抱怨:"农村人都进城了,土地不撂荒才怪。现在才想起撂荒地,要复垦,这不是在玩转圈聊神话吗?"林子浩在看资料没有搭腔,余春兰停下来,头也不回地说:"杜支书在会上讲清楚了的,按照农村土地承包法,长期无人耕种的土地,就得收回。"邱老头见余春兰搭话就来了劲儿:"收回?农民都不要的土地,收回来谁要?"余春兰回答道:"国家有奖补政策,我看撂荒地有人要。"邱老头把凳子往后靠了靠说:"有奖补就有矛盾。一旦这个政策传出去,今天回来个老头,明天回来个大娘。为啥?他们不争土地,争奖补。不信走着瞧。"余春兰不再说话,键盘又"啪啪啪"地响起来。

邱老头是个直性子,有话就说,往往一阵争吵过后就不再往心里去。他刚到村委时就给林子浩抱怨他的职称没解决。眼看熬到退休了,不争取一下就再没机会了。乡村振兴这个机会,就是他最后的救命稻草,不搏一搏,就只好在副科级上黯然退休。

十四

这一周来,全村都在做一项紧迫的工作,就是对"撂荒地"进行核查和整改。这个工作据说是全县一盘棋,统一行动。林子浩把这项工程视为乡村振兴的标志性工程。土地是农民的命脉,现在成了撂荒地,除了所剩无几的老弱病残孕之外,绝大多数人不会再回到乡村,更加不会光顾土地。也就是说,过去赖以生存的土地,现在变得可有可无。那么这么多荒芜的田地撂在那里,村里都没人居住了,还关注它干吗呢?但是,既然要振兴乡村,就得关注撂荒地,不然,走近寨子,看见的就是荒山野岭。那么,要振兴撂荒地,就得把荒了的田地清理出来复垦,可是谁来复垦?最好的办法就是租赁经营。林子浩也想到这一层,寻找投资商,把大片的撂荒地承租了,规模化种植水果蔬菜,或者开办养殖业,总之,这个办法不错。林子浩此时也想到了一个问题:这个撂荒地放在那里无人问津,什么矛盾纠纷都没有;一旦有人租赁,挣钱了,那些走出山野的人可能会纷纷回家等发钱。发钱不平均,甚至没发钱的会眼红发钱的,就会千方百计设堵。原本风平浪静的蛮王寨,就会风起云涌。但无论如何,振兴乡村这一步都要走。

有一个颠扑不破的真理,那就是人饿了要吃饭。那么,耕地荒芜,粮食从何而来?在繁华的大城市里,那些钢筋铁骨铸成的坚固楼房、马路上种不出粮食。

城市化进程加快,农村的青壮劳动力都进了城打工去了。这些走出去离开土地的人,有的合家迁移,有的还把老人丢在村里。这些留守老人,他们热爱土地,但是没有能力来耕种,只能撂荒。但如果撂荒地承包户不进行复垦,那么就由村里找人来复垦,租金是没有的。如果一年两年都不复垦,土地就要收回来了。一说到收回,村民的积极性自然就会被调动起来。是啊,土地搁置起来就是长草长树,不动它,权利就不失,但要调整收回,不动它,绝对不干!

　　林子浩知道,对于耕种比较大块土地的农户,通知多次都不愿回来的,村里已经在寻找合适的人来整改。因为一时找不到,这个工作只能村委会来做。但林子浩对此有点担忧,一来,由村里复垦、生产,这本身就不符合市场经济规律,村委不可能把地种好。另外,一块荒地要进行复垦,首先是打地,然后是种植,还有管理和收割,活路很多,投入很大,但村委会哪里来的时间呢?最好还是请农民自己种。另外,现才开始复垦,都快到"双抢"季节了,能种什么呢?种苞谷迟了,种海椒迟了,种黄豆迟了,种什么都迟了。在这种情况下,即使勉强把种子撒下去,种出来了,结果一算账,肯定是入不敷出。如果是这个效果,那复垦的意义又何在呢?

　　如果对这项工作没有准确的判断,到时候可能会造成损失。所以,林子浩觉得对这个问题,不能着急,要实事求是,看看其他地方的做法再说。

　　当然从根本上说,对于撂荒地的利用,因为平原和山区不同,地块肥力不同,功能不同,粮食主产区和非粮食主产区不同,不应该一刀切。平原地区土地平整,地块面积大,适合机械化耕种,撂荒地复垦是可行的。但蛮王寨属典型的山地,好田好地本来就少,其中绝大多数是零零星星开荒开垦出来的,不适合机械化、规模化耕种。改革开放后,尤其是城市化推进,从20世纪90年代起,政府又开始把这些田地退耕还林,农民至今还在领取补贴。林子浩认为,不管是从现在还是从将来来看,退耕还林的政策都是正确的。但是,乡村振兴提倡撂荒地复垦,自己的这些想法就得重新叠码。想到这一点儿,林子浩暗暗佩服起杜支书来:这个小姑娘,竟然有女将般的气派,把村里情况了解得如此透彻。

　　现在科技比较发达,对撂荒地的初步核查主要依靠卫星定位。但卫星定位的撂荒地数据和实际情况还是有出入。比如村委会所在的蛮王寨组,这里地多田少,水田很早以前都是种水稻,即使是退耕还林,这些水田也并不包括在内。前些年蛮王寨村请罗半山来种有机稻,有的农户愿意拿地出来,有的农户愿意自己种,有的干脆既不把地拿出来自己也不种,就撂在那里,把这部分水田确定为撂荒地是合理的。但卫星定位数据中的撂荒地块,多数都不是这些撂荒的水田,而是山林周围和坡地上的一些边角地。这些地都已经退耕还林了,现在识别为撂荒地,就不太准确了。

蛮王寨村位于高山上,因面积相对比较大的缘故吧,在卫星扫描数据中,撂荒地就比其他村多。所以,这项工作开展后,就落在了其他村后面。杜支书看到这个情况后开始心急。她一大早就到了村委会布置工作。村委副支书、村综合专干、村综治专干都分派了一个组。"你也来负责一个组,我配合你。"杜支书对林子浩说。"余春兰大姐,你就和邱仁义负责内勤,做资料。你把软件装一下,核查的时候要用。"随后,杜支书就把软件发给了余春兰,余春兰马上进行了安装。

"你这个组人比较少,就负责蛮王寨组吧,这个组只有六块地,任务不重。"杜支书对林子浩说。"好的。"林子浩回答。"你对蛮王寨的情况不太了解,今天我和你一道去。"林子浩点头回答:"谢谢杜支书关照。"

今天的杜支书看起来青春洋溢,她头上戴了一顶黑色的棒球帽,上身穿一件崭新的鹅黄色羽绒服,下身穿牛仔裤,脚上套着一双雨靴。杜支书拿起电话,通知了组长马兹文后就招呼林子浩上路了。

"你今天穿得很运动!"林子浩走在杜支书后面,开起玩笑。

"我不这样穿哪个行呢?"杜支书回头看了林子浩一眼,"你不晓得这些路有多难走,野草、荆棘多得很。如果穿短裤、短裙,脚颈子、腿肚子不被划伤才怪。"

"你考虑得周到。"林子浩笑笑。

"农村人习惯了,有经验。"杜支书扬了一下头。

杜支书今年三十岁出头,身高一米六,身体看似文弱,但在林子浩看来,这个女孩就是水镇女将,身上全是钢筋铁骨。杜支书今天扎着一个马尾辫,发梢上染的黄颜色还能看出来,发根处的黑发已经长出很长一截,看来已经很长时间没做过头发了。马尾辫用一个棉布包裹着的胶圈绑扎着,在马尾的根部还别着一个装饰有细白珍珠颗粒的发卡。

走了一段上坡路,来到一块儿平地上,杜支书从包里拿出一张纸,跟林子浩指看这六块地的情况。杜支书是本村人,对村里的地形地貌十分了解。她在一张纸上画了地图,标注着地块的信息。但毕竟她不是蛮王寨组的人,对具体情况也把握不准。这张地图画得特别专业。林子浩好奇起来,问道:"杜支书,你是哪个大学毕业的?"

"深华大学。""啊,深华大学?""对,深华大学,怎么啦?"

"我也是深华大学毕业的,学的新闻学,真巧,咱们是师兄妹。"杜支书非常惊讶,得知林子浩跟自己是校友,便也好奇起来:"啧啧啧,博士,不得了!""博士不是在深华大学读的。""师兄,你真行。""什么行不行的,咱们不是行到一块了吗?你现在是我的领导。"

"什么领导呢?你是博士,驻村队长兼第一书记,你才是我的领导。"

"你读的是哪个专业?""计算机科学与技术专业。唉,我就不是读书的料。"杜支书说完,用竹棍子挑起一根满身长刺的树枝,扔到路边,继续走。

到了第一块核查地附近,林子浩远远地看见马兹文组长已经在那里等候,两人变道进入了田埂小路,过了田埂就到了。

现在正值四月底,各种野草、荆棘、灌木、乔木的叶片尽情地舒展开来,争抢着跟四月羞答答的太阳进行着恋爱和交媾,积蓄养分,然后生长着、挺拔着、开放着,整个大山上的树木都显出一派郁郁葱葱生机勃勃的景象。

　　脚下就是马兹文家的麦田，这个组就只有他家里在耕种。麦子长得有两尺多高了，青翠挺拔，嫩绿的叶子向下弯曲，麦穗则像一把把利剑刺向天空，刚正挺拔。在林子浩眼里，这是一种集体的美和力量。一阵山风吹过，麦子摇曳起来，形成一层一层的波浪。在涌动波浪的同时，叶子还会出现一道道光影，这种光影还会移动，从一边移向另一边，从远处移向近处，变幻无穷。

　　进入地块，杜支书在手机上打开软件，点进工作台，选择行政区划，搜索蛮王寨组，然后要核查的六块地就显示出来了。打开第一块需要核查的地块，核查员的位置显示的是一个方向标，地块是一个黄色的图框。杜支书调整方位慢慢走近，走进图框，然后让林子浩拍照。东南西北各拍一张，拍完后上传。这个叫实地核查，主要是要让上一级检查人员能够看清这个地块的真实状况。

　　林子浩拍照上传后突然看到，在卫星航拍的这块撂荒地的旁边就有两三块更大更平的荒草地，看起来很早就处于荒芜状态了。

　　拍完撂荒地，林子浩按照要求，填写"外业信息"。这些信息主要包括地块的小地名，地块的主人姓名，地块撂荒的原因，需不需要整治，如果需要整治大概需要多少费用，等等。填完这些信息后，林子浩让杜支书和马兹文两个核查人员签字，签完字后就可以提交了，整个地块的核查工作就算完成。

　　第一块地的核查资料做完，三人回到田埂上，林子浩发现路边有一种野果子。"这是什么果子？"林子浩问。"栽秧泡。"杜支书回答。"可不可以吃？""可以，我经常吃。"杜支书边说边走下去，踮起脚跟，把一根枝丫拉弯下来，折了几枝，回到田埂上说："尝尝吧，野果子的味道。"林子浩尝了几颗，感觉又甜又酸，甜的如蜜，酸的爽心。

　　杜支书呵呵一笑说："人间四月芳菲尽，水镇野花正盛开。栽秧泡到了四月才开始挂果。你看那一树树红火的栽秧泡只有指甲盖大小，长在荆棘枝头。从成熟度上看,栽秧泡有三种颜色:第一种是黄色和淡白色,此时还没有成熟,比较硬;第二种是暗红色,此时为中等成熟,软硬适中;第三种是鲜红色,红得发亮,此时已完全成熟,很软。这片栽秧泡只有第二成色,所以你吃起来还比较酸,熟透时就是甜的。"

"听起来就好吃。"林子浩说。

"注意,小心蚂蚁。"杜支书提醒说,"因为有甜味,蚂蚁也喜欢爬上去吃。"

林子浩仔细看了看,有的栽秧泡里真的有蚂蚁。"我使劲儿嚼。"林子浩咂了咂嘴,"就是有蚂蚁,我也把它一起吃掉。"

这丛栽秧泡的果实非常多。林子浩来到栽秧泡树下,摘了两把果实放在手心里。

"好吃吗?"杜鹃歪着头问。

"确实具有一种独特的风味!"林子浩回答道。

吃了栽秧泡,大家开始寻找第二块地。

杜鹃对第二块地的位置辨识不清。经过吊脚楼的时候,林子浩看到屋檐下的向皮子正坐在那里用手机"斗地主"。杜支书大声喊起来:"向叔,你也真是的,不干活,这大白天的玩手机。请您过来一下。"向皮子走过来,跟杜支书核对地块,这个向老头头脑清晰,对组里的地块非常熟悉,在他的指点下,杜支书对这个地块的信息进行了更正。

"你这个当组长的,还没有向叔对土块熟悉,呵呵。"杜支书转头望了马兹文一眼说。"是的,分田分地的时候我还小,具体边界我是不清楚的。向皮子参加了分田分地,很熟悉。"马兹文"嘿嘿"一笑解释说。向皮子站起来,虚着眼看着马兹文说:"老子分田分地的时候,你龟儿子还在打横爬。"

三人继续向下一个地块前进。第三块地在第二块地西边大约两百米的地方,从路边下到坎下,再经过一条河沟,然后沿着一片狭长的水稻田的田埂,再往前走。杜鹃按照手机上的导航走,离地块越来越近了。他们一行绕过水田,来到山脚下。经过走位发现,图标上指示的就是山脚处的一个狭长的地块,这里坡度超过了三十度,不管从哪个角度看,它都应该是退耕还林区域,完全与撂荒地沾不上边。

杜鹃摇摇头:"看来高科技也不是万能的呀!"

"高科技?"马兹文说,"再高的科技,最后还是要人来看,所以还是人的问题。"

"对。"杜支书点点头。

这块地被航拍标识让他们觉得好笑,居然把一块大石板也标成了撂荒地。三人走累了,笑够了,于是坐在石头上休息。

四月底的天气还是有些冷的,但只要出太阳,气温就会迅速升高,此时天空没有一丝云彩,走了这么多的路,三个人都感觉热了起来,杜鹃便脱下羽绒服,拿出一包纸巾,给林子浩和马兹文各扯几张,自己也扯了一张,开始擦汗。林子浩平时也不怎么注意穿着,基本上就是一条牛仔裤、一件藏蓝色的薄款羽绒服、一双解放鞋。自从到了水镇,他就很少穿皮鞋了,进山走路就得换上解放鞋。他这副装扮跟农村人没啥区别,唯一的区别就是戴着一副眼镜,显得温文尔雅。

杜鹃的脸比较黑,那种黑明显是长时间晒的,黑里透红。她身材娇小,秀雅端庄,戴着一副眼镜,脸上永远都是挂着笑容,即使是在生气,也看不出愤怒的样子。

"你为什么不戴有遮檐的那种帽子?"林子浩问杜鹃,"再被太阳晒,皮肤就要晒伤了。"

"晒黑点儿好。"杜鹃显得很自信。

"照相吧。"杜鹃催促起林子浩。

"还照吗?都是石块怎么复垦?"

"石块也照吧,照片传上去,给那个航拍的人看。"杜支书笑得更加灿烂。林子浩照了几张,这时候已近中午十二点了,三个人决定先回马兹文家里,做一碗三多面,吃了再接着核查。

吃了中午饭,休息了一会儿,三个人继续出发。

第四块地离村委会稍远一些,从公路下到田埂小路再往前走一百五十米左右,就来到了撂荒地附近。从地形上看,这里其实是一个山洼,就是两座小山头中间的夹地。马兹文指着地块说:"就因为在山脚下,山洪冲击,这里才形成了洼地。脱贫攻坚战时,修了两口山坪塘,对山上的洪水有一定的拦截作用,还可以蓄水,到达洼地的水流并不是很大,再加上注意疏通,这块洼地才变成了水田。"

杜鹃看着手机里的显示说:"航拍的撂荒地图并不是这些洼地,而是洼地旁边的山地。"

林子浩从边上往东走,结果无法走进图圈,于是折回来后上了一个土坎再往东走,还是到不了。他再折回来,再上一个土坎,还是到不了。最后林子浩只好退回到第一次走的东边,又往前走了两米,然后很费力地爬上一个土坡,这才勉强到达了图圈的边缘。他转动着身子,拍了几张照。

这一番折腾下来,林子浩的左脚解放鞋前面被尖石头划了一道口子,大脚趾都看得见,但他还是坚持一步一步地走了下来。

荒坡地上荆棘丛生,藤条有两三米长,藤条上长满了倒钩刺,小的、中的、大的都有,大的有小拇指大小。走在地上,一不小心就会被荆棘挂着。林子浩只好站着不动,慢慢用手拿开,却发现自己已经被刺伤。在来回走的过程中,他的脚背、脚踝和小腿肚都被荆棘划伤,留下了三四道伤口。口子虽然不深,但还是渗出了血。渗出的血凝固后,形成了一道道的血痕。

旁边的杜鹃见状赶紧拿出一瓶紫药水,让林子浩擦在伤口处。

林子浩胡乱涂几下便继续赶路。杜鹃笑着对林子浩说:"林队长,你别慌走,我给你拍几张照片。"杜鹃就给林子浩的烂鞋和受伤的小腿拍了照片,然后发到了村民群里。杜鹃在照片上配上文字说明:"核查撂荒地留下的一点儿小小纪念。咱们驻村队长不错!"

三人继续向第四处撂荒地走去,那里一共有两块。

第五块地就在第四块地前面两百米左右的地方。这第一块地其实就在公路边上。杜鹃打开手机软件,林子浩和马兹文所在的位置图标就自然地框在撂荒地的图圈里了。这块地在一个小山包上,大概有七八分,公路把这块地一分为二。除了公路外,其他地方都长满了荒草。因为修公路,荒草地上遗留了不少大大小小的石子,这地方的土质已经相当贫瘠,周围虽然也有零星的庄稼地,但大部分都变成灌木林和乔木林,它也当属于退耕还林的区域。

拍了照片,三个人前往最后一块撂荒地。从一块菜地经过,再经过一片苞谷地,然后就进入山路了。山路崎岖,都是半自然半人工的泥石路。因为劳动需要,在漫长的时间里,有人用锄头挖了两锄,还有人搬几块石块来垫了一下,这样走的人多了,自然就形成了路。山路的周围都是松林和柏树林,现在是一天中最热的时候,三人走得大汗淋漓。林子浩的小腿被荆棘划伤过,汗水一出,一阵阵的刺痛。

"林队长,汗水都出两三趟了,你闻到汗味没有?"杜鹃莞尔一笑问道。

"没有。汗味?未必你平时不洗澡吗?"林子浩随口问,突然觉得唐突。

"怎么不洗澡?走户核查几乎每天都洗。"杜鹃似乎没有责怪之意。

又走了十分钟左右,在山路的旁边出现了一个山坪塘,手机上显示,第六块撂荒地的位置就在附近。

杜鹃开始寻找,很快就接近了图圈。林子浩从一边走到另一边,从另一边走回来,但一直不能很好地走进图圈。最后,林子浩来到一处荆棘丛的边上,把手伸到荆棘里,手机这时才显示进到图圈里。林子浩很费劲儿地拍了几张照片。

这里虽然是一小片平地,但它就在山坳里,是山坳的一部分,完完全全就是林地，也不知道怎么就被识别成了撂荒地。杜鹃害怕看走了眼，于是顺着一道坎子往上爬，她想站到最高处俯瞰。

突然一声惨叫，杜鹃从坎子上摔了下来。林子浩和马兹文迅速跑过去，此时她已坐起来，双手捂住脚"哎呦哎呦"地叫着。林子浩抬头看见一根青冈树桩被人砍掉后露出锋利的切面，杜鹃的脚就是被这锋利的木桩伤的。伤口很深，血流不止，林子浩赶紧拿出小刀把自己的牛仔裤划拉下来一大块，马兹文则拿出一支"毛蜡烛"按到伤口上止血，林子浩用布块捆扎起来。

"快，我背你下山。"说完，林子浩就把杜鹃拉到背上，迅速往山下走。马兹文则拿起电话拨打村卫生室曾医生的电话。不大一会儿工夫，两名村医带着担架来了，四个男人把杜鹃送到村卫生室。杜鹃看着林子浩被划破的牛仔裤，裤腿一边长一边短，忍不住笑起来。医生包扎完后，杜鹃的爸爸骑着摩托车来了，简单地问了问，就把女儿扶上摩托车，往水镇街上驶去。

杜鹃被父亲接走后，林子浩回到办公室才感觉疲乏，就在办公桌上趴下睡着了。

十五

杜支书受了伤,林子浩心里牵挂着。第二天,他在山上折了一束铁炉花,约了村医曾满山,搭乘他的摩托车到镇卫生院看望杜支书。林子浩摘的花为啥叫铁炉花呢?原来他看见杜鹃经常在山上摘回映山红,插在办公桌的花瓶中,她把开在铁炉石上的映山红叫作铁炉花。而现在正是映山红开满山的季节,于是他到树林中采了一大束,准备送给杜鹃。

上午,天气晴朗,四月的风吹在脸上,还有些寒意。曾满山的摩托车驶离村委坝子后,大约一公里的路程,在村路回头大湾上,轮子不听使唤,两人滚落到路边的草丛中。林子浩爬起来,发现只有衣服脏了,身上并无大碍,但手里的铁炉花跌落到坎外。林子浩走过去伸出头一看,"妈呀"叫了一声,赶紧缩回来了身体。原来,石坎之下是百丈悬崖,下面是幽深的龙河,刚才要是摩托车再往前翻滚一点儿,两人便会葬身于此,看到这里,林子浩惊惧不已。曾满山当然知道这段路的惊险,他爬起来,拍了拍身上的灰尘,脸上一会儿煞白,一会儿通红。他扶起摩托车,让林子浩跨上来,两人一句话没说,快速离开。

林子浩庆幸自己捡回一条命,但又可惜了那一束铁炉花。摩托车继续向前开着,到了龙河边,只见三多湖上云雾缭绕,不大一会儿,那些雾已经爬到半山腰,遮住了天空,云层之下顿时阴暗起来。"怕是要下雨了。"曾满山咕哝了一句。

车刚进到场镇就熄火了。曾满山打了几下火,还是发动不起来,两人只好推着摩托车到维修点。师傅一番检查后发现一根导电线脱落,可接通之后还是点不起火。师傅再一次检查,发现是油路不通,得更换油管。林子浩和曾满山只好坐在修车棚里等待。约莫一个小时,车修好了,两人骑着车快速奔向卫生院。

曾满山与卫生院的医生护士都熟悉,很快就问清楚了杜鹃的病房。走到病房门口,林子浩敲了一下门,是杜鹃的父亲开的门,林子浩探身进去,看见一个男人正坐在床边,给杜鹃端着一碗稀饭。杜鹃见林队长和曾满山来了,便推开那人的碗,挪动着坐到床沿上,招呼道:"林队长,村上这么忙,还专门来看我,谢谢你们,快请坐。爸爸,您给林队长和曾医生拿两瓶矿泉水。"

林子浩和曾满山站着询问伤情,杜鹃不在乎地说:"也没什么大问题,缝了八针。"林子浩问了伤情,给杜鹃塞了一个红包,然后说村里有急事,匆忙告辞。

三多湖那边只是阴天,可是到了另一边却下着蒙蒙细雨。山里就是这个样子,天气一天十八变。而且这毛毛雨,正好把路面的灰尘浸湿。车在路上已经侧滑了好几次,曾医生早已习惯走山路,迅速调整好方向。但是在转那个回头大湾时,坡陡路滑,曾满山没把住再次滑倒。两人的衣服都粘上了污泥浊水,所幸车速慢,两人并没有受伤。曾满山把车扶正停稳,在车载箱里拿出一瓶水,先给林队长洗了手,然后自己也清洗掉手上的泥巴,牙齿咬得嘎嘣响。"闯到鬼了!"不善言辞的曾医生半天憋出一句话来。两人又推着摩托车来到平地,这才骑着赶回村委会。

在宿舍躺了一阵儿,林子浩的心情稍微平复了些,便坐了起来"咕咚咕咚"喝下一大杯凉开水。他用拳头击打双腿,双眼无神地盯着墙上的油画《蒙娜丽莎》,他想到今天一路上的遭遇,几乎丢掉了性命。良久,他的眼角掉落一串泪珠。

他想念远在东北佳木斯农村的父母了。自从离开了家,所有的艰难困苦都得自己扛。父母老了,为了儿子的学业,已经拼尽全力为他垫上最后一块砖头。父母真的老了,他们再也无力帮助儿子。这个时候,需要的是儿子的照顾和安慰,可是,他们的儿子却远在他乡。"儿子无能啊,儿子窝囊啊,儿子有何脸面站在二老面前,我有什么资格成为你们的骄傲？有什么值得你们一天天守望？"林子浩想到父母,心如刀绞,他不敢把自己今天的遭遇告诉父母,他害怕父母承受不了。"不不不,决不！儿子是坚强的,只有儿子坚强了,父母才会安心。"林子浩不停地安慰着自己。小时候,父母是儿子的依靠,现在,儿子就是父母的依靠。

"我的父母很难！"林子浩非常清楚自己这个家庭。父亲是那个年代最早一批下乡,又是最迟一批回城的知识青年。他带着没有文化的老婆和儿子回家,却发现这座城市已经让他陌生。他小时候熟悉的国营食店、钟表店、中药铺、旅社、木器社、照相馆等,一个个都关闭了。他此时没有门路没有手艺更没有钱,他会做皮匠活儿,在巷子里摆了个小摊,挣点钱,维持一家人生活。他的弟弟妹妹都没有工作。父亲一连几天出门,找到昔日插队知青,恳求他们帮忙找个工作,可是都碰了壁。就不了业等于没有收入。家里如今平添三口人,生存压力实在太大,如果这么拖下去,这个家就要被拖垮。家中老人面露难色,弟弟妹妹也给他脸色。经过一个晚上的思想斗争,父亲决定回到乡下。而母亲没见过世面,觉得城里挺好,打零工掏粪也比农村强,起码不会日晒雨淋,她不愿再回农村,何况已经告别亲人,宣布回城,回去就会被人耻笑,丢不起这个脸。而父亲认为,这里已经没有他们的立足之地,这么多年在乡下,农活干顺了,人情也理顺了,乡里乡亲互相帮衬,全然不似城里,就是生他养他的家,都变得如此陌生。自己走后这么多年,这个家没有太大变化,现在成为贫困户,留不住也靠不住,还是农村那一团土让他感到踏实。母亲万万没想到,自己那么向往的婆家,向往的城里人的生活,却被眼前的困境粉碎,母亲的心理落差是最大的。最终,母亲还是跟着父亲回到老家。从此,父母断绝了回县城的念想,成了真正的农民,甚至再没有踏进城里半步。

此时正值土地承包到户政策在农村推行,一家三口人有了承包地,勤劳善良的父母如鱼得水,凭着多年的农业种植技术,成了村里的种粮大户,日子越过越舒坦,父母也颇受人尊敬。两个老实巴交的农民,还干出了一件让十里八乡的人觉得不可思议之事,他们拼死拼活送儿子读书,不仅让儿子上大学,还让儿子读博士。这一下,父母更被乡里乡亲高看了,过年过节拜访串门的,补习功课的,络绎不绝。他们终于找回了一份尊严与荣耀,把心中倾斜的天平扳正。

"今非昔比,林子浩绝不会屈从命运的摆布,绝不会颓废,这点痛算什么?天生我材必有用!"林子浩开始清醒,开始反躬自省,也开始鼓励自己。

林子浩从楼上下来,坐到办公桌前,余春兰停止打字,转身望着林队长关心地说道:"听说今天上午你们遇到两次车祸,还是在那个大回头湾,好悬呀。"林子浩"嗯"了一声,点点头,心里苦涩,却装作若无其事,抿嘴一笑。"这条路早该修了!"邱仁义发话了,他闲着无事,双手习惯性地把水杯搓着,眼睛却直勾勾盯着林子浩:"你说烦不烦人,那个倒拐子路又急又陡,翻过多少车了,啥子路嘛。"林子浩没有说话。此时听了邱仁义的牢骚话,心里仿佛舒坦了点儿。回想翻车的惊险一幕,心有余悸,这条路真该重修了。

突然罗半山来了,一进屋就嚷嚷开了:"今天我真是撞到鬼了,到村里走一趟,差点儿把命丢了。"邱仁义一听罗半山的话跟自己刚才说的是同一个话题,顿时来了兴趣,于是故意歪着头问道:"你又遇到啥子了吗?未必跟向皮子干了一架?"罗半山一脸阴沉,取了个纸杯子,从茶壶里倒了一杯水,几口吞掉后说:"我开的是皮卡,要是轿车,还真上不来,进不了村。唉,那道回头湾地面湿滑,车轮子抓不着地,冲了三回才上来。"

余春兰招呼罗半山坐下,嘻嘻一笑说:"看嘛,今天真是黑色星期三,林队长和曾医生也在那里侧翻了两次。"罗半山一听马上询问两人是否受伤,林子浩说没事,福大命大,躲过一难。罗半山开始抱怨起来:"那道急弯外就是悬崖绝壁,之前就出过车祸,想修却没钱,唉,我等着看。"罗半山说完便压低声音:"我上午也是去医院的,看望杜支书,幸好只伤及皮肉,住个十天半月,就可以出院。但是,这个修路的事,就是她杜支书出了院也无能为力,她一个农村女将,没见过多少世面,也没有资源。我看还得靠驻村队的力量。"

邱仁义听了"噗嗤"一声笑,丢出一句难听的话来:"你尽想那等好事,你以为我们三个队员是三多集团派来的?"罗半山早就看不惯这个老油条的做派,一听这话里有刺,便反辱相讥:"你跟我一样,两手空空,还来驻村干吗?趁早打道回府。"

邱仁义一听顿时大怒:"老子就是没本事,你罗半山只有横看两眼。"罗半山也不示弱,回敬道:"我不晓得你是怎么混进公务员队伍的,就这点儿素质、这点儿格局,有后台拿空饷的吧!"邱仁义把杯子往桌上"咚"地一放,"啪"的一声,一巴掌打在桌上,怒吼道:"老子就是吃空饷,老子就是有靠背,你干看我两眼!"罗半山见邱仁义真的发怒了,急忙停下来,打开水杯喝下一大口水说:"哎呀,老邱,我今天吃错药了,说话颠三倒四的,你和我都是来蛮王寨干事的,犯不着说这些。实在对不起,对不起。"

林子浩赶紧招呼两人停止嘴仗。罗半山突然想起了什么,把林子浩叫到坝子里说话。"昨夜杨心打电话来,问了蛮王寨村道路的详细情况,还问了全村闲置房的数量。"罗半山说完,林子浩认为这可能是前头考察的延续。罗半山提醒,这件事没那么简单,早做准备,说完就抛出埋藏心底很多年的计划:"你到水镇,我是第一个向你报告水镇文化的人,比如说,就我祖上那个崖棺,我都没搞清楚,古代没有吊车,怎么就能把它弄上去,那么高的悬崖呀,未必我的祖先会飞?嘿嘿,我给你说,就这个,够你研究好多年,那就是文化,懂不?你来了几周了也了解情况,蛮王寨有什么呢?有树、有土、有风、有雨,能卖不?没人要,我看,就我祖宗那个崖棺,还能卖钱。几年前,有几个科学家来考察过,说是无价之宝。嗯嗯,我想特别跟你汇报,就是三多集团杨总打来的电话,我看没么简单,如果有那么一天杨心要回来,你得重点给她讲那个崖棺,你得当个事,记心上啰。"

林子浩哈哈一笑说:"我的专业是人类学,我已经把崖棺纳入研究课题。但是我要明确告诉你,崖棺文物古迹受国家法律保护,要开发利用得经过严格复杂的审批程序。"

"什么?我祖宗的崖棺,我就不能做主?"

"不行。"

"为何?"

"请问哪一个崖棺是你的祖宗?"

"这个嘛,历史悠久,我肯定说不清楚。"

"好,我告诉你吧。据史书记载,这些崖棺在宋朝就有了,古代巴人在此繁衍生息,或许可以上溯几千年。这是不是文物古迹?是不是无价之宝?"罗半山顿时无语。

林子浩接着说:"乡村振兴要求共抓大保护,不搞大开发,也就是说,不再大拆大建,像文物古迹、森林环境资源,就更加不能破坏。"

罗半山一时半会儿还理解不透林子浩的话,林子浩也不再说崖棺的事,倒是问起杨心调研的事情。他敏锐地捕捉到一个重要信息:三多集团并未放弃对水镇的投资计划。林子浩要求罗半山:凡是三多集团需要的资料第一时间报告村委。村委和驻村队保证全力配合、及时提供。林子浩说完,突然觉得里面有蹊跷,杨心为啥不给自己打电话,而是给罗半山打电话呢?难道是不信任,瞧不起我林子浩这个颓唐之人,还是害怕得到虚假材料?杨心呀杨心,你真不愧是商场老手。他理解杨心,她也许是吃一堑,长一智,被人骗过,自然变得谨慎了。

下午三点过,铁炉子坐着村医曾满山的摩托车来到村委。老人挂着拐杖来到办公室,林子浩赶紧让座。铁炉子用手抹了几下大脑袋,外面有风,还夹带着零星小雨,铁炉子脸上也沾着水珠。林子浩扯下餐巾纸递给老人擦脸。铁炉子的动作明显变得缓慢,擦到最后手在大脸庞上按住不动,似乎在回忆什么又断了电。突然,铁炉子放下手,拿过拐杖为自己做个支撑,说道:"我昨夜是在忙啥?我都搞忘了。半夜里,我家小姐杨素打来电话。你说这大半夜给我铁炉子打电话,问啥?嗯嗯,我想起来了,就从这里开头说。"

铁炉子还没说完,林子浩给他接了一杯温开水,铁炉子喝了一口,又用手撑起脸,好一会儿才说:"首先问了我的身体状况。你说,我家小姐都九十五了,我还不到九十,她倒是关心我的身体,她就不关心她的身体,我家小姐就是这么个实诚人。我就告诉小姐,铁炉子还想服侍小姐,还能动。嘿嘿……"铁炉子说着话,思路仿佛变得清晰起来,仿佛断了的电线接通了,继续说:"小姐问的第二件事是村里究竟还有多少人住,房屋、山林、田土空置了多少,还详细问了穿心大店的现状。你说,林队长,我都不好交代呀,偌大个穿心店,就剩下我一户人,其他的情况我知道的就还有向皮子、组长马兹文。另外还有两户搬到镇上,不时回来种点儿菜。土地下户那阵儿,寨子里好热闹,大路上来来往往的人,一天到晚没停过。现在穿心大店的人差不多都走了,就剩下我这个走不动的没出息的老头。你说,我还好意思给小姐说?"铁炉子说完便连连摆头。

"村里就这么个情况,你也是了解的。这次撂荒地清理,要求复垦,谁家有劳力回农村,回农村能干农活吗?我很担心这件事。但凡有点门道的家庭早就进城了,土地当然撂荒。没有门道的,只要人还没死绝,土地就不会撂荒。你看看,这次撂荒地清理,听说还有补贴,走了的户都有份,没走的却没有份。林队长,怎么了嘛,好事都不会落在我铁炉子家来呢?我过去当贫困户,现在又成为脱贫监测户,到城里挣大钱的,过好日子的,因为撂荒地,还能得到补贴,窝在农村无法动弹的却没有补贴,你说公平不?我这次来就是想问问,撂荒地每亩补贴多少。"

林子浩一听赶紧安慰起老人来:"您问的这个补贴情况,真实情况是这样的:现在属于清理阶段,至于复垦的撂荒地能复多少,哪些家庭复,目前还不明朗。我个人的理解是:清理完成后,已经搬走的村民家里没有劳力复垦的,政府可能要采取收回,或者促成租赁的方式,把土地转包出去。您也清楚,农村撂荒地连农民都不要了,谁还当回事?谁愿意来接收呢?罗半山搞了几年不仅没赚钱,还差点儿血本无归。所以,国家也会考虑给予承包商一些补贴。比如,恢复出来的土地,每亩两百元,种上庄稼的,再补贴三百元。您说,就补贴这一点儿钱,能说稳赚不亏?谁家愿意丢了城里几千元一月的工资回来得这点儿补贴?"铁炉子一听,闭上眼睛就开始摆头。

林子浩继续解释说:"一个个村落人去楼空,大片大片土地荒凉,这样的乡村还能振兴什么?可是,不振兴乡村,农民不种庄稼,就会引发粮食安全问题。国家出台政策,鼓励补贴种地的人。注意,是种地的人,不是土地承包户。流转租赁经营,大家都省心省事。"林子浩说完,铁炉子"哦"了一声又说:"看来又是空了吹,农民都不要的东西,老板们会要?除非像罗半山那个憨包,租去种李子。啧啧啧,一场冰雹,全完了。我搞了一辈子农业,总结了这么个道理,这个农业它就是天底下最不好搞的事。"

林子浩问杨素还打听了什么事,铁炉子又把手按在阔脸上一会儿,才把思路重新调整回来说:"就问了我的身体状况,村里有多少人住,有多少间闲置房,我都一一告知。林队长,你对我家小姐不甚了解,她可是一个重情重义的好人啊,都走出水镇四十年了,发了大财,还没有忘记我铁炉子。"铁炉子说完,身体就往前倾,想往林队长坐的方向靠近,林子浩见状忙把椅子拉近些。铁炉子压低声音说:"我专门来就是想告诉你,我家小姐一定会回来的。"

村医曾满山用摩托车送走了铁炉子。林子浩喝了杯水,正想上厕所,刚走进坝子,却见向皮子一拐一拐地走来,像一根干竹竿,风都吹得倒。林子浩感觉今天怪怪的,罗半山、铁炉子前脚走,向皮子后脚过来,怎么这么凑巧?

向皮子老远看见林子浩,就叫住他说:"林队长,我正要找你,你等等!"林子浩停下脚步,向皮子走近后说:"我昨天去了一趟畈田村,那个支书姓曾,一表人才,在外头做生意当老板,但是现在人家老板不当了,回来当村干部,自己掏钱修路,那才是真支书。听说他串来了几个大老板,硬是投钱搞了开发。你看嘛,进村的那条路是单行道,已经动工改双车道了,还要建什么露营基地,什么创业孵化基地,要把那片梨子山建成农业观光园,我看这个曾支书硬是板眼多呢。林队长,我们村好像没啥动静哟?你说,没干出个啥好事,这位杜支书还把脚摔伤了,娇生惯养出来的,如何能担当大任呢?哼,我一提起这个杜鹃就想冒火,当初我就坚决反对选她。你说吧,一个弱女子,连路都走不稳的女将,当什么村干部?简直瞎胡闹。当初为啥选她,还不是因为她有个大学文凭。但这个女将太年轻,没当过官的人就想当官,她才不管这个官该不该她当,当得下来当不下来,就敢接。你看啊,这个人稀里糊涂选上了,稀里糊涂混日子,我看她干不了多久,就要稀里糊涂走人。林队长,我今天来还有一个目的,我看你们这几天也清闲,杜支书又不在,我建议驻村队员都回去,找你们各自单位领导汇报,串几个项目来。再拖延下去,蛮王寨还是个蛮王寨,如何振兴呀。我看那个示范村怕是要泡汤。你们走了,镇上领导问起来,我替你们圆场子,就说是村民要求的。"

林子浩着急上厕所,于是招呼向皮子到屋里坐。向皮子连连摆手说:"我不进去了,我只是来找你的。村委是我们这样的人能轻易进的吗?我今天来找你林队长,是因为你看得起我,还亲自去家访。我把其他村的信息带来,也好有个比较,同时是受村民委托,代表村民开展村务监督工作。请你记住,我还是监督员。你们不要落后太远了啊……"说完转身,头一扬,又一拐一拐离开了,瘦削的肩膀,像衣架子一样,一摇一摆的。

　　林子浩迅速钻进厕所,把胀了半天的一泡尿释放完,长长地吐了一口气。

十六

且说林子浩被向皮子呛了一顿,心里正窝着火。尤其是这个向皮子,转弯抹角地指责村干部和驻村队员无能,带不来项目、资金,想不出金点子,这些话如利剑穿心。虽然来驻村时没有人讲过这些,但是,一旦进入水镇,各村干部、驻村队员就有了竞争。人家搞得有声有色,热火朝天,自己却毫无作为,面子上当然挂不住。向皮子夸奖的畈田村那个驻村队长、第一书记就搞到了项目资金,路修上了,村委办公桌椅焕然一新,群众当然满意了。而自己呢?两手空空。他也试图联系了几个同学,没有效果,最好的一位作家朋友,承诺赠送几本书。他也向学校书面报告过,可是得到的回复是,学校顶多一年举办一次访贫问苦活动,对重大投资项目无能为力。

驻村队员邱仁义、余春兰出去跑了一趟没有效果。邱仁义根本就不在乎这件事。第二天早餐后,三人来到办公室,谈到招商引资时,他就撂挑子说:"林队长,我和余春兰都是在单位混得不好的,受气的那一类人,干活有份儿,好处轮不上。林队长,我们无能,就指望你了。"

林子浩听了干笑一声,没有回答。

"乡村振兴责任主体究竟是谁?难道就只有驻村队吗?"林子浩依然没有说话,他听说县财政紧张,钱从何来?林子浩不知跟镇党委书记曾诚打过多少次电话,镇上也没有钱,这不是干着急吗?想到这里,林子浩索性拿起电话,硬着头皮再次拨打了曾诚的号码:"曾书记,我是蛮王寨驻村队长林子浩,之前问过的修村道路的事,现在有进展没有?什么时候能动工?"问完,林子浩把电话里的声音外放,让大家听。电话里传出曾诚的话:"哦,林队长呀,是这么个情况,蛮王寨的村道路,去年就上报县里立了项的,纳进了农村四好路建设规划,县交委早就在村里开了会,镇里跟农户都签订了占地补偿协议。可是这么久了,我都催问过多次,县里拿不出资金,也贷不到款,所以一直搁起的。林队长,你弄到钱了?我告诉过你的,县里还是那个政策,只要你弄到钱,有多少,县里对等支持多少。只要你弄到一半的工程款,立马开工,保证两个月内修成。"林子浩"呃呃"两声,说还没有弄到钱,努力争取吧,没别的事,就挂了电话。

林子浩望着邱仁义和余春兰,苦笑着说:"要想富,先修路。可是没有钱,只好干瞪眼。"余春兰叹了一口气,低头翻阅起监测户资料,这个月的信息要补录,还要走访调查本月收入情况。突然,她抬起头望着林子浩说:"我倒有个主意,不知是否可行?"邱仁义一直望着窗外看风景,双手搓着水杯,听了余春兰的话,转过头,用眼角瞟了一眼说:"不管可行不可行,你倒是说出来。"余春兰点点头说:"直播带货!"

林子浩眼前突然一亮,点着头说道:"这个倒是可以做。春兰姐,此事说干就干,我个人垫资两千元,你收点农产品,开通直播间,就在村委的会议室里先试一下,好吗?你当主播,我和老邱配合。"林子浩说完就在手机上转了两千元给余春兰。余春兰立马忙碌起来,开始拨打各组组长的电话,收集农产品,接着准备开播事宜。

午饭之后,余春兰的一位朋友从县城送来直播设备并调试安装好。蛮王寨组长马兹文背了两块老腊肉和几瓶蜂蜜过来。余春兰按照市场价付了款。下午有几位村民背来了几只土鸡土鸭,土鸡蛋和土鸭蛋。余春兰通通收下。准备工作就绪,只等晚上六点准时开播。

第一天晚上直播间里只稀稀拉拉进来十几个人,最后下单了一块老腊肉。关了直播间后,三人都感觉疲惫不堪,余春兰磨破嘴皮子,邀约的人也没进来。三人在椅子上坐了一阵子,余春兰突然想到邮寄费的事。林子浩猛地拍了一下大脑袋说:"搞了半天,竟然忘记邮寄费。唉,算了吧,这二十元的邮寄费,记在我的账上。吃一堑,长一智。明天直播时就事先讲好。嘿嘿,蛮王寨村直播间首次开业,就售出一块老腊肉,营业额虽然不多,总算没有打光脚板,还是实现了开门红,值得庆贺。来,我们以水代酒,干一杯吧!"三人举起水杯,狠狠地喝了一口。

  第二天早上起床,三人就忙着在村委后阳沟里建围栏,建好围栏,就把绑了脚的鸡鸭解开,放进去圈养起来,等待晚上直播销售。第二天直播,分中午和晚上两场。因为余春兰的宣传邀约,直播间进来了一百多人。但是,三个小时直播除了点赞量增加,销售量依然上不去,只销出五十个土鸡蛋。不过,三人并未泄气,信心满满,都知道创业艰难,都有一个过程,急不得。

  晚上,三人吃过三多面,余春兰又有了新的点子。她问过开直播的朋友,大家都说要会表演,像演员一样能说能唱能舞,才能吸引"粉丝"。要营造这个氛围,林子浩和邱仁义直摇头,林子浩望着余春兰说:"余大姐,这是展示你才艺的机会哟,要是火了,你就成网红了,蛮王寨也亮了。"余春兰嘻嘻地笑着说:"流行歌曲、山歌,我倒是会几首,不怕丢丑。"

  晚上的直播继续。余春兰为了吸引"粉丝",刻意把自己打扮了一番。"嘿,咱们的余大姐打扮出来,要模样有模样,要身材有身材,还真是位美女。"林子浩开起玩笑。"美嫂吧,只怕都没人看哟。"余春兰双眉一翘一翘的,抛给林子浩一个媚眼。林子浩哈哈大笑起来。

  余春兰上场就唱了一支山歌,歌声甜美,气质优雅,直播间涌进两百多人。余春兰接着介绍起农产品来,还没说完就走了一半的人。突然冒出一个出言不逊的帖子来挑逗她。余春兰顿时停止说话,很是焦急。可是,这个人并没有停止,又继续发出类似的帖子。余春兰气得骂了一句"流氓!"对方还是没有收敛。余春兰顿时大怒,正要发作,被林子浩制止。林子浩只好上场,对方一看是个男的,就不再挑逗了。余春兰坐在一边生闷气,而邱仁义抓起水杯丢了一句"我睡觉了"就转身离开。余春兰见林子浩有些累了,就替换上去继续直播。直播到最后,余春兰还在唱,林子浩叹了一口气说:"余大姐,停一会儿吧,直播间就我一个人了。"余春兰一看屏幕,已经没有观众了,但是两人还是等到十点钟才关闭直播间。

"今晚倒是来了不少人,热闹了一阵,点赞的突破五千,可是没有人下单,白费劲。"余春兰没精打采地坐着。"再坚持几天看看,或许能打开局面。"林子浩安慰道。"遇到个流氓,讨厌死了。"余春兰耿耿于怀,说话时咬牙切齿。"形象色色的人都有,余大姐不要生气了!""哼,这个流氓说的话真是气死人。"林子浩没有再回答,两人沉默了一会儿,又相视尴尬地笑了一下。

突然,余春兰的电话响起,一看是儿子的,她赶紧接下。两人的谈话好像不太愉快,余春兰走出会议室,在阳台上又聊了一阵儿。回到直播间时,余春兰的脸色非常难堪。"怎么了?你儿子……"林子浩的话还没说完,余春兰把手机往桌上一扔,伏到桌子上抽泣起来。哭过一阵后,她抬头对林子浩说:"我不想干了,儿女这么大了,一把年纪丢不起这个脸。儿子刚才在电话里吼了我一通,要我立马停播,老实巴交的人,玩什么直播!"林子浩一脸茫然,不知如何回答。

看来这个直播到头了。可是采购来的农产品怎么办?南瓜、绿豆、米,这些好处理,活鸡活鸭咋办?养着吧,每天得三五斤粮食,卖不出去,等于每天还要亏损,而且影响环境卫生。这一趟生意,不仅没赚钱,还倒贴。林子浩见事已至此,只好作罢。造成的损失,林子浩决定一律由自己承担,反正采购款全部是自己垫的。剩下的土鸡土鸭等,交由村委食堂,就算林子浩请村委和驻村干部吃了顿饭。

第三天上午十时许,食堂做饭的婆婆正在杀鸡,马兹文牵了一只山羊过来,问还收货不,说这只羊有一百来斤。余春兰走了出去,解释说,村委直播带货,因技术原因暂停,不再收货,过一段时间看情况。马兹文听了就放开了羊,羊往山上走去。马兹文告诉余春兰,昨夜他通知了几户人,说村里来了驻村队,开了直播间带货,生意蛮好的,他们答应回来种地养羊。现在外边钱不好挣,回来守着一团土,只怕牢靠些。他询问直播间何时开,如果村里的粮食、牛羊,在家门口都能卖出去,谁还会出门打工呢?余春兰皱了一下眉,然后点点头,接着又摇头。马兹文没明白余春兰的意思,转身离开了。

  余春兰返身来到办公室,刚一进门就被邱仁义一顿数落:"乡村振兴指望几个驻村队员?我明确地告诉你们两位,我就是来镀金的,挂职锻炼,混个正科级退休。我才不管振不振兴呢。哼,老子提起来就冒火,把我一个五十八岁的老头子弄来驻村,我能振兴哪个?谁来振兴我呀?"

  林子浩听了邱仁义的牢骚话,心里也抓狂,但自己是驻村队长、第一书记,应该有起码的思想觉悟,不然怎么带领这个小分队呢?于是心平气和地开导邱仁义道:"我们三人能走到一起也算有缘,你我只有这个能耐,干不出惊天动地的大事,在这个山旮旯头,仅凭你我之力,的确无法振兴这个空心村。但是,万丈高楼平地起,即便是只添了一铲土,扛了一根木,抬了一筐石,摇鼓打锣吼几声,我看那也是功劳。蛮王寨振兴了,你我都是英雄,无名英雄。"林子浩说完邱仁义没有再顶杠,他跟着补充几句:"虽然我们帮不上大忙,但一定要做一些力所能及的事情,哪怕去帮老乡收一天苞谷,栽一天秧苗,办一个手续,也是我们能够做到的。老邱,你心里窝火,可以理解,我不是说大话的人,也没有资格说大话,既然你我都来了,就好好待下去吧,我们主宰不了别人,但总可以主宰自己吧?只求今后离开蛮王寨后回来,还有人认识我们,还有人请我们进屋坐坐,甚至泡一碗阴米茶,做一碗三多面,就足够了,说明我们没有白来一趟。"邱仁义听了林子浩的话,默默停止搓杯子,取出一支烟抽了起来。

  电话响起,林子浩见是杜鹃打来的。"喂喂,林队长,上午没走访吧?撂荒地资料统计出来没有?"杜鹃急切地询问。

  "今天上午在处理直播间采购的农产品,没时间走访,撂荒地资料还没有做好,等五一节过后吧,时间还早呢。"林子浩回答道。

"师兄,谢谢你了,我那天受伤,你背我下山,还到医院看我,差点儿出了车祸,我又感激又难过。这样吧,等五一节过了我出院回来给你们炖开山脑壳,做瓦片肉,犒劳犒劳……"杜鹃还没说完,林子浩就抢着说:"不用的,请安心养伤,尽快回来主持工作才是。直播停了,原因很多,采购的鸡鸭放在食堂,等你回来我请你打牙祭。""怎么了?为何停播?遇到困难了吧?打退堂鼓了吧?我对直播带货充满信心,你们不是卖出了一块老腊肉吗?那是我买的,就是准备给你们打牙祭的。我还给你们点了几千个赞,送了一个礼物。"

杜鹃说完,林子浩没有说话,杜鹃又"嘻嘻"一笑说:"还有一件重要的事情。明天,周副县长要到村里来检查河道,他是龙河水镇段的河长。四月八,洪水发嘛,这个节骨眼上,他是要来检查防洪安全的。"

"我们做些啥子准备?"

"我给村综合专干刘哲打了电话的,他下午来开门。驻村队办公室旁边的一间屋子,是村里的牌子办公室,请你们把'防洪安全责任制'那块牌子搬到坝子里,把上面的灰尘擦干净,一定要干净。另外,村委门口的电子显示屏上要打上防洪宣传标语,标语内容我等会儿发给你,是全县统一的标语。一定记住,把各级领导巡河的记录簿摆放在便民服务窗口,方便领导们签到。"

"如果问到什么,我们该如何回答?"

"哦,我差点儿忘了最重要的事。就是那块牌子上的内容,责任制,全部落实到位,定点到人的,麻烦你读一下,记住啊。"林子浩回复一句"记住了",就挂了电话。

午饭后,村委综合专干刘哲来开门了。林子浩进到屋里,顿时惊掉了下巴,靠墙两边竟然整整齐齐放满了各式牌子,五颜六色,有民法典宣传、海椒产业公示、防止返贫动态监测和帮扶政策、地票资金使用公示、妇女权益保护、全民健身宣传、森林防火、村规民约等。林子浩挨个儿查看,找到了防洪责任牌,双手把它拉出来,感觉很沉,就叫上邱仁义一起抬到院坝。接着打来一盆水,仔细地擦拭起来。刘哲说家里有急事要走,牌子用后一定归回原位,今后还要用。林子浩问了一句:"怎么那么多牌子?"刘哲一本正经地说:"上面千条线,下面一根针,领导来了首先就看有没有他们的牌子。"林子浩在鼻孔里"哼哼"两声,不再说话。

十七

夜已经深了,隔壁传来邱老头的鼾声,林子浩怎么也睡不着。他打开微信,突然看见杜鹃发了个笑脸。林子浩回了个笑脸,杜鹃回复说:这么晚了还没睡觉?林子浩回复说:睡不着,来村里这么长时间了,也没个见面礼,村民肯定有意见,乡村振兴落后于其他村,示范村的旗子恐怕保不住,村里发生那么多的事,还怎么睡得着呢?杜鹃回复说,她也正为此发愁,虽然住在医院,可也是吃不好睡不好,一天到晚揪心死了。杜鹃告诉林子浩,曾诚书记也急,在全镇乡村振兴工作推进大会上讲,乡村振兴,一靠政府,二靠人民。可是去年就提出的村道路改扩建项目,迟迟等不来钱,开不起工,你说气不气人。曾书记承诺过,谁能招商引资,县里有相应的配套资金。比如蛮王寨村的村道路有十公里,改扩建需要一百万元,占地补偿五十万元,共计一百五十万元,师兄你出面争取来一半资金,县上配套一半,差不多就把这个事做成了。

两人聊了一阵,杜鹃突然传来一份文档,跟着发过来信息:"这是三多集团与水镇人民政府签订的水镇开发投资意向协议。曾诚书记刚才发来的,他也还没睡呢,我浏览了一下,鉴于才疏学浅,特请林博士斟酌。"林子浩赶忙坐起来披上大衣,坐到桌子前打开手提电脑,把意向协议下载保存后认真读起来。他埋头看完协议,又在电脑上修改起来。外面传来第一声鸡鸣,林子浩终于修改完成,传给杜鹃。只见他猛地站起来,拉下大衣,往床上一扔,大叫一声:"天助我也!"一个飞步跨到床上,扯过被子,蒙头睡下。

这是一个不眠之夜,深华市三多集团的创始人杨素此时也百感交集,毫无睡意。从水镇走出来,南下深华,已经整整四十年,对家乡魂牵梦绕,如今老了,那一份乡愁更加浓烈,回到水镇,成了她人生暮年最渴望的事情。她听了杨心关于水镇的投资计划后,兴奋起来,她称赞杨心有魄力,竟然在这么短的时间内,说服了集团董事会,而且由她亲自带队,开辟三多集团乡村振兴第一个西部战场——水镇。让杨素非常欣慰的是,自己培养出来的三多集团接班人没有辜负自己的厚望,她那颗弱小的心脏,已经变得日渐强大。

晚餐时,杨心跟奶奶说,她综合了各方意见,权衡利弊得失,最终决定开发水镇,拓展乡村振兴战场,这不仅是了却奶奶的一个心愿,而且也是三多集团走出困境、实现自我振兴的绝佳机会。杨心跟奶奶说这件事时心情也是沉重的。她告诉奶奶,这次出征前途未卜,成功与失败或许就在这一念之间。水镇投资若成功,将会作为三多集团可复制可推广的案例,如果失败,三多集团将雪上加霜。杨素则内心喜悦,她从孙女身上看到了年轻时的自己,她看到了杨心正带着自己的团队在市场经济大潮中左冲右突,寻找生机。这样的团队,岂能失败?

别墅外,海风吹拂,拍打着门窗,涨潮的声音一阵紧似一阵,杨素因为兴奋没有睡意便坐起来,看了看时间,已过半夜,她把手机放回枕边,不一会儿,又拿起手机,拨通了铁炉子的电话。

"喂喂,你是谁呀,这么晚了,还打电话?"电话里传来铁炉子的声音。

"是我,铁炉子,你怎么还没睡?"杨素回答。

"啊,小姐,您这么晚打电话给我,是不是身体不舒服? 是不是遇到啥事了? 您看,都下半夜了,您还没睡。"铁炉子开始担心起来。

杨素哈哈一笑说:"我身体很好,你不用担心。就是老了,晚上睡不着觉,你不是也没睡吗? 你的腿脚好些了吗?"

"报告小姐,铁炉子的腿脚不好,其他啥都好,嘿嘿……"

"寨上来了驻村队,都有些啥变化?"

"没啥变化,前几天林队长他们搞了直播带货,我叫人捎去两只鸡,可是昨天送回来了,但是鸡钱还是没退。林队长让我养着,就算他提前预订。其他的我就没有听到响动了。这个乡村振兴,我看雷声大雨点小,就村道路这件事来说,去年镇上领导来开了会,准备修了,可是等了将近一年也没个动静。"

"我从水镇回来,心里挺难过的。本来山坡上的李子花开得好好的,就是那场冰雹,说没就没了,好让人心痛。我想回去,寻思着再干点什么。"

"小姐啊,您要回来,铁炉子一万个欢迎。可是您想过没有,水镇这么穷,您回来干什么呀?您又不是观世音菩萨,回来散钱吗?这事您得好生思量。"

"我都想过了,我不当观世音菩萨,也不散钱,我回去就想跟你们合作干点事。如今蛮王寨穿心店到底还有多少人家居住?"

"哎呀,您就别提了,这么大的老院子,原来二十多户人热热闹闹的,如今就剩下铁炉子了。一半的房子推了,宅基地复垦。基脚石都被包工头起走了,说是拉到县城建仿古穿心店,说是尊重传统文化。一半头的老宅现在就是一地荒草。"

"唉,多可惜。"

"还剩下的一半老宅都关门闭户了,有五六家的房顶瓦片都掉光了。唉,这个大院,过去多气派。"

"我知道这个穿心大店是水镇的东大门,川鄂古道上的客栈,住过马帮,走过背脚子,藏过土匪,背盐巴的,运生铁的,挑粮食棉花的,多繁华,没想到短短四十年,就衰败成这个样子。"

"人都走空了,怎能不衰败?"

"铁炉子,我如果回来把穿心大店修复好继续开客栈,如何?

"小姐,铁炉子倒是希望您这么做,铁炉子的三间老宅全部给您,怎么建都可以,我保证不要您一分钱租金。可是,小姐您思量过没有,现在修了公路,川鄂古道早就没人走了,您开了客栈谁来住呢?您不是来丢钱吗?"

"哈哈,铁炉子,我开客栈,住客不再是背脚子、挑二哥,而是城里人。"

"城里人?他们会到这个荒山野岭来?"

"会的。"

"只有小姐您有这个本事,依我看,镇上村上谁也没这个本事。"

"三多集团能够在大海边的荒滩上建起一幢幢高楼大厦,也一定能够在一座荒山上打造出一个美丽乡村。"

杨素与铁炉子感情亲密,无话不说。电话里聊起天了,一时半会儿停不下来。铁炉子突然提到往事就伤感起来说:"小姐,我对不住您,要不是我粗心大意,也不会暴露您的行藏,害得您遭受天大的难。这件事让我一辈子都不安。"

杨素安慰道:"你别老记住这个事,都过去这么多年了。"铁炉子却说:"小姐,这件事都搁在铁炉子心上了。"杨素打趣地说:"哎呀,现在回忆起来,倒是蛮有趣的。"铁炉子着急起来说:"小姐,我都快急死了,您还说有趣。"杨素哈哈笑起来,连连说:"有趣,有趣。"

这是一段尘封已久的往事,杨素和铁炉子不提,水镇便无人知晓,跟老场一样已沉入三多湖。

军师尿罐找到杨素的藏身之地后,仍然用桃花马将杨素送回庄屋井。一到达杨府,杨素就被杨覃氏接走。家丁告知尿罐,老爷在后厅。尿罐进到后厅,自然放缓脚步,因为后厅是杨家祖先灵位供奉之地,极其隐秘,没有大事发生,或者家族中有重大纷争需要集中商讨决断时才会使用,平日不会轻易打开,外人不经允许更不敢擅自闯入。而尿罐是唯一被默认可以自由出入之人。

尿罐到达后厅,看见杨老爷在宽大的后厅里背向大门,跪在神龛前,他知道尿罐前来,却一言不发。瘦小的尿罐见情形似乎不对,连忙跪下,望着老爷宽厚的脊背说:"老爷,您杀了我吧,我千不该万不该把八小姐找回来。"杨开石仍然没有说话,肩膀抖动了一下,双手合十,口中念念有词。约莫过了一袋烟的工夫,只见杨老爷身体前倾,双手撑地,站立起来,也许是跪久了的缘故,高大的身躯突然歪倒,尿罐赶紧上前,扶住老爷。杨老爷站稳之后,轻轻地推开尿罐的手,然后抬起右手,在耳朵边拂了一下说:"先勒死,再沉河。今夜子时动手,封锁消息。"说完,大踏步走出后厅。

杨素挺着个大肚子,满脸仓皇之色,她坐在心爱的桃花马上时就已经明白自己的生命即将结束,这条路,通向自己的家,也是通向死亡。她恨死了尿罐,这个作恶多端的走狗,就是把自己送上绝路。她恨死了杨开石,想当区长,想当参议员,甚至想当皇帝,在水镇称王称霸。他修建了庄屋井,可在杨素眼里,父亲就是庄屋井的井底之蛙,他迷恋那一柄权杖,看不到外面的世界,看不到时代变化,他在这个井底,做着升官发财当国王的春秋大梦,作茧自缚,故步自封,他已经走不出这个井底。在他统辖之下,水镇也定然走不出井底。在杨素的眼里,这个父亲已经不再是一位可敬的长辈,而是一个杀人不眨眼的疯狂的魔头。在杨开石看来,什么亲情友情爱情,什么自由民主人权,这些人世间美好的东西根本就不存在。杨素此时最为挂念的就是母亲,她已经不再寄希望于母亲像从前一样舍命救她,因为父亲会变本加厉,自己难逃魔爪。她担心母亲会铤而走险,非但救不了女儿,还会搭上自己性命。她还担心小坎妈妈,因为这个女人倔强刚烈,她一定会为了保护儿子心爱的女人拼死一搏。这两个女人,都是天底下最伟大的母亲。妈妈们,放弃吧,就算杨素白来这人世间一趟,不值得您二位舍弃一切这么做。

杨素的桃花马进了庄屋井,母亲的两个丫鬟,也是杨素的发小,把杨素接下马来,送到妈妈的房间。杨素一见妈妈就跪下来,叫了一声"妈",泣不成声。妈妈抱住女儿,泪流满面,不停地念叨:"你还活着?活着就好,活着就好。"两人相拥着不肯松手,杨素生怕这一松手,就会永远失去妈妈,妈妈也生怕这一松手,永远失去最喜欢的女儿。两人抱着哭了一阵,杨覃氏把女儿搀扶到床上坐下,吩咐丫鬟到药铺抓保胎药回来,熬给杨素吃,又吩咐另一个丫鬟到厨房要了一碗鸡汤来,边看着杨素喝边抹泪。接着,杨覃氏安排仆人杨成回一趟娘家,找二妹来帮忙。杨覃氏拉住杨素的手,心事重重,她非常清楚,杨开石绝不会放过杨素。自己是女儿唯一的救星,如果不采取措施,女儿定然性命不保。想到这里,杨覃氏已经顾不上那么多了,她暗暗打定主意,趁天黑老爷动手前,想方设法把女儿送出虎口,至于自己是死是活都不管了。她想好了,先把杨素送至蛮王寨冉来香家,然后走上川鄂古道送到湖北,让她永远地离开庄屋井,离开水镇,离开这人间地狱。

杨覃氏待二妹到来,就紧急行动起来。她把一个跟杨素长相身材相近的丫鬟找来,让两人互换服饰后一番叮嘱。覃二妹假借到金刚寺烧香还愿,把杨素藏在轿子里,坐着轿子出了杨府,进了金刚寺便打发轿夫去馆子里吃喝。而此时,尿罐见覃二妹轿子出门,就带着随从来到夫人卧房。杨覃氏怒骂着逼尿罐退出,同时故意让假扮杨素的丫鬟在昏暗的房间挺着大肚子走动,让尿罐看到一切。

覃二妹带着杨素径直到了冉来香家中,接着冉来香带着杨素连夜上了川鄂道。覃二妹则坐着轿子大摇大摆回到庄屋井。

杨府看上去风平浪静,实则暗流涌动。杨覃氏见杨素已走,就安下心来。她把门口守护的士兵杨成叫到卧房。这个杨成虽是尿罐身边的红人,可最近不满尿罐的欺凌,心生怨怼,而且在杨覃氏面前告过状。杨覃氏帮不上什么忙,却也常给予其好处,杨成因此对夫人唯命是从。杨成一来便问夫人有何吩咐,杨覃氏便把八小姐之事告知,请他相助,杨成当场答应。杨覃氏安排杨成到街上买一头架子猪,宰杀后用袋子装好背回府中,放在八小姐的床下,夜里备用。

且说杨开石带着士兵到东南西北四个寨门查岗回来,天已经黑尽。他走进夫人房间查看,见夫人和杨素二人坐着叙话,没有异象。

尿罐见杨老爷回府,也禀报了八小姐在房间聊天的情况。杨开石神情冷峻,坐在堂屋的正位上,端起盖碗茶抿了两口说:"子夜动手,不留痕迹。"尿罐听完"嗯"了一声,便坐到离老爷位置有些远的门口的椅子上,装作喝茶。这个尿罐此时心里直打鼓,他上午捉回杨素,就发现老爷在后厅长跪,知道此事难以决断,杨素毕竟是老爷的亲生骨肉。而且令人不可思议的是,这位八小姐似乎有神灵保佑,前次就是他亲自投的河,竟然奇迹生还,说明这个八小姐命不该绝。有了第一次的教训,尿罐这次就不想亲自动手,以免今后生出什么枝节来。杨开石突然站起来,盯着尿罐,满脸杀气,尿罐吓得魂飞魄散,跪倒在地,连连叩头求饶:"老爷,我这就去安排,子时动手,不留痕迹。"尿罐说罢连滚带爬出了堂屋,叫上杨成,交代了今夜要干的大事。杨成一听,手直打哆嗦,不愿意干。因为前次就是自己跟尿罐抬着杨素将她投的河,如今她竟然回来了。尿罐急了,抽出手枪抵着杨成的脑门。杨成只好领命,答应勒死八小姐后将她丢进龙河。

杨老爷生得膀大腰圆,尤其是额头上那道疤痕让他看起来异常凶悍,在尿罐、杨成这些人眼里,杨老爷就是阎罗王转世,他们已经跟随老爷多年,每当看见老爷这张恐怖的脸,就知道杀机已现,八小姐今晚难逃一死。

午夜临近,尿罐带着杨成荷枪实弹进了杨素房间,杨成在昏暗的桐油灯下,掀开床上人的被子麻利地用绳子套住她的脖子,"杨素"挣扎几下,就气绝身亡。杨成转身对站在门口的尿罐说:"死了。"尿罐提着灯,近前一看,见八小姐嘴角歪着一动不动,便叫杨成赶紧装进猪笼,准备投河,自己则去老爷房间禀报。杨成见尿罐出门,就顺势掐了一下装死的丫鬟,叫她赶紧去夫人房间躲避。丫鬟走后,杨成迅速将床下的死猪捆扎结实,装进猪笼。此时正好尿罐进来,两人抬着走到龙河边,丢了下去。

两人正返回庄屋井,猛地撞见一人。只见此人披头散发从庄屋井西边走来,腰间系着麻绳,别着一把砍柴刀,赤裸双脚,一阵风似的追上两人。尿罐一看,原来是向小坎的母亲向罗氏。尿罐心虚,急急忙忙带着杨成缩进杨府。

向罗氏跟到杨府坝子上,取下砍柴刀,高高举起,厉声喊道:"杨开石你听好,我是你的亲家母,向小坎的亲妈,八小姐的婆婆,我今晚是来要人的,请立即叫我的儿媳妇杨素出来!"一番叫阵后杨府大门紧闭,并无回应,她把砍柴刀在空中舞动几下,再次喊话:"杨开石、杨覃氏,请你们听好,你家八小姐杨素已经嫁给我儿子向小坎为妻,并且已经怀上我向家骨肉。八小姐跟我讲过,她主张恋爱自由,婚姻自主,决定嫁到我向家,她的生老病死由我向家负责。亲家公杨开石,你身为一区之长,应该明大理,尊族规,你一向秉公断案,素有好名声,断不至于在自己女儿身上干出糊涂之事。"向罗氏吼叫着,突然那扇朱红大门打开,走出庄屋井夫人杨覃氏来,几个丫鬟前后提着桐油灯。杨覃氏走近向罗氏,叫了一声"亲家",便要拉她进屋叙话。向罗氏请杨覃氏尽快叫出八小姐,杨覃氏声音低沉地告诉向罗氏,杨素不在府里。向罗氏一听大怒,认为杨覃氏在抵赖,往后退了两步,举着柴刀,对着大门发疯一样地吼道:"杨开石,请叫出我儿媳妇来,否则,我冲进你家里抢人!"说罢,便高举着砍柴刀向朱红大门攻去。

突然,尿罐从门背后闪出来,对着向罗氏大喊一声:"向罗氏,你好大胆子,竟敢独闯杨府?"话音未落,只听得"嘭"的一声闷响,向罗氏栽倒在门槛上,左手指向尿罐:"你,你,你,还我的儿媳妇……"右手用力把砍柴刀掷向尿罐,然后身子一歪,滚进屋里,她拉住大门,几欲站起,最后还是倒地。尿罐这一枪,正中向罗氏心脏,而向罗氏总算攻入了杨府。

杨覃氏大惊失色,扶住向罗氏,见向罗氏还有一口气,便附在她耳旁说:"杨素活着,你放心。"向罗氏听完,头倒向了一边。杨覃氏站起来发疯似的冲到尿罐跟前,狠狠地抽了他两个耳光,吓得尿罐跪在地上求饶。

此时,杨开石在众士兵的簇拥下走出大门,杨覃氏跪倒在地,声泪俱下,哀求道:"老爷呀,八小姐是你的亲骨肉,你就这么狠心将她置于死地?刚才小坎妈说得分明,杨素与向小坎自由恋爱,自主婚姻,杨素与向小坎结婚了,属于向家人,你我无权干涉。老爷,你还我的女儿……"杨开石命士兵将夫人拖进府里,看都不看一眼向罗氏的尸体返身回到堂屋。尿罐则指挥士兵将向罗氏的尸体用马拖到蛮王寨,捆绑在一棵松树上。第二天贴出告示,指控向罗氏持凶器攻击杨府,被乱枪打死。不到一天,向罗氏的尸体便被岩鹰吞噬,骨头都没剩一点。

惊慌出逃的杨素在冉来香的帮助下走上川鄂道,来到湖北地界,按照二姨妈的指点,投奔了覃家远房亲戚安顿下来。冉来香还是不放心,便取出杨覃氏赠送的金银首饰,托人物色了一个老实巴交的佃农,跟杨素临时组成一个家庭,才返回水镇。杨素至此总算躲过一次大劫,隐居下来。

杨素侥幸存活了下来,而蒙在鼓里的向小坎却不知情,以为心爱的杨素已遭毒手,便发誓要为她报仇。

向小坎自从与杨素分手之后,便随父亲到了鄂西。他因为家里贫困而辍学,自觉与杨素有了差距,而且深知杨素父亲杨开石断然不会同意他俩的婚事。向小坎跟杨素分别后之所以没有回来,就是因为他加入了"神兵",并且希望率领神兵打出一片天地,也给心爱的人创造一个幸福的归宿。此后,向小坎开始研读兵法。可是让向小坎万万没想到的是,生在豪门的杨素,却因为与他相爱,遭遇了"天大的难"。

神兵果真在腊月三十子时向水镇发起进攻。这第一次交锋,攻防两军皆轻敌,向家父子出兵三千,手持竹竿,高喊口号"杀进庄屋井,开仓救灾民",那些饥饿的神兵犹如从天而降,霎时,水镇四面大山之上,手持火把的神兵如萤火虫一般飞扑向庄屋井,杨开石头一次感到神兵的威力,天底下哪有这种战法呢？那些神兵根本就不怕死。杨开石不得已只得领兵退出水镇暂避。神兵当夜搬空了庄屋井粮仓的粮食。杨开石两天后返回,叫苦不迭,兵力折损五十名。这一战,神兵占了上风。

而神兵虽然大获全胜,运回过冬粮草,却损兵折将三百人。尤其是在进攻蛮王寨时,守关士兵泼洒猪血粪便,神咒虽没受到影响,却把道路淋湿,行走困难,向小坎父亲见势不妙,奋勇当先,脱下衣服,端起神水,念念有词,然后让大家分别喝下,带头强攻。最终,蛮王寨攻下来了,向小坎的父亲,神兵主礼却被流弹击中身亡。向小坎将父亲草草埋下,就急令撤退。

这一战,是父亲为母亲的复仇之战。母亲向罗氏为了儿媳妇杨素,在没有丈夫和儿子的帮助下,孤身一人,赤裸双脚,高举砍柴刀杀进杨府,饮弹而亡。父亲为了母亲,手持长竹竿,无视杨开石的机枪火炮,拼死一战。

母亲和父亲付出了惨重代价,丢掉了性命。此一役,没有战死的神兵庆贺胜利,分着战果,他们仅仅就是为了一顿饱饭,他们根本不会思考这样力量悬殊的战斗意味着什么,冷兵器与热兵器碰撞之后果就是灭顶之灾,无论怎么精通兵法,终究不敌。

向小坎接管了父亲的神兵之后,便开始思索贫富悬殊之下的战略战术问题,古代巴人神兵与现代战争融合问题。他发现,思考得越多,就越发丧失信心,不仅丧失了父亲的勇敢,而且发现自己根本就不是带兵的料。那些活着的神兵已经酣睡,他们根本不会想死掉的神兵为何会死掉的问题,他们根本不会考虑死掉的是主礼还是大队长,反正只要自己活着,有吃有喝有住处,就十分满足。这样的一支队伍如何打仗呢？

向小坎深知短时间内无法改造父亲的神兵,但是仇恨无时无刻不在侵蚀着他。母亲为儿媳,可以独闯杨府,死得壮烈。父亲为了母亲,可以挺身而出,拼死战斗,死得明白。而自己为了心爱的女人,也应当愤然一搏,死而无憾。

向小坎决定在四月份第二次攻打杨开石。杨开石闻听战报,早有防备,于是联络了邻乡豪绅增援,县里也派出官兵,势成合围。向小坎攻下蛮王寨后,受到来自三方的猛烈炮击。他不再喝神水念咒语,而是回家找到母亲和杨素的遗物,葬在父亲的坟边,然后指着杨素的坟墓,对身边的亲兵说:"我死之后,你们把我葬在这座坟里。"说完,便指挥大军退出蛮王寨。这一次出征,向小坎十分冷静,虽毫无所获,却也没有折损什么兵卒,而神兵也表现得训练有素,进退有度。

这次战役后,向小坎对杨素的思念更加强烈,复仇的怒火熊熊燃烧,他发誓要灭掉杨开石。他明白神兵缺粮缺枪更缺军纪,根本无法与杨开石的团丁抗衡,加之水镇地形复杂,只有一条川鄂道与外界相通,易守难攻。要想打败杨开石,就得使用谋略,以弱胜强,速战速决。向小坎最后决定"明修栈道,暗度陈仓",他一边派人给杨开石送达战书,发出在中秋节后发兵攻打庄屋井的明确信号,一边提出"专杀羊(杨)儿,打倒恶霸"的口号,以此鼓动和安抚民众,派出神兵修筑通往蛮王寨的川鄂道,迷惑敌人。

杨开石自恃有三百骁勇善战之正规军队,且加固了工事,认为对付这群泥腿子已经足够了。但是,有了前两次的教训,他采纳了尿罐的建议,联络邻乡团练配合,形成掎角之势。

向小坎的系列迷惑战术的确收到了效果。中秋节已经过去,并不见神兵到来,杨开石便推断向小坎取消或者推迟了计划。第二天早上,杨开石骑着战马,带着军师尿罐和两名侍卫上了蛮王寨。刚进入东寨门,猛然发现守寨士兵不在,顿觉不妙,大喊一声"撤退!"却不料松林中喊杀声四起,杨开石惊慌之间,尚未拔枪迎战,就被冲至跟前手持长竹竿的向小坎捅下马来,紧跟其后的神兵群跃而出,将杨开石乱棒打死。尿罐见主人已死便仓皇逃窜,向小坎见了仇人分外眼红,岂肯放过,便在树林中追击,却不料尿罐躲在树后打枪,向小坎被击中腹部倒地,神兵一拥而上,将尿罐杀死。

此时,水镇西门枪声大作,庄屋井守军听闻杨开石战死遂毫无斗志,一哄而散,逃出水镇,庄屋井被攻陷。遵照向小坎主礼的命令,进攻庄屋井的神兵掠得部分钱财后迅速向东寨门靠拢,准备撤退,援兵到达庄屋井时,神兵早已撤走,水镇也空无一人。

且说杨素离开水镇到湖北之后,生下了向小坎的儿子。儿子长到一岁,她便滋生了回水镇的念头。中秋节过后,她决定起身。走在路上,杨素听闻闹神兵,而且神兵三打杨家,首领叫向小坎。杨素不知道向小坎是否就是自己的丈夫,但她凭直觉认定这个首领就是自己的丈夫向小坎。除了小坎哥,还有谁会为她拼死决战呢?她料定小坎还会来水镇寻仇,尤其是小坎哥复仇对象就是自己的亲生父亲,虽然这个父亲与自己毫无亲情,早已恩断义绝,但毕竟血浓于水,小坎哥真杀死父亲,自己今后如何面对杨家人?

杨素这样想着就来到了蛮王寨,寨顶厮杀之声不绝于耳,她认定小坎哥就在上面,便加快了脚步,只要小坎哥见了杨素,自然就会减轻仇恨,放过父亲。然而,杨素登上寨门时却看见小坎哥躺在血泊中。她心里骤然紧张,跑上前去,解下背上的儿子,放在小坎哥身边。她扶起向小坎,见他已经昏迷,就大声呼喊:"小坎哥,小坎哥,我是杨素,你醒醒!"杨素焦急地呼喊着,嚷着叫医生,可站在身旁的神兵此时到哪里去请医生呢?只能眼睁睁地看着无计可施。杨素扯掉儿子的背带,把小坎的伤口缠绕起来。此时,向小坎缓缓睁开眼睛,见是杨素,便两眼泛光,轻声问道:"你,你,你是死人还是活人,我到了阎王府了吗?""小坎哥,我是杨素,我没死,你也没到阎王府。""我不是在做梦吧?我是不是死了?""小坎哥,你没死,你不能死,我们的好日子刚开始呢。你看看,这是你的儿子,你给取个名字吧。"向小坎依偎在杨素怀里,看着儿子,嘴角微微一笑,手费力地抬了一下。杨素赶紧抱起儿子,把小坎的手放在儿子身上,三人相拥在一起。突然,向小坎闭上眼睛,手也松开了,杨素推了一下小坎哥,知道小坎哥已经撑不住了,就抱住小坎哥痛哭起来。

此时,一名神兵跑上来报告,庄屋井已经攻破。杨素擦了一下眼泪,抬起头说:"我是向小坎的妻子杨素,这是小坎哥的儿子,小坎哥已经走了,你们也走吧。"不一会儿,大队神兵聚拢在向小坎身边,一个头目走上前,跪倒在地,接着,身穿缁衣的神兵全部跪下,黑压压一片,哀号起来。过了好大一阵儿,一个士兵走过来对杨素说:"我们原本要把主礼运回总坛安葬的,可在第二次攻打杨家时,主礼对我们说过,如果他战死,就埋在他妻子杨素的坟墓里。可是,如今夫人安好,尚在人间,如何处置,请夫人定夺。"

杨素此时已经伤心欲绝,感觉头疼脑涨,哪还管得了什么神兵。她抬眼看见不远处有一具尸体,血肉模糊,神兵告知那就是杨开石,杨素顿时昏厥。

待杨素清醒时,发现自己已经在铁炉石下,几名神兵正在挖掘杨素的坟墓,这个坟墓正好在向小坎父亲的坟边。她见一名神兵在写墓志铭,便走过去请求道:"把我的父亲杨开石也一并埋葬吧,写上'八女儿杨素泣立'。小坎哥的墓碑上,写上'妻子杨素立'。"神兵们一阵忙碌,两座土坟垒好,众神兵跪别后,向鄂西散去。杨素则一个人在小坎哥的坟前坐到天黑,哭干了眼泪,才回到小坎哥家里。

杨素没有再回庄屋井,过了一段时间,她回到鄂西,向自己老实巴交的丈夫言明一切,并表示自己心已属小坎哥,如果愿意一起回水镇,也只有夫妻之名,断无夫妻之实。丈夫见杨素这般坚决,便答应同她一起回水镇。杨素一家直到水镇解放那年,分得庄屋井一间偏房,才搬离小坎哥家。而小坎哥的弟弟不知所踪。

杨素与铁炉子聊了一宿,直到窗外传来鸟儿"叽叽喳喳"的鸣叫,杨素才挂了电话。

十八

还有两天就要放五一长假了,下午县上领导检查过防洪安全后,林子浩就安排邱仁义和余春兰走访,对脱贫监测户的收入进行一次统计。杜支书和林队长到镇上开会了,邱仁义和余春兰决定去走访铁炉子和向皮子。

来到向皮子家时,向皮子正坐在挑廊上抽烟,见驻村队员来了,只是瞟了一眼,不打招呼也不请人坐。邱仁义提了一条板凳,叫余春兰坐着,自己则站着,见向皮子不理不睬,心里十分不爽。"装大爷吗?哼!我又不是龟孙子。"邱仁义甩出一句不中听的话。

"都说向家舅子撩不得,今天我就来撩一撩。"邱仁义继续说道,"老向,五一节快到了,你是监测户,我们来看望你。"

"有啥子看的。"

"这个月就要完了,想调查一下你家的收入。"

"你审查啥子嘛?"

"不是审查,是调查。"

"你调查啥子嘛?"

"就是这个月你挣了好多钱?"

"这个嘛,还将就吧。"

"将就?多少钱?够用不?"

"钱这个东西,只要你不用,肯定就够用。"

"我问你,挣到腰包的钱有多少?"

"今年经济形势不容乐观。从国际上看,经济发展进入衰退期,甚至停滞。从国内来说,一些企业的职工面临降薪,乃至失业的状况。从个人层面上说,很多人不得不面对这种不利的局面。"

"老向,你说的啥子话哟,国际、国内、个人,你都分析了一通,我就问一句,你这个月的收入,你不要跟我扯那么多。"

"肤浅,庸俗。不管挣好多钱,我们都要吃饭的,对不对?挣得多,多吃点,挣得少,少吃点,开源不行就节流嘛。比如想买个东西,钱不够,怎么办?嗯,这个时候安慰自己,不买不就行了吗?人只要降低欲望,钱根本就不是问题。"

"向皮子,我就问你挣了多少钱,你在给我们上课吗?"

"挣多少钱,这个不是重点,剩下多少,才是关键。挣钱,它就是个过程,存钱才是结果。有人一年挣十万,用九万,剩一万,有人一年挣两万,只用了一万,也剩一万。从结果上来说,挣十万跟挣两万都一样,对不对?"

"就按你的说法,你这个月挣好多,剩好多?"

"你如果非要我报个数,可以,写吧,三百万。"

"你这个月挣三百万?干的啥子事?"

"找不到工作,在家里斗地主,分分钟几百万上下。"

"说半天,你是挣的虚货。我就是问你简单的问题,挣了多少钱,你跟我乱扯。"

"哼,钱这个东西,生不带来,死不带走,若干年后,一切都化为乌有,这个钱呀……"

邱仁义怒不可遏,骂道:"老子今天撞到鬼了,走!"向皮子也站起来,嘴角一翘说:"邱同志,莫说脏话,说脏话就是不文明,积分银行要扣分的。我还是从国际国内两个市场讲嘛,走啥子?"

"不听。"

"那就从个人层面分析嘛……"

"不听了,老子走了。"

余春兰见两人闹掰,只好拿着笔记本跟着邱仁义走,边走边拿出手机拨通了杜鹃的电话:"喂,杜支书吗?我向你报告一件事,今天走访向皮子,他不配合,不报收入支出账。老邱气惨了,骂了他,两人扛起来了。"

杜鹃嘻嘻地笑起来说:"不急,我来问一下。"说完立马拨通了向皮子电话:"向叔叔,您好,您忙不？我问您件事。"

"不忙,尽管说,洗耳恭听。"

"您今天是哪来那么大的气,把邱同志搞冒火了?"

"哼,冒火不算啥,我还要弄哭他!"

"您这就不对了哟,人家又没得罪您,也不差您钱,不差您粮,就调查这个月收入,也没做错什么事,您这么说是不是过了哟。"

"这个龟儿子邱仁义,一个月拿国家几千上万的工资,啥事不做,老子就是看不惯他,老子就不给他报。"

"您正在气头上,消停一下后我们再好好摆谈一下您两个究竟有何隔阂,好吗?"

"你告诉邱仁义,要我报数字可以,但是要等价交换。"

"什么意思?"

"给我提十斤米、十斤油。"

"向叔叔,您这个要求不合理。人家是驻村队员,不是您的儿女,凭什么要给您买礼物？再说,人家拿的是国家的工资,又不是您在开工资,与您何干?"

向皮子听后犹豫了一下,但还是忍不住说:"林队长上次看铁炉子,买了一桶油一袋米,我就问你一句话,驻村队处事公平不?"杜鹃"嘻嘻嘻"笑起来说:"林队长看铁炉子送的礼物,是他自己掏的腰包,不是驻村工作队的,驻村队哪来经费可以报销嘛。"

"我才不管他报不报销呢,邱仁义这个铁鸡公一毛不拔。他没有实物,我就没有实话。"向皮子说完就挂断电话。

杜鹃给林子浩打了电话,告知了原委,林子浩回话说,此事不宜声张,由他去处理。午饭后,林子浩在寝室里提着一袋米和一桶油,对余春兰说:"下午走访铁炉子前,把东西送给向皮子。"邱仁义一脸不屑,说:"送东西?这种人,你们送多少,他也说不出一句实话。"林子浩连忙安慰道:"老邱息怒,我们不妨改变一下工作方法,村里就是一个典型的熟人社会,带点见面礼,也是常情常理。"邱仁义坚决不同意提。林子浩只好和余春兰提着,三人出发。

就要到向皮子家了,邱仁义一屁股坐到路边的一块石头上休息。林子浩和余春兰提着东西走到向皮子的吊脚楼下。向皮子听见狗叫,从屋里走出来,看见是林子浩和余春兰,便满脸笑容地迎了上去,接过米和油,说:"林队长,余同志,你们驻村队把我向皮子这个脱贫监测户的困难硬是放在了心上,看嘛,这么远,走路来看我,还带礼品,这啷个好哟。"向皮子把两人让到挑廊里坐下,冲了两碗阴米茶,端给林子浩和余春兰说:"不好意思,简单喝一碗茶,解解渴。余同志不是在调查这个月的收入吗?我这就报告。"余春兰拿出笔记本说:"向叔,我一项一项问,您一项一项报。但是要实事求是,不得弄虚作假。"喝一碗阴米茶的工夫,余春兰问完了,向皮子也签了字。林子浩站起来说:"谢谢您,驻村队对您关照不够,还请包涵。"向皮子立马站直身子,摆着一双干瘦的手说:"不客气,不送了。"

告别了向皮子,两人来到人行道上,招呼邱仁义一起向铁炉子家走去。铁炉子腿脚不太好,此时正坐在穿心大店的屋檐下编织一只筲箕,睡在旁边的狗突然叫嚷起来,铁炉子抬头一看,见是驻村队员们,就放下筲箕,拄着拐杖,到屋里提了一条板凳出来,招呼三人坐下。余春兰拿出笔记本说:"彭爷爷,您这是在编筲箕吧,不耽误工。五一节要到了,林队长带着我们特地来看望一下脱贫监测户,顺便调查一下本月的收入。您身体还行吧?"

铁炉子放下筲箕说:"身体还行,我铁炉子这个人从小吃过苦,身体就像铁打的,稍微有一点毛病,吃一碗三多面,多放点姜蒜辣椒就好了。目前来看,除了腿脚有点不便之外,其他的零件还行。"林子浩呵呵一笑说:"您岁数大了,也该歇歇了,您还编上了筲箕,就是个闲不住的人。"铁炉子转动了一下铁砧般的大脑袋说:"闲着也是闲着,劳动人民就应该一辈子劳动,老了,就要经常活动筋骨,不然老得更快。我空了就编筲箕、簸箕、筅笼,也不图能卖钱,儿呀女呀,回来了,愿意要的拿去,左邻右舍要的,拿去,人老了,别的活干不了,能做一点就做一点。"林子浩问道:"您家里吃的穿的盖的还缺吗?"铁炉子回答道:"不缺,脱贫攻坚时,我家是贫困户,水、电、路、房、讯都整修好了,连厕所都整修了。两不愁三保障,国家都做到位的。我有儿有女,只是隔得远,但不时也回来看我,送点东西。曾满山医生每个月来看我两次,党和国家的政策落实得好。我一个人吃不了多少,也用不了多少,我啥也不缺。"

余春兰接着问道:"您这个月有收入吗?"

"有。村委直播带货嘛,我卖出两只鸡、十斤老腊肉。林队长转给我了五百元钱。罗半山来牵走两头羊,给我两千元。这个月我的收入可观。"

"您收到的钱存入银行了吗?"

"存了,曾医生每个月都来给我检查身体,我的钱就托他代存了。他还怕我不放心,先把钱转到我的银行卡上,他再去银行存进他的卡里。"

"曾医生真是个热心人。"

铁炉子突然想起什么,把大脑袋转动几下说:"曾医生就是我的半个儿。他每个月来看我,帮我做事,骑摩托车带我走亲戚,这是当儿当女的都做不到的,我说曾医生是我半个儿,其实还说轻了。"

林子浩解释说:"脱贫攻坚时,国家制定了医疗保障政策,要求各乡镇村医生包干落实巡诊任务,定时给贫困户检查身体,这是他们应该做的。脱贫攻坚时的做法,到乡村振兴阶段继续保留,有效衔接,保证老有所养,病有所医,您就放心吧。"铁炉子再次拿起筲箕编起来,说:"我这个孤老头,儿女隔远了,就盼着曾医生来。"

林子浩听了铁炉子的话,鼻子一酸差点儿掉出眼泪来,他想起了远在东北的父母。他走到穿心店里,还是忍不住掉下眼泪。最近太忙,几乎没想过父母,儿子不在身边,或许他们跟铁炉子一样,月月盼着村医巡诊。想到这里,林子浩决定五一节回一趟老家,回去陪陪父母,再说,自己都一年没有回去过了,主要是因为自己的生活一塌糊涂,老婆弃他而去,城里租的房已退,现在除了村委,就剩下佳木斯那个家了,父母的家是自己永远都可以回去的地方。寡言少语的父母,此时难道没有盼着儿子回家吗?余春兰还在询问,林子浩在"钉钉"平台上提交了假条。此时,他已经归心似箭,巴不得当晚就能飞回家去。于是他拨通了爸爸的手机,把五一节回家的消息告诉了爸爸,妈妈在旁边,赶紧拿过手机跟儿子说话,絮絮叨叨半天,最后提了一个要求,一定得带上女朋友回家。林子浩"嗯嗯"两声,就挂断了电话。

铁炉子待余春兰调查完,便谈起杨素的事来。他对林子浩说:"我家小姐杨素可不是一般的人,她虽然四十年没回水镇,可这不能怪她。这四十年她干什么去了?她是一头扎到大海边创业去了。龙河的水养不活她,只有大海才是她的天地。如今,我听说小姐发了大财,想回来丢点想头,水镇走出去的人,谁没有这个想头。林队长、邱同志、余同志,我家小姐这辈子受过天大的难,找点钱也不容易,要是我家小姐真回来了,你们不能让她搞栽了呀。"

余春来忍不住笑起来说:"老人家您就放一百个心,驻村队员绝对配合支持。您想想,三多集团是个上市公司,水镇盼都盼不来的金主,我们还有什么理由不欢迎不支持不配合呢?"余春兰说完便和林子浩离开了,铁炉子挂着拐杖一直送到穿心大店出口,一直到看不见他们,才转身返回。而林子浩回头,看见老人孤零零地站在衰落破败的穿心店,心头顿生一种凄凉落寞之感。这些留守山村的老人不愁吃、不愁穿,医疗、住房、教育、饮水有保障,可是,他们是孤独的、清冷的、寂寞的,而这恰恰是老人最不能缺的。

十九

  妈妈在电话里说希望林子浩五一节带女朋友回家,这件事让林子浩头疼。妈妈催促他结婚生子,已经有好几次了,老人想抱孙子完全可以理解,但是,就他目前极不稳定的生活状态,真不适合谈恋爱。思来想去,他决定找杜鹃帮帮忙,如果杜鹃愿意跟她回家,也可以安慰一下心急的父母。

  想到这里,林子浩拨通了杜鹃的电话。"喂,小师妹,伤口咋样了?愈合没有?"

  "基本愈合,节后出院。"杜鹃笑着回答。

  "可以走路了吗?"

  "勉强可以走。"

  "小师妹,我想请你帮一个忙。"

  "啥忙?说来听听。"

  杜鹃听了后说:"师兄,实在不好意思,咱们村乡村振兴,八字还没有一撇呢,我伤好了以后要赶紧再想想办法。对了,你这次回东北,别忘聊招商引资的事。"

  这时,口袋的电话响起,林子浩一看是杨心。"喂,师兄,你在哪儿?"林子浩回复说在村里。杨心在电话里说:"师兄,我今晚出发回水镇。我认真拜读了你的《人类学心语》,想跟你交流一下读书心得。"

  林子浩淡淡地说:"谢谢杨总关注,几篇拙文,不足挂齿。"

  杨心笑起来说:"师兄不必过谦。师兄的才华令人钦佩,读完后我深受启迪。"林子浩根本不相信杨心会读他的书,也根本不相信杨心所说的启迪,于是有些消沉地说:"你就笑话我吧。"

  杨心认真地谈起书中的语句来:"比如,书里谈到一个观点:浩瀚的宇宙,给了地球机会,地球努力让自己美丽;地球给了人类机会,人类努力让自己精彩,虽然这对于宇宙来说,只不过是昙花一现。师兄,这样的人类学心语,平实无华,却让我心灵震颤。从中,我也悟到一点,时代给予三多集团机会,三多集团才如此五彩缤纷,三多集团给予我机会,我的人生才这么灿烂辉煌。这不是启迪是什么?师兄,你真行,不愧为人类学博士。"

林子浩苦笑了一声说:"人类学心语,未必就是人的心语,你的师兄,生活就没有那么美好。"

杨心"咯咯咯"大笑起来说:"师兄,你不必如此悲观,事在人为嘛。""杨总,你不要嘲笑师兄了,在蛮王寨这个荒山上,要人没人,要资源没资源,要钱没钱,有什么作为?"

"师兄,我问你个问题,你的毕业论文叫《拯救空心村》,是吧?"

"最先的题目是《拯救空心村》,刚才听了你的建议,就想改为《振兴空心村》。""不,别改。我就想问问师兄,无论拯救还是振兴,假如你不在空心村里,而是在学校在大城市,在悠闲的办公室待着,怎么知道山村发生的事?何谈拯救和振兴?在寝室里,在办公桌上抠出的文字,它能是真实的吗?这样的论文又有多大的价值?"

"这才是人类学心语。"杨心的话直戳林子浩心窝,他一时找不着合适的语言回答。杨心见林子浩不说话,就知道刚才的话说动了他,于是问林子浩:"师兄,你能给我一点时间吗?明天中午,三多湖畔,我向你讨教《人类学心语》。"

林子浩一听蒙了。"明天中午?"林子浩反问。杨心肯定地说:"明天中午,三多湖畔,不见不散。"说完就挂了电话。

这个师妹怎么选择五一节来水镇呢?自己已经告假,是走还是留呢?留吧,父母在家巴巴地盼着,怎么好开口说不回去这句话呢?走吧,杨心亲自到水镇,这是招商引资的大好时机。林子浩回想起铁炉子的叮嘱,又想到杜鹃传来的意向性协议,他意识到,三多集团与水镇肯定会发生点什么。然而让林子浩纳闷的是,一位上市公司董事长居然悄悄地出行未免低调,而且竟然选在节假日。林子浩预感到这是黎明前的安静,一场新的变革即将来临。这位年轻的董事长,看似轻率,其实不简单,她选择轻车简从,她选择节假日众人度假之时回到水镇,是想排除任何干扰,冷静客观地看一下水镇,看一下蛮王寨。有了这样的直观感受,她才托底,她托底了,三多集团才托底。杨心能牺牲节假日回到水镇考察,自己身为驻村队长、第一书记,为何不能做牺牲?杨心回水镇,指定就是为了水镇蛮王寨的开发建设,如此重大的招商引资契机,自己若抓不住,如何配当驻村队长、第一书记呢?

　　林子浩想到这一点,便毅然决定不走了。他拿起电话,向爸爸讲了村里发生的紧急情况,不得不取消回家行程。爸爸倒没有说啥,妈妈却不干了,说都通知了外公外婆舅舅二姨三姨,怎么说取消就取消呢?林子浩只好一再解释,答应在中秋节或者国庆节一定回去,外公外婆舅舅二姨三姨那边,自己打电话,一一道歉。这样说过后,妈妈才勉强同意。

　　五月的第一天,风和日丽,三多湖上波光闪耀,两岸青山,绿意盎然。湖边,一位头戴黑色鸭舌帽的中年人坐在湖边垂钓。外面的世界喧嚣复杂,三多湖却宁静单纯。湖面划过一对秋沙鸭,空中飞过一群一群的白鹭,岸边牛儿啃噬着青草,挂在脖子上的铃铛清脆悦耳,这是大自然的朴实与素雅。三多湖,她就是一位含情脉脉的土家"女将",待字闺中,让人神往。一湖碧水,万种风情。

　　杨心坐在三多湖畔,深情凝望着这一面似乎永远看不够、看不透的幽蓝而深邃的湖。"这就是我的家乡吗?你怎么这么美丽动人?你怎么让人如痴如醉?奶奶忘不掉你,走出的游子忘不掉你,我也想投到你的怀抱。"在林子浩的眼里,杨心此时变成了一位诗人,在为家乡歌唱,为三多湖歌唱,她仿佛沉醉其中,心旷神怡。林子浩蹲在水边,用手捧起一窝水,然后将水如珍珠一样滴落,他接过杨心的话:"水,奔流不息,海纳百川;水,就是水镇的底色,也是水镇的本色。"杨心点头赞同。林子浩似乎对这龙河之水又有了新的注解:"水,有时静如处子,文静安详,滋润大地;水,有时候动如脱兔,疯狂恣肆,危害人间。比如从前水镇,四月八,洪水发,水镇人就遭了殃。"林子浩说完,扶了一下眼镜,脸上露出诧异的神色说:"可是今年很特别,四月八,竟然没有发大水。"杨心道:"依我看,这未必是个好兆头。"林子浩说:"愿闻高见。"杨心淡然一笑说:"高见谈不上。最近我在研究水镇,包括水镇的天气,这里是山地,天气多变,晴雨无常,这个是正常的,但今年的四月不降雨,而是降冰雹,四月不发洪水,却晴天居多,反而不正常。"林子浩听了杨心的话,突然感觉自己见识浅薄,杨心可不是一般的女人,她能上观天文、下察地理、中通人性,否则,她走不进三多集团,更坐不上第一把交椅。自己虽为博士,岂敢与身经百战的杨心相比。在这个女人面前,自己不过是个平凡之辈,何以能跟他平起平坐,平等对话呢?想到这些,林子浩便油然而生自卑感。

可是杨心却没有林子浩那么多心事,她看到了林子浩的质朴与善良。她见林子浩面露尴尬之色,便知道这个男人的心思,于是拿出《人类学心语》翻阅起来。林子浩看见扉页上有勾画的笔迹,就知道杨心不仅阅读过,还在认真研究,他不知道这本小册子有何魅力,竟然如此吸引她,他也不知道杨心情感的变化,他甚至还在为杨心婉拒他的求职而懊恼。

"你的宇宙论和人类学心语,启迪智慧,直击灵魂,让我受益匪浅。"杨心望着林子浩说道。

林子浩摆摆手说:"杨总抬举我了。"杨心那一双如岩鹰般的凤眼,此时却变得如鸽子一般温顺平和,她对林子浩说:"师兄,你有过失败的婚姻,而你却没有被击垮。你在逆境中把希望留存了下来,你撰写的《人类学心语》也唤醒了我颓废的灵魂。这是向美、向善、向好、向上的人生追求,它让我看到一位落魄的书生在挣扎彷徨,也在浴火重生。"

林子浩惊讶地看着杨心，杨心还是忍不住讲述了她的故事。"在回水镇之前，我有过两段失败的恋情，它曾令我焦头烂额心灰意冷，在水镇邂逅师兄，尤其是阅读了《人类学心语》后，我才走出情感的困扰，振奋起精神，投入到水镇的考察调研中。我说过，《人类学心语》让我心灵震颤，这完全是真的。你可能不知道，前次回水镇，既是我陪奶奶回乡祭祖探亲，也是奶奶陪我散心。"

林子浩听了杨心的话顿感好奇，杨心与自己相约三多湖畔，交流读书心得，没想到她还会向他说起自己的秘密。那么，为何杨心要向自己讲这些呢？林子浩摸不着头脑，更让林子浩疑惑不解的是，杨心为何闭口不谈蛮王寨投资的事。林子浩此时一门心思在村里的振兴上，招商引资若不突破的话，他这个驻村队长、第一书记，再也无法面对村民，无法面对其他驻村队员。

林子浩正在揣测着杨心的心思，杨心缓缓说道："师兄，水镇那次冰雹灾害很让我心痛。房屋、庄稼、牲畜严重受损，尤其是罗半山的李子产业几乎毁于一旦。水镇难了，这个难关如何度过？"听了杨心的话，林子浩脸上现出无奈的神情，说："杨总，你看到了水镇的苦难。脱贫攻坚战消除了水镇的极端贫困，可是一场冰雹又给水镇一些家庭带来了灾难，人类的智慧、勤奋与抗争，在大自然面前终究不堪一击。水镇又增加了返贫率。"

杨心点点头说："冰雹下在水镇，也如同打在我的心上。老天无情，可人间有爱。这场冰雹也让我看见了水镇人的刚毅与果敢。我看见了曾书记、郭镇长，还有师兄你，一群充满血性的水镇人，用行动在与天奋斗，绝不屈服，绝不认命。我很佩服，也很欣赏。只有斗争，才有出路。你们是水镇的希望。这也是三多集团毫不犹豫伸出援手的原因。"

林子浩呵呵地笑起来说："杨总你抬举我们了，其实我们在困兽犹斗。"杨心坚定地说："我没有看错，有你们我才有信心！"

此时,一条巡湖的船驶过,不一会儿隐入一道天门峡谷。两人静默了一阵,杨心望着湖面一道道的波纹,又聊起了《人类学心语》。"按照你书中的观点,我同时也想到很现实的问题。时代给予三多集团机会,三多集团也要努力让自己精彩。那么,三多集团能否让自己精彩呢?这是三多人最近在极力寻找的路径。房地产市场饱和,发展空间紧缩,企业面临着转型。三多集团引以为傲的三大支柱产业受到空前的冲击。三多集团来到了面临抉择的十字路口,目前是非常艰难的。"杨心说完沉下了脸。林子浩不知道三多集团经历了什么,也不明白杨心为啥要跟自己讲这些,他只是望着杨心,不再说话。

两人再次静默。好一阵,杨心仿佛从深邃的峡谷中钻了出来,若有所思地说:"师兄,你看到水镇这三条河了吗?上游的两条小溪,流经水镇后受阻,它们是怎么选择道路的?奋勇向前,把坚硬的岩石凿穿,把雄奇的大山踩在脚下,势不可挡,冲刷出第三道天门。龙河,困兽犹斗,斗出了一条洋洋洒洒的龙河,一路奔向长江。"林子浩仿佛明白了,他隐隐地感觉到赫赫有名的三多集团,如今深陷困境,杨心肩负着开拓前进的巨大压力。

"宇宙给了地球机会,地球努力让自己美丽,地球给予人类机会,人类努力让自己精彩。时代给予三多人机会,三多人创造了辉煌。而今天,三多集团陷入重围,是沉沦还是冲出重围?是破产还是涅槃?历史的重担压给了我,也给了我机会。我能否如龙河一样破石穿山,冲出重重阻隔,勇往直前呢?我在苦苦思索,寻找出路。师兄,我在水镇找到了答案,也在《人类学心语》中找到了信心和力量。乡村振兴,是新时代给予三多集团突围的绝佳机会。"

杨心说完,便给罗半山打了电话,然后转头看着林子浩说:"师兄,你能陪我上刀山下火海吗?"

林子浩呵呵一笑说:"杨总你开玩笑啊。"

杨心"咯咯咯"地笑起来说:"走吧,咱们上蛮王寨。"

二十

水镇党委书记曾诚五一放假没有回家,此时正坐在办公室思考,他的笔记本上密密麻麻记满了镇里的大事小情。他去年才从其他乡镇调来,不到一年,水镇就被确定为全市乡村振兴重点帮扶镇,全镇干部群众顿时神经绷紧,各项振兴任务压茬推进,容不得半点犹豫和退缩。这个个子不高,皮肤早已被太阳晒得黝黑的中年汉子也被推到了风口浪尖。他一头扎进水镇,今年自从春节后返岗,节假日从来没有休息过,只能利用回县城开会的机会抽空与家人团聚。年初的招商引资大会后,各村各组吹响了冲锋号,畈田村、瓦屋村的观光农业园已经开始招揽游客,可是自然风光最为独特、文化历史最为厚重的蛮王寨村却行动迟缓,全镇最先规划的村道路改扩建项目没有争取到资金投入,开不了工,成为全乡后腿项目。

蛮王寨村越穷问题越多,停滞不前,问题也会越积越多。向皮子不断地给镇上施压,要求更换村支书杜鹃,他的理由简单,杜鹃少不更事,担不起村支书这副担子。而曾诚并未采纳向皮子的意见,因为他知道蛮王寨村的症结所在。蛮王寨,山清水秀,自然景观独特,但是这些美景在村民看来却是穷山恶水,尤其是公路修通之后,川鄂古道再也没有人行走,早已淹没于荒草树丛,二十世纪八十年代,山上的人发疯似的奔下山,人口迁徙严重,全镇七个村,唯蛮王寨村成为名副其实的空心村,变成真正的荒山野岭,人迹罕至。在这样的自然村寨,谁当村支书都会一筹莫展。理想很丰满,现实很骨感,面对这种情况,杜鹃又能咋样?一句话,想要改变,谈何容易。杜鹃当村支书的确经验不足的一面,可是她很用心,遇上村里的急事难事,把自己的工资都搭进去了,这是一般女孩子做不到的,她也错过了很多走出去的机会。

可以说她在努力让自己成长。这一切，曾诚都看在了眼里。像这样愿意待在村里的年轻人已经少之又少了。杜鹃能坚持下来，真是不容易。

曾诚翻着笔记本，突然看见自己在一次大会上讲过的一句话：乡村振兴，一靠政府，二靠百姓。现在看来这句话讲得不那么贴切。当家才知油盐贵，县政府的财政收入要支撑起全县各乡各镇各个街道乡村振兴的需求，显然缺口很大。比如蛮王寨村的村道路，去年就申报，县里也纳入规划，但迟迟没有资金投入，理由很简单，资金保障重点项目，蛮王寨村道路维修就只好暂时搁下。可是这对于水镇和蛮王寨村来说就是天大的事。但是，光着急上火又有何用？所以，才有年初的全镇招商引资大会，这也是万不得已的举措。这个被逼出来的措施却起到神奇效果，民营资金显现了威力。畈田村、瓦屋村的观光农业园就是私营企业家投资打造的，今年就掀起了乡村旅游的小高潮。那么，蛮王寨村能否走这条路，或者实现新的突破呢？

曾诚想到这些，就拨通了驻村队长林子浩的电话。"林队长你好，回老家了吧？你爸爸妈妈身体还好吧？东北天气是不是还冷着？"

林子浩嘿嘿一笑说："报告书记，我没回家。"

"你在村上吗？都放假了，也没人做饭，到政府食堂吃饭吧，我们聊一下蛮王寨村招商引资的事。""我正在招商引资。我陪着三多集团董事长杨心，正在蛮王寨考察。""啥？杨总来了？什么时候来的？这是件大事，你为什么不报告？"

"杨总不让说。不过，刚才杨总让我跟您汇报，今晚八点，在镇政府洽谈投资和村道路修建的事。我正准备给您打电话汇报呢，书记您在哪儿？"

"在镇上，我也没回家。你转告杨总，我立马去蛮王寨，陪同她考察。"

"不不，不用来，杨总说了，五一节不打搅镇领导休息。""林队长，你搞什么鬼?"

"杨总上了蛮王寨,你说这项目不放在蛮王寨,还能去哪儿?"

"你给我听好,你必须把好事办好,要是搞砸了,我拿你是问!"

"好,晚上见。"

杨心进到蛮王寨穿心大店便有一种似曾相识的感觉,她一眼就认出了铁炉子,顿感无比亲切。在杨心的心里,铁炉子绝不是奶奶的仆人,而是自己的叔叔了。于是她走过去,给铁炉子鞠了一躬,叫了一声"叔叔"。让杨心万万没有想到的是,铁炉子像触了电一样从凳子上直接跪到地上,两手紧紧抓住拐杖,连连摇头说:"我铁炉子哪辈子修来的福气呢?我铁炉子不配你叫叔叔。你奶奶是我的救命恩人,是我的主人,这个情我铁炉子一辈子铭记在心。你是我家小姐的孙女,你当然就是我的主人,你不能叫我叔叔,叫我铁炉子就行。要是再回转三十年,我铁炉子也会给你牵马执鞍。"

杨心很不好意思,赶紧扶起铁炉子说:"您的老旧思想也该与时俱进了,您都米寿老人了,当晚辈的理当尊敬。"铁炉子的阔脸上依然显得严肃,两道花白的浓眉此时向上翘着,他伸出大手舞了几下说:"小姐是我铁炉子的主人,小姐的后代也是铁炉子的主人,这个观念,铁炉子一辈子不会改变。"铁炉子说完就拄拐进了屋,不一会儿就叫罗半山进去,端了几碗阴米茶出来。

看着三人喝着,铁炉子乐了,他问杨心这次回来是不是要开发穿心大店。杨心也开心地笑起来,回答"正是",要把这个大店子开发出来,像过去一样做客栈。铁炉子一听,又收住笑容,说:"我不瞒你们,你也亲眼看见了,偌大个穿心店如今就剩下我一个孤老头,实在可惜。你们来开发,我铁炉子的三间旧房全部捐献出来,你们想怎么开发都行,我保证不要小姐一分钱的租金。可是,我有些不放心,说出来又怕得罪你们。"

听了铁炉子的话,罗半山的脸像打了蜡,赶忙劝阻道:"您还是不说为好。"林子浩此时的心情也很复杂,因为他知道铁炉子这个人比较耿直,担心说出来的话会搅扰了杨心的心情,甚至影响杨心的决策,从而搅黄了投资大事。于是也跟着说:"您有何意见建议,留待杨总考察之后再提,好吧?"可杨心却看着铁炉子说:"您不妨直说,我这次回来,没有惊动太多人,就是要听到最实在的话,看到真实的水镇,这有利于三多集团作出正确的决策。"听了杨心的话,铁炉子把拐杖往凳子上一搁,转头盯着林子浩和罗半山说:"我家小姐这辈子遭受过天大的难,也干了天大的事业,不知吃过多少苦,如今她老了,应该享享清福。可是她闲不住非要回来折腾这个穿心店。这件事我一直放心不下。村里的人都走了,虽然簿册上还有几十个名头,但那都是为了保留住林地、土地、宅基地,说白了就是保留块坟地,那些人早就是空挂户口。你们设身处地想一想,恢复了穿心店,投了那么多钱,谁来住呢?没有人住就赚不到钱,三多集团岂不是白投了?"铁炉子坐在木凳上,一脸严峻,见三人不说话,就接着说:"再说,蛮王寨过去有川鄂古道经过,人来人往,打尖住店的多了,可如今公路修通了,就没人再来,你们看到了,冷冷清清的,甚至路都没了。这个院子就我一个人留守着,要不是有干部来走访,曾医生来看病,谁知道这座大山上还有活人呢?我很担心这个民宿建起来了,旅游能否搞得起来。林队长、罗老板,你们是要负责任的,决不能误导我家小姐,钱投下了却血本无归,谁来承受这个失败?我铁炉子这三间房全部献出来,任由小姐安排,我铁炉子心甘情愿,但是,房子维修好了,也改成客栈了,没有客人来,赚不到钱,这不是白白地为我家修缮了房子吗?如果是这么个结果,我铁炉子住在房子里怎能安心呢?这不是在坑害我家小姐吗?"

　　三人听了铁炉子的话,都沉默了。

　　杨心突然把头一扬,甩了甩长发说:"叔叔您说得对,恢复一个穿心大店等于重启一个旧客栈,能否经营下去,关键在于客源。过去造成人口流失的根本原因,就是城乡差距大,种地成本过高。人往高处走,水往低处流,这是时代留下的印痕。现在,国家要补齐短板,推进乡村振兴,彻底改善农村的人居环境,目的就是要缩小城乡差距。叔叔,您想想,要是这个差距缩小,甚至没有了,人还会走吗？那些走出去的人不是也会回来吗？"铁炉子还是不太理解,疑惑地看着杨心说:"如你所说,就是城乡差距缩小,这城里的人凭啥就一定要回来呢？"杨心觉得铁炉子问得句句在理,她也明显感觉到,他对奶奶深沉的爱护,于是慢慢开导道:"我们不仅要打造穿心店,而且还要修路,添置村卫生室的设施设备,配套网络通信,修建体育场馆,总之,城里有的我们都有,城里没有我们也有。比如新鲜的空气、美丽的风景、凉爽的气候等,我们把过去存在的差距消除了,而村里的环境优势凸显,这就形成倒差,按照人往高处走、水往地处流的原理,城里的人当然会流向乡村。叔叔,我这么直白地说,您能理解吗？"铁炉子眉开眼笑起来。杨心见铁炉子有些明白,就继续分析说:"三多集团有一批精英人才,蓄势待发,只要我们找准了方向,融入国家乡村振兴中来,必然会闯出一条新路。我奶奶您是知道的,她老人家在商海沉浮几十年,炼就了一双慧眼,奶奶看准的项目准没错。叔叔,我这么说,您放心了吧？"铁炉子点了点头。突然,铁炉子竖起两道浓眉,目光如炬,盯着林子浩和罗半山说:"看来我家小姐主意已定。我早就说过,我家小姐一定会回来的。我铁炉子没有坏心眼,就是不怕得罪人。杨心这次回水镇,是天大的喜事。你们两个年轻人可是要跑勤快点,想周到一点,万不可怠慢我家小姐。"铁炉子说完便招呼三人晚上来家吃三多面。杨心欣然答应。

杨心三人在穿心大店转悠了一阵,又向蛮王寨顶出发。铁炉子待三人离开后,便打电话给杜鹃、马兹文、曾满山,让他们务必前来穿心店帮忙,准备一桌丰盛的晚餐,说今天家里有贵客。

杜鹃是个机灵鬼,闻听杨心在蛮王寨,便心中窃喜。接了铁炉子电话后,她从银行取了点钱,到三多餐馆找到金穗、刘少年两口子,请他们出山主厨,说要到蛮王寨宴请一位老板。"这个是我的拿手好戏。我店里酒肉蔬菜应有尽有,只要杜支书肯出钱,到水镇任何一个地方都行,包你满意。"金穗人直话爽快,说完就叫老公刘少年一起打包,准备完毕后就开着皮卡跟杜鹃上了蛮王寨。

下午四点多,林子浩、杨心、罗半山才从山上下来,几人已经走得满头大汗,精疲力竭。尤其是杨心,一进到院子,便瘫坐在铁炉子连坐带躺的竹椅子上,闭上眼睛睡了。铁炉子见状急忙拿着扇子坐在杨心旁边给她摇扇,心疼地看着。

杨心躺了一阵,感觉恢复了些体力,睁开眼睛才发现铁炉子家里来了那么多人,支部书记杜鹃也来了,而且摆了满满一桌子菜,正等着她醒来。杨心心情顿时高兴起来,她称呼铁炉子"叔叔",铁炉子一开始不习惯,可是经不住杨心一直这么称呼,也就任由她了。铁炉子、曾满山从里屋取出一罐苞谷烧来,说:"倒上吧,每人一碗。酒过三巡,我不再劝酒。杜支书带了啤酒饮料,你们自便。"杨心在商海打拼多年,也会喝酒,今天实在太高兴了,也就放开了,跟着铁炉子的节奏,举起酒碗大口大口地喝着。三巡过后,酒碗见底。罗半山提议再喝瓶啤酒,杜鹃也顺势招呼。

喝完第一碗啤酒,杜鹃站起来敬酒:"这第一碗酒,我代表蛮王寨一千多父老乡亲,敬回家的亲人杨总。希望杨总在蛮王寨考察顺利,民宿项目早日在蛮王寨落地。"说完一饮而尽。

苞谷烧和啤酒下肚,罗半山面红耳赤,涂蜡似的脸开始红润起来。他饶有兴致地跟杨心聊起了巴人崖棺。罗半山聊完,杜鹃再次举杯说:"第二碗酒,我代表村委一班人敬咱们的驻村队长林队长。在我受伤住院期间,你是队长、支书一肩挑,乡村振兴的各项工作正常推进,尤其是撂荒地田野调查、脱贫监测户的走访、接待上级检查,都没有出现任何纰漏。在此,我敬师兄一碗酒,表示真诚谢意!"

杜鹃这一声"师兄",突然令杨心好奇起来,连忙问是咋回事。林子浩解释说,杜鹃也是深华大学毕业的,杨心高兴极了,举起酒碗就要与林子浩、杜鹃喝校友酒。杨心真没想到,在蛮王寨这个荒山野岭上,竟然有三位校友神奇相会,这不是难得的缘分吗?

杨心正在感慨之时,杜鹃站起来端起酒碗说:"第三碗酒,我们一起敬米寿老人彭叔叔。"杜鹃望着铁炉子说:"你老人家虽年事已高,但是,正如您老的外号一般,您的身体就如铁打的一般硬朗。今天您请我们来家里喝酒,我非常高兴,可是我要违您的心愿,今天这顿晚餐,由我杜鹃包了。您年纪大了,还记挂着村里的事,我已经非常感激,哪能让您破费呢?我们祝您福如东海,寿比南山!"铁炉子见大家都干了,也就一饮而尽,搁下碗说:"我说好的,今晚我请客。我老了,今后还得指望你们年轻人关照呢。"杜鹃也放下碗说:"您不要客气,您的心意我们都领了。您今后有什么事,尽管给我打电话,您的事就是我杜鹃的事。"

杨心在水镇还是第一次喝酒,而且巧遇校友,自然兴致高昂,便索性敞开喝酒。酒过三巡,杨心开始晕乎乎的,说话也啰唆起来。突然她一下子伏到桌上。林子浩见状,赶紧扶起杨心,准备把她挪到竹椅子上去。杨心此刻却倒在了林子浩怀里,林子浩一下怔住了,手足无措。铁炉子赶紧让林子浩把杨心抱到椅子上。林子浩身高力气大,一个公主抱便把杨心轻轻抱到椅子里。

坐在对面已经喝得满脸飞红霞的杜鹃感觉胃里难受,身子一歪,赶忙跑到石坎边,"哇哇"吐了起来。林子浩拿着水杯和餐巾纸过去又去照顾杜鹃。

曾医生从药箱里取出几支葡萄糖,先给杨心喝下,再给杜鹃喝,铁炉子埋怨了几句,提了一根木凳,拿着扇子,坐在杨心身边给她驱赶蚊蝇。

二十一

五一节,林子浩断然放弃了回家的计划,做成了一件大事,也在他的驻村史上写下了浓墨重彩的一笔。三多集团与水镇人民政府签署了蛮王寨三多民宿开发建设的一揽子协议。当晚,杜鹃就在村民群里发布了这则消息。承建村道路的罗半山,第二天就请来了五台挖机开了工。邀请了村民王永池、杨仕游等回来修路。罗半山计划用五台挖机同时作业,一周内平出路面。原来,去年镇上为了推进村道路建设,按照村民委员会"一事一议"规则,议定了全部事项,包括由罗半山承建。可路修到一半,竟然等不来钱,只好停工待命,真是万事俱备,只欠东风。所以,建设资金有了眉目后,罗半山便迫不及待顶了上去。

在穿心大店长期孤守的铁炉子发现,杜鹃发布消息后的第二天上午,冷冷清清的大院竟然回来几户人家。铁炉子跟王永池、杨仕游打招呼,王永池对他说,昨夜接到儿子电话,说村里要搞开发,叫他们先回来瞧瞧。铁炉子见他忙碌,不再多问,只是会心地一笑,抬头望着屋檐上的瓦片说:"嘿,我家小姐回来了,大把大把地丢钱,你几爷子不回来才怪!"铁炉子还没有坐稳,王永池、杨仕游等几人便围过来,铁炉子就知道这些人是来探听虚实的,于是也不隐瞒,把近来杨素回水镇决定开发蛮王寨民宿的事绘声绘色地讲了一遍。王永池随口说道:"这几年,罗半山嘴里就没有一句实话,看来,这一次是真的。去年他通知我回来,说要开发崖棺群,结果,害得我跑一趟空路。"

向皮子在五一节的晚上从村民微信群中得知修建村道路和开发民宿的事,第二天又打听到铁炉子设宴款待杨心的事,心里顿时不满起来。他是村里的村务监督员,这么大的事,杜鹃、马兹文、曾满山都参加了,却唯独不通知他。他越想越觉得不对劲儿,坐在挑廊上抽闷烟。响午后,向皮子便提了锄头,腰间别了一把砍柴刀,上山去了。

罗半山这边更是神速,五台挖机全部开始作业,宁静的蛮王寨随着机器轰鸣也喧嚣起来。这村道路建设,万事俱备,只欠她杨心这股东风。然而就在这千家欢呼的时刻,却发生了一件事。

五月二日一大早,罗半山便给杨心打电话。"杨总,报告一件事,早上我巡查公路时,发现向皮子的回头湾的土地上出现了异常。"罗半山急促地报告着。"不是去年跟村民签订了赔偿合同吗?我已经在做准备,保证十天内赔偿款到位。怎么了?向皮子等不及了?"杨心问道。

"向皮子不是要赔偿款,他现在增加了诉求,要重新计算青苗补偿费。"

"青苗补偿费?不都在合同里约定好了吗?"

"这个人果然名不虚传,村里谁的脑壳都没他转得快。昨夜回头湾凭空长出了一片李子树,有一百多米长,两亩多地。"

"向皮子演的是哪一出戏?"

"摆明了要钱。"

"这个向皮子咋想的,就两亩地,能赔多少?"

"故意的吧。一夜之间整出一片树来,未必李子树会吃风长吗?"

"我看不全是为了赔偿,你调查下情况。"

"唉,不晓得他是怎么回事。"杨心说完就给林子浩打了电话。

罗半山挂了电话才猛地想起向皮子李子树苗的来路有些蹊跷。一夜之间竟然弄到那么多李子树苗,他向皮子那点儿本事是绝对做不到的。他立马开着皮卡车,来到李子园转了一圈,发现好端端的树上有砍伐的痕迹,顿时明白怎么回事了。罗半山为人厚道,却也并非愚笨,他给杨心打了电话,让杨总不再担心向皮子的事,此事由他去摆平。杨心听了,还是觉得不放心,叮嘱罗半山要讲策略,不能蛮干。

向皮子在自己的金竹林里砍了一根坚硬的老金竹,削尖一头,拿在手上,足有一丈,他把这根老金竹当成与罗半山拼杀的武器。他的祖辈神兵曾经用的就是这种冷兵器,战胜了手握枪弹的杨开石。只要天一亮,他就持着这根长竹竿,坐在回头大湾的悬崖边,看着罗半山的挖机一步一步向他逼近。

罗半山根本就没有理睬他,他已经有了办法。罗半山暗中与相邻的另外两个土地承包户王永池和杨仕游签订了占地赔偿协议,决定改道。向皮子坐了两天见无人搭理,又见挖机挖到他的地界便拐弯了,新开了一条路。两台挖机轰鸣着,不到半天时间,在老回头大湾一百米远的地方挖出了一条崭新的回头大湾。当天晚上,杜鹃在微信群里公布了占地赔偿金发放清单,增加了王永池和杨仕游两家,向皮子的名字被刷掉。

五月三日,林子浩起得很早,他有一堆事要处理。别的村还在假日中,蛮王寨已经热火朝天了。他拉开窗帘,发现外面有浓雾,正要放帘子时,突然看见向皮子拄着一根竹竿走向村委。向皮子瘦高的身形行走在路上,就像一个稻草人,随便披了一件衣裳,轻飘飘的,要不是手里有一根竹竿,可能就会被风吹跑。林子浩伸出头来跟向皮子打招呼。

向皮子跟着林子浩来到办公室,从口袋里取出两张纸往桌上一丢说:"林队长,这是杜鹃、罗半山干的好事。"林子浩明白向皮子的来意,故意问道:"向叔叔,怎么回事?"向皮子把竹竿往墙上一放,转身说:"村委会去年跟我签订合同,改扩建村道路,占我家土地半亩,林地一亩半,为啥不履行合同?"林子浩拿过合同认真看了一遍后认真地说:"向叔叔,合同上写得清清楚楚,占地才赔偿,不占就不赔。目前回头大湾的情况复杂,按照老路修建,外面是悬崖绝壁,出过多次事故,有安全隐患,罗半山决定改道。改了道,不占你家承包地,就谈不上赔偿了。"向皮子鼓起大眼睛盯着林子浩说:"你们凭啥单方面决定改道?"林子浩赶忙解释说:"那里的确不安全,您是清楚的,出过好多起交通事故。这次决定改道,就是为了安全起见,消除安全隐患。"

正说话间,杜鹃和罗半山来了。向皮子一下子激动起来,扬起合同质问林子浩:"合同都签了,白纸黑字,村委盖了大印,你们说改就改,说毁就毁吗?我是合同一方当事人,此事必须与我商量。"

罗半山板起面孔生硬地回答道:"跟你没商量。"向皮子一听陡地站立起来,指着罗半山吼道:"老子就晓得是你龟儿子在中间搞鬼。"罗半山回答道:"向皮子,究竟是我在搞鬼,还是你在搞鬼?你摸着良心说话。我今天也打开天窗说亮话,五一节回头大湾没有栽李子树,第二天突然长出李子树来。你这样干,跟谁商量过?你这样做局,又把我当什么了?"向皮子突然拐向门口,一只手拿起长竹竿,一只手指着罗半山破口大骂:"你龟儿子罗半山,竟敢跟老子耍阴谋诡计。"罗半山冷笑一声说:"我占谁家的地,给谁家钱,正大光明,不像有的人,心术不正,总想坑人。"向皮子怒不可遏,把长竹竿横着提起,指着罗半山说:"你违约在先,我要告你。"罗半山嘴里发出"嗤"的一声说:"我不欠你的米,不差你的钱,你爱告告去。我今天也要提醒你,你破坏了我的李子树,我要去派出所告你。"

"胡说,谁砍你的树?"

"回头大湾的李子树,就是你在我半山李子园砍的。你不是背后叫我罗大傻吗?老子就让你尝尝大傻的滋味,这叫以牙还牙。"

向皮子被罗半山一怼,一时竟找不着话反驳,于是干脆耍起横来:"是老子砍的,怕你不成!"

罗半山把头转向大家说:"大家都听见了的,向皮子当庭招供,大家要替我作证。"

杜鹃见两人吵得不可开交,便把向皮子叫进村支书办公室。接了一杯温开水给他,见他"咕噜噜"地一口气喝下,才轻言细语地问道:"回头大湾那些新栽的李子树真是您在罗半山李子园砍的?"

向皮子听杜鹃这么问便警觉起来,因为他做贼心虚,要是承认了,罗半山真告到派出所,自己要吃老亏,于是改口称"不是"。

林子浩此时也走进来,见向皮子固执己见,于是开导道:"向叔叔,我五一节到回头大湾去过,那里没有李子树,我不会看走眼,第二天突然就有了,这一夜之间就能长出树来?"向皮子坚持说:"那些李子树是我去年扦插的,昨晚移栽的。"林子浩不信,说道:"向叔叔,明人不用指点,响鼓不用重槌,咱俩打个赌,现场验货。全部把这些树苗扯出来,如果长有根须,算你赢,我赔你的青苗损失,如果没有,您就得赔罗半山的李子树损失。我把村组干部请过来现场验证,您愿不愿意这么做?"

向皮子一听,手开始颤抖,端起杯子往嘴里送,送到嘴边水已经抖尽,杜鹃见杯子里已经没水,赶紧又接了一杯给他。

"老子今天又栽在龟儿子罗半山手里!"向皮子骂了一句。杜鹃提醒道:"向叔叔,莫说脏话哟。按照乡规民约,要相应扣减您全家乡村振兴积分银行里的分值。"向皮子狠狠地瞪了杜鹃一眼说:"没门。这次纠纷起因在于罗半山。村委也有责任。我为啥这么讲,回头大湾改道,为啥不事先跟我商量?是不是村委和驻村队合伙整我?哼,动不动就扣分,我看这次村委才该扣。"杜鹃见向皮子已经理屈词穷,也不想过于刺激他,但是这次事件不小,必须做一些开导性工作。她见向皮子态度缓和下来,虽然嘴硬其实心里早已打了退堂鼓。于是杜鹃提醒道:"向叔叔,看来您对这个积分银行蛮在意的。"

"哼,我根本瞧不起那点儿蝇头小利。"

杜鹃嘻嘻一笑说:"别看不起哟,人家提着大包小包礼品回家,还是扎眼的。"见向皮子不说话了,杜鹃才不紧不慢地开导道:"原计划村道路在原路面上改扩建,这个您也是清楚的。回头大湾那里不安全,设计了一面挡墙的。可是五一节后,突然看见那里长出一片李子树,您也坐在那里不走。罗半山早就看出是咋回事。就是因为您的这个做法,罗半山才临时决定改道的。您说,这能怪谁呢?要说起因,只能算在您头上,算不到罗半山头上,更算不到村委和驻村队头上。可惜您老人家那一晚上打的夜工,受的苦哟。"向皮子见杜鹃的话带挖苦讽刺,但又不好发作,便拿起竹竿说:"那个剿猪匠、剃头匠也不是个东西。"说完"呼"地站起来,出门向山里飘去。杜鹃知道,向皮子说的剿猪匠、剃头匠,就是王永池和杨仕游的外号,而向皮子也有外号,人称"杀猪匠"。

林子浩走出办公室,长长吐了一口气,望着向皮子离去的背影,心里很不是滋味,他在想着如何帮扶向皮子。他返回办公室对杜鹃说:"按照三多集团与镇政府签订的一揽子协议,紧接着要推进三多民宿开发建设项目。三多集团不愧为大型企业,考虑问题十分周到细致,给业主的条件合情合理,业主易于接受。前三年由三多集团投资改造老旧住宅,按照净收入二八分成,业主得二成,三多集团得八成。三年之后,倒二八分成,业主得八成,三多集团得二成。不得不说,杨心拿出的分配方案条件是优厚的。但是,即便如此,我们也要做入户调查。"

杜鹃笑嘻嘻地坐下来说:"你想如何调查?我是这个村的人,我还不清楚吗?这么好的事,还有不同意的?"

林子浩摇了摇头说:"我也是从刚才向皮子闹事后才悟到的。你想过没有,向皮子的话虽然毫无道理,但是他提醒了我们一件事,引起了我的反思。比如,他讲到改道的事,去年签订了合同,这个是事实,而我们急于处理纠纷,忽视了与村民就签订合同的事提前沟通,更没有入户走访,讲明政策和法律。为啥引起向皮子的强烈反应呢?我们的思想政治工作没有做到位,也是原因之一。椅子调头坐,就可能把问题想得更通透些。千头万绪的事,说到底是千家万户的事。如今建设项目正在推进中,不可避免会产生矛盾纠纷,驻村队和村委跟村民多一些交流互动,或许可以减少甚至杜绝如向皮子这样的无理取闹现象。我们多跑点路吧,也为三多集团民宿项目顺利推进排除一些隐患和障碍。"

二十二

五一假期结束,铁炉子发现穿心大店家家户户都开了门,有的已经开始烧柴做饭了。以前空落落的大院一下子有了人间烟火。王永池是木匠,他在街沿上堆了些电刨、锯子、墨斗、凿子等。杨仕游是石匠,他家门口堆的则是铁楔、錾子、大锤。有些工具是铁炉子没见过的,比如红外线激光水平仪、铆钉枪等。尤其是那个水平仪,只要打开,射出几道激光,穿心店两边的房子,谁家门槛垫高了,谁家窗户做矮了,谁家基脚安低了,谁家挑廊歪斜了,一条直线看到底。"有这个好东西,还要那个墨斗干什么?"铁炉子对院里从大城市回来的人和他们带回的一切,都感到好奇。

铁炉子在大院里转悠着,突然看见罗半山来了,老远就打招呼。铁炉子走回家,还没有坐稳,罗半山就着急火燎地说:"杨心信任我,把这条路承包给了我,我得对得起她。为了赶进度,挖机轮流转,您也看见了,开工才两天,进度明显吧?"

铁炉子点点头说:"你一下子找来这么多挖机,你真行。"

罗半山嘟着嘴说:"还用找,村道路工程动工的消息不知道谁传出去的,一晚上十多个挖机老板打我电话。"罗半山虽然说着话,可是脸上一点表情都没有。而铁炉子转动着大脑袋,笑容满面,点点头看着罗半山表示认可。罗半山拿出一支香烟递给铁炉子,被铁炉子大手推开说:"这个烟不过瘾。"说完取出叶子烟裹了起来。

罗半山坐的凳子比较窄,肥大的屁股往后掉了一大坨,双手撑在凳子上问铁炉子:"您家房子有人租吗?"

"租?谁来这地方租房子?"

"您儿子女儿还回来住不?"

"这段时间没打电话,各忙各的。"

"我想租两间。"

"啥租不租的,我家三间房,我住一间都嫌宽,你拿去用,不收你租金。"

"不不,我罗半山的为人您是清楚的,如果您同意,我租两间,租金每月一千元。我租来主要是做办公室和工地工人临时宿舍。"

"可以。"

"另外,聘请您担任材料保管员,坝子材料多了,别人看管我不放心。我每月给您开两千元工资,在工地食堂免费吃饭。"

铁炉子收住笑容说:"半山,你的事业刚起步,万事开头难,你看得起我铁炉子,实在要这么做,租金我收下,只是这两间房子有些破损,瓦屋要检盖,这个你负责。至于说到保管员的事,我答应干,但你就不要给我开工资了,我一个老头子,不值那个价。我在你食堂吃饭就当是开工钱了。"

"理是理,法是法。我罗半山做事,喜欢先说断后不乱。如果我喊的价您同意,我们今天就开始执行,如果您不同意,也给我还个价。"铁炉子眉开眼笑地连忙点头应允。"没有我的同意,任何人不得领走材料。"铁炉子爽朗一笑说:"这个你倒可以放心,我从小是放马的,上山几匹马,下山一定得几匹马,心中有数。"

说到这里,铁炉子显得不自然起来,对罗半山说:"我取你的财,等于取我家小姐的财,我这样做,不好吧?房子两间你拿去用,保管员我当,但是钱不要。要是我家小姐知道我铁炉子贪恋她的钱财,我还有何面目见小姐。"罗半山咧开嘴露出了许久不见的笑容,说:"工程款中有县上的配套资金,不全是三多集团的。至于租金和工资,我昨晚就跟杨心商量好的,是杨心特意安排我来找你的,你放心。"可铁炉子还是觉得亏欠,便拿起电话拨通了杨素的号码,还没等铁炉子说完话,那边杨素就大笑起来回答:"铁炉子,钱你收下,我还要回到你家里住呢,你不是还养了土鸡土鸭吗？我还没有吃上呢。"铁炉子抬起头望着罗半山说："小姐您说什么我都支持,您什么时候回来？能否给我个准信,我好安排。"杨素在电话里依然笑声不断："时间就定在村道路竣工之日。"罗半山见铁炉子与杨素说个没完,就一个人进屋,楼上楼下察看起来。

　　谈定了租房之事,罗半山叫来王永池、杨仕游,指着身后铁炉子的房子说："这两间楼房我已经租了,做工程部临时办公处,楼下办公,楼上住人。两位老同学,你们是我请回来的,从今天起,就是工程部施工员兼安全员。你们在外面做过工程,熟悉工程质量管理,昨天我也把图纸和合同给你们看了,就严格按计划推进。质量第一,绝不掺假。我是信得过你们的。"王永池望着罗半山说："你放心,我们两个在外头就是搞这个的,轻车熟路。"罗半山接着就安排起工作来："工程质量管理由你们具体负责,从今天开始,工地上的挖机、安砌、填夯,以及路面施工,你们都要铺排监管到位。当然,监理单位也会随时来检查。总之一句话,不能出任何质量和安全问题。"罗半山说完工程上的事,就站起来望着铁炉子的房子说："今天下午你们把工程部清理出来,卫生做一做,办公住宿用品,食堂锅碗瓢盆等,你们负责张罗,反正今天之内搞到位,明天工人进驻。"罗半山安排完就开着皮卡走了。

　　中午时分,铁炉子坐在院坝里看着几个工人打扫卫生。突然,他看见向皮子走进坝子,便假装没有看见,低头编制一只大筲箕。向皮子干的事让他从内心瞧不起他,根本不愿搭理他。向皮子拿着竹竿,远远地站着,见王永池、杨仕游忙得团团转,进进出出也有不少认识的人,却没有一个人跟他打招呼。向皮子自觉没趣,便到铁炉子门口提了一条凳子,挨着铁炉子坐下,可是,两人还是保持一丈远的距离。向皮子坐了一阵又忍不住向铁炉子靠拢,拿出一截叶子烟递给铁炉子,被铁炉子推开,他便自己裹了起来。待烟点燃之后,向皮子把烟杆调头,再次递给铁炉子,而且左手递烟,右手食指、中指点着左手腕。向皮子这个做法铁炉子能看得懂,这是一种礼仪,已经很少有人行这个礼了。行此礼者,要么表达尊敬之意,要么有事相求。但是,向皮子递烟的神态中既有期盼,也有施舍,令铁炉子很是不满,他再次推开,拿出自己的叶子烟裹了起来。"我还是村里的村务监督员吧,没有人撤我的职吧,村里大小事务应不应该让我知晓?"向皮子开始说话,铁炉子没有回应。向皮子把凳子再挪了挪,几乎挨着铁炉子的凳子。"五一节你们宴请杨心,我作为村务监督员,应该在邀请之列。您还没有老糊涂吧?"向皮子把想说的话说了出来,说得很直接,但是眼睛望向铁炉子,充满着期盼。铁炉子一听,心里不是滋味,他翻了向皮子一眼说:"既然你向皮子提到我宴请杨心的事,我不得不回应了,因为你是村务监督员。五一节宴请杨心,的确是我的主意。你说杨心这么大的老板来寨上考察,她是我家小姐的孙女,如同是我铁炉子的亲戚回来了,我该不该尽地主之谊,弄一顿饭招待一下呢?要我铁炉子做个六亲不认的人,我办不到。我铁炉子一辈子没多大出息,但我懂知恩图报。再说,杨心、林队长在我家吃的饭,最后还是杜支书付的账。"

向皮子"啊"了一声说:"杜鹃付账?用村里的钱办的招待?这个事我看来真得监督一下了。"铁炉子一听,把砧子似的大脑袋转动了一下,盯着向皮子,气得说不出话来,他后悔自己说的话被向皮子抓住了破绽。杜鹃办的招待,若是真的用村里的钱报销的,岂不是被向皮子抓住了把柄?

向皮子见铁炉子不说话,便得意起来,说:"这村里的事我就得管。杜鹃太年轻,不经事,选举她做支书时,我就公开反对,你看她才上台几天,好的没学多少,吃吃喝喝那一套倒学得快。"铁炉子厌恶至极,但又不好当面骂人,于是闭口不语。

而向皮子觉得自己抓到了把柄,干脆把想说的话说出来。"回头大湾改道,罗半山跟谁商议过,开过村民大会吗?这是非法的。哼,罗半山擅做主张,村委、驻村工作队竟然不分青红皂白就支持。你是村里的老人，你得出面提醒他，我蛮王寨绝不能出现村霸恶势力犯罪团伙。"铁炉子停止手中的活，他知道向皮子对罗半山有意见，也吃了哑巴亏，但又不值得同情。罗半山事情确实做得有些狠，但他没有追究向皮子砍伐李子树的责任，也算给了他面子，放了他一马，可是这个向皮子没有半点感激之心。向皮子见铁炉子不说话以为他怕了，于是趁势对铁炉子说了一件事。

"铁老头，我知道你跟杨素的关系，常说三十年河东，三十年河西，杨家倒霉了几十年，如今又在水镇得势。希望你给杨心私下说一说，我家吊脚楼是独家独院，可以交出来搞民宿，我接受三多集团的条件。只是我家房子比较偏僻，要修条公路上去，把穿心大店连通。我计算了一下，投资不大。"铁炉子一听便连忙摆手说："你的话我不负责传达，你想干什么你自己跟杨心说去。"向皮子愣了，他万没想到铁炉子会拒绝，便立马翻脸，厉声呵斥道："铁老头，你死了要人抬棺材不？"铁炉子把砧子似的大头转动一下，望着向皮子，好半天才说出一句话来："你我两人谁先死谁后死，还说不准。"铁炉子的话仿佛从铁缝里蹦出来的，如刀似箭，气得向皮子双脚跳。他抓起竹竿，骂骂咧咧而去。

铁炉子望了一眼向皮子如骷髅一样的背影，摇了一下头，拾起地上的筲箕又开始编织起来。突然，铁炉子若有所悟。这向皮子的家不就是当年杨素藏身之地吗？铁炉子回忆起向皮子父亲逃荒到蛮王寨时身上带着介绍信，称说是蛮王寨人，神兵后代，成分为雇农，当然是可以落户的。时间久远，铁炉子也只能记起这些。办理户籍的生产队干部和大队干部已经去世多年，那么为啥相信向皮子父亲就是蛮王寨的人呢？向皮子的爷爷是谁？他跟向小坎是什么关系？按照杨素的说法，向小坎确有一个弟弟，跟着神兵走了，下落不明，时间长了，这个人长什么模样，高矮胖瘦，叫什么名字，完全不清楚，自从向小坎领兵攻打杨家后向家人便销声匿迹，向皮子和他父亲也从未提及，或者讳莫如深，而杨素也仿佛从人间蒸发。难道这个向皮子是……

铁炉子有了疑问,但内心又对向皮子不满,实在不想他跟杨素扯上关系。想到这里,铁炉子就不再往下想了。

罗半山、王永池、杨仕游撸起袖子干了一个下午,到夜幕降临穿心店时,各种建材摆满了大院。铁炉子是自小在大山里行走惯了的人,他当保管员,生怕罗半山丢失一砖一瓦,坐在门口守到深夜才睡觉,而且听到狗吠就起床,拄着拐杖拿着手电一一检查。那些干了一天活的工人,只要一上床便鼾声雷动,哪还听得见外面的风声水响,鸡鸣狗叫。

二十三

杜鹃见回村的人渐渐多了起来,便寻思着落实撂荒地复垦的事。

杜鹃曾经动员了几家人,大家都表示不愿做,连自己的父母也不愿接招。但此事镇上催得急,搞得她焦头烂额。如今村道路开工建设,穿心店开发民宿,村里回来的人逐渐多了,杜鹃觉得这是一个机会。白天忙修路,晚饭之后,杜鹃便跟林子浩商量到蛮王寨组开一个院坝会,把撂荒地的事推进一下。

会议地点就在罗半山的工程部办公室,铁炉子明白会议内容之后,就接了一壶水,插上电源烧起来,自己则坐在街沿上等开会的人。

最先来的是王永池。王永池给林子浩的印象还不错,是一个果敢的人,中等身材,像铁锤一样墩墩实实,走路带风。这个人有个外号叫"劁猪匠",可能就是他平时话不多,但只要一说话就像抡大锤,一砸一个坑,让人有压力。他向桌子前的杜支书、林队长和驻村队员邱仁义、余春兰点点头,便坐了下来,沉重的身体把长凳子压得忽闪闪的。

第二位到的是杨仕游。杨仕游也是虎背熊腰,个子比王永池略高,他的外号叫"剃头匠"。他和王永池的区别就是,不说话则罢,只要一开口便说得头头是道。

第三位入场的是向皮子。只见他手里拿着一根竹竿,颀长瘦弱的身躯也像一根竹竿,宽大的衣服仿佛不是穿着的而是胡乱挂着的,里面灌满了风。向皮子坐在角落里,跟众人保持着距离。在林子浩的眼里,这个人警惕性很高,性格乖张,像绑着一身火药,随时都会爆炸。向皮子也有一个外号叫"杀猪匠",说话做事,刀刀见血,不留余地。

接着陆续有村民到来,组长马兹文却姗姗来迟,他解释说自己正在给猪喂食。铁炉子依然坐在门口,一会儿望着坝子里的建材,一会儿转过头来听会议内容。

杜鹃宣布开会,她讲得比较简洁。这么多年了,村里人很多都外出务工,土地撂荒,长草又长树,如果这个状况不改变,怎么叫乡村振兴呢?现在有政策,有补贴,撂荒地复垦,大有可为。因为杜鹃的声音有点小,王永池、杨仕游、向皮子都张着耳朵听。

杜鹃讲完,林子浩接着补充道:"乡村振兴,说到底就是人的振兴。过去咱们组人口迁徙多,加之外出打工的,没有人在寨子里住了,自然土地撂荒。那么,就出现了这么一种局面,就是一个村子里没有人烟了,祖祖辈辈种庄稼的农民不再种庄稼了,这里就成了一座荒山。如果还要维持这种局面,它怎样振兴?村里干部们很是着急。"林子浩停顿了一下,干咳了一声,拿起水杯啜了一口继续讲:"不管怎么说,撂荒地复垦是一件大事,而且是摆到眼前的大事。自从村道路开工建设,三多民宿投资开发,走出去的人开始走回来。有了人,才有希望。比方说,这个撂荒地复垦,可能还有更难的事,只要大家积极参与,我看也就不难。何况,复垦有补贴,种地还有收益,何乐而不为呢?请大家支持。"

林子浩讲完,大家议论开了。王永池扳起手指头说:"我家田地荒芜了三十年,如今长满了荆棘,松树都有碗口粗了。依林队长、杜支书讲的,恢复成耕地,每亩补贴两百元;种上庄稼的,再补贴三百元,明面上是算得过账的。但是,我也算一笔账给大家听。我现在在罗半山工地打工,平均每天有两百元收入,一个月下来有六七千元进账。如果我不干了,转而搞撂荒地,按照十亩地来算,恢复耕地得补贴两千元,种上庄稼得补贴三千元,共计五千元。两相比较,我一月挣六七千元划算,还是一年挣四五千元划算?"

杨仕游此时也表示要发个言,他不紧不慢地说:"刚才王永池同志谈了自己的观点,我很赞同。他是从总的收入上来分析,我现在则要给大家算一笔细账。比如说,一亩地要恢复成耕地,砍树、除草、翻地,大概要六个工时,一个工时最低价一百元,需要六百元。然后再种上庄稼,还得整地、肥地、打厢,这一亩地粗略算至少四个工时,要四百元。这还没有完,还得加上种子、肥料、苗子等等,杂七杂八开支下来,无论怎么算,得了补贴后,一亩地还倒亏几百元。"

向皮子脸色如炭灰,灯泡的余光照在他的脸上,明显有些暗淡。他见杨仕游说完,坐不住了,也接着发言:"过去鼓励退耕还林,现在树长好了,又要撂荒地复垦。退耕还林有补贴,撂荒地复垦还是有补贴。一时这样,一时那样,都在一块土地上。我都有些看不懂。我想请教杜鹃支书,这究竟是镇上的政策,还是县上的政策?"

杜鹃在笔记本上不停地记着,她的思绪其实也不太清晰。听了向皮子的话,她抬头望了望坐在角落里的向皮子,扶了扶眼镜回答道:"甭管镇上县上,反正有补贴。"

向皮子见杜鹃接了他的话,便把凳子往前挪动一下,伸长脖子说:"过去叫我们退耕还林,现在叫我们退林还耕。但是只要有政策,就是好事到了,补贴肯定会跟着来。"

林子浩见向皮子把话题扯偏了便直截了当地说:"今天的会议主要讨论撂荒地复垦的问题。国家政策调整也是与时俱进,根据发展需要作出的。比如,这次卫星定了位的撂荒地就纳入乡村振兴考核指标。如果落实不下去,考核就一定过不了关。我们今天要解决的问题就是,选择几户来承包经营。"杜鹃见林子浩也解释不清,于是开导道:"各位都是组里的精干劳力,种田种地在行。为了我们的乡村能够振兴,我们要积极支持。接下来请大家围绕如何承包经营提一些建设性意见。"

杨仕游或许坐久了难受,他站了起来,身子歪几下又坐了下去。吊在楼板下的白炽灯泡,被山风吹得晃动起来,屋子里弥漫着一大股叶子烟的味道,还有浓烈的汗臭味。邱仁义早已坐不住到外面透气去了。余春兰则拿着笔记本放在膝盖上不时地记着什么,她见会场冷了场,也一脸茫然,一会儿盯着林子浩看,一会儿盯着杜鹃看,心里也没个主意。

铁炉子拄着拐杖进到会场,坐在向皮子身边。他喜欢抽叶子烟,吞吐了两口,他的大脸庞被浓烟遮住。见大家都不说话,他把烟杆放到凳子上说:"我本来不想掺言的,因为这件事与我无关,我想干也干不动了。为啥我要发个言?因为我岁数大一点,经历的事情多一点,看到的问题尖锐一点。解放前,我给杨家放马,没有土地;解放初期,我的成分为雇农,分到了土地。我当时是一种什么心情呢?我就给各位说实话,那叫感恩。分田分地,在座的各位都没经历过。我再说说土地承包到户,在座的都经历过,那又是一种什么状态呢?我叫作活命。我是经历过把土地当成命根子的时代的。那个时代,有补贴吗?没有,种了土地,有了收获,还要交公粮。因为那个时代,国家和社员一样穷。在那些穷困的年代,土地就是我们的命根子,有那一团土,我们才能活下来,子子孙孙才能兴旺发达。我给各位说穿说透了:没有土地,就没有在座的人,而且我们百年之后,最终还要归到土里。说到这里,我倒想问问王永池、杨仕游二位,你们为啥要回来?村道路建设挣钱,这是个理由,罗半山开给你们的工资每天两百元,可是比你们在外挣得还多。你们说句老实话,你们在外面到底挣了多少钱?"

王永池抓了一下耳朵没有回答。铁炉子又追问杨仕游,杨仕游仰起头望着楼板盘算起来:"确实,外头的钱不好挣。说起来一天几百块,可除去下雨停工和找活干的时间,平均下来就没有那么多。还要交房租,支出来回车船费等等,一年下来,剩不了多少。但是,还是比种地强。"铁炉子猛地吸了两口烟,接着问道:"如果大家都忘了本,把种庄稼的本事丢掉了,土地都荒着,我看将来吃什么!吃空气?吃钱?"

林子浩听了铁炉子的话便顺势开导起来:"刚才老彭讲的这些很有道理。如果全世界的人都不种粮,或者都种不成粮食,总不会吃空气吃钱生活下去吧？吃空气肯定是无法生存的，钱买不到粮食，吃钱，更是无法生存的。土地是不可多得的再生资源，我们的祖辈就是靠着土地繁衍生息到现在。总之，人类要活下去，有高楼大厦，有公路铁路还不行，还得有粮食蔬菜。乡村振兴要求部分土地复垦，我看它的重要意义也在于此。"

王永池和杨仕游没有吭声，向皮子虽然脑筋灵活，却也不知道该说什么，于是咕哝几句："你们说的比唱的好听，为啥自己不种地？有人愿意进城，有人愿意种地，哪一个都不错。"

杜鹃仿佛从向皮子的话音里听到了希望，于是问道："向叔叔，您愿意干？"向皮子把眼睛鼓得大大地说："当然愿意，土地是农民的命根子，什么时候都不能丢，是吧？我看不是没有人愿意做，而是补贴太低，这才是问题的症结所在。只要这个解决了，啥都通了。"

杜鹃搁下笔说："补贴数额是全县统一的，我们没有权力调整。"向皮子站了起来向前走了几步，伸出一双枯瘦如柴的大手说："刚才王永池、杨仕游二位同志的话都说到点子上去了的。这个撂荒地，很多年都没人种了，不动不亏，一动就亏，还有谁敢去动？我有个不成熟的建议，不知当讲不当讲？"

林子浩说："今晚就是诸葛亮会，有啥当讲不当讲的。"向皮子抽了一口烟说道："既然撂荒地复垦大的方针政策已定，那么一些小的政策就可以配套推出，因地制宜，因时制宜。比如种粮直补，比如农业保险，比如最低收购价，比如救助救济，等等，这些三农鼓励性政策要跟上，而且配套到位。我看，关于本村撂荒地复垦的方案暂时不成熟，请驻村队和村委再研究一下。"

铁炉子此时也转动着大脑袋说："我看大家的话不无道理，别说王永池、杨仕游进城几十年，种地的技能生疏了，就是我和向皮子住在村里也几乎不种地，仅凭这几百元的补贴恐怕不行。"

王永池和杨仕游不再说话，他们听出向皮子话里的意思，向皮子显然想干,但在拗价。因为自从村道路开工建设,向皮子种植假李子树惹怒了罗半山后,工程上的大小活路都没人找他。所以他见村里着急推进撂荒地复垦政策,就开始打主意。"这个老滑头,吃惯了油水。"看着向皮子洋洋自得的样子,铁炉子只是摇了摇头不便说破。

会议的时间有点长,白天干活都很累,大家开始坐不住了,哈欠连天。只有向皮子还在跟杜鹃讨价还价,最后杜鹃答应每亩增加到三百元,向皮子才答应接下十亩,但必须预支一半的补贴。杜鹃只好答应,让他明天到村委签字。向皮子不愿意,说给钱开工,行动比合同管用。杜鹃只好同意,便商议明天把合同带到向皮子家签订。

回村委的路上,杜鹃和林队长几人也觉得疲惫。开了大半夜的会,终于落实下去十亩,万事开头难,撂荒地复垦总算开始起步。但杜鹃和林子浩的心里沉甸甸的,几个人的表情各不相同,只是在夜色中无法看清楚而已。

二十四

杜鹃摸了两天底,得到的信息是绝大多数村民不愿种地。这个结果也是她预料到的。她跟林子浩商议,看能否做一下罗半山的工作,由"半山农业"承包全村的撂荒地复垦项目,在卫星定位的四块撂荒地上开发李子树产业。林子浩一听便说这是个好主意,撂荒地流转给企业发展农业产业,不失为一招妙棋。但是,林子浩突然想到冰雹的事,罗半山会轻易接手吗?

在林子浩眼里,乡村振兴的五个指标中,产业振兴排在第一位。一项产业振兴,可以拉动一村的经济发展,有了活跃的经济,才能留住人。路修得再好,房子盖得再漂亮,没有产业,村民腰包没钱,这个地方就留不住人,而没有产业没有人,乡村振兴就只能是空想。所以从落实撂荒地复垦开始,林子浩就在思考土地流转问题,要是有人直接接收土地来,开发农业产业就好了,这是最佳方案。而一旦这个目标实现,村集体经济也有望恢复,蛮王寨这个空心村可以充实起来。可是,农业靠天吃饭,利润无常的状况又让一些企业望而生畏。罗半山的李子园在一场冰雹中毁于一旦,能不让他痛心疾首谈农色变吗?罗半山再傻也不会傻到重蹈覆辙。而精明的王永池、杨仕游面对这样的项目无动于衷。这不是小农意识作怪,更不是农民追求眼前利益问题,而是土地已经不再是他们赖以生存的唯一的生产资料。外面多彩的生活、优美的环境,对他们来说是极具诱惑力的。

蛮王寨村如今也就剩下一个向皮子还愿意种地。可是这个向皮子能种好地吗?在铁炉子家的会议上,向皮子之所以答应承接撂荒地项目,是因为他看到里面有利可图。罗半山的工地开工,按理说,他参与修路挣钱顺理成章,可是他偏偏敲诈赔偿,令人不齿,自然一下子被罗半山排挤出圈。向皮子在村里人缘不好,很多人不愿意跟他共事。这个向皮子只要遇到事就开始算计,拈轻怕重,出工不出力,很多人都吃过他的亏,上过他的当。

向皮子认为杜鹃软弱幼稚,也利用杜鹃迫切想要落实撂荒地问题的机会跟杜鹃漫天要价,杜鹃着急上火,可也毫无办法。她同意增加三百元的事,没有跟村干部商量,也没跟林子浩通气。但是向皮子却不同意将这些写进合同。杜鹃还是做了让步。在合同上签了字后,杜鹃便催促着向皮子赶紧割草挖树,这项工作总要有起色。向皮子满意而去。而杜鹃虽然心里有点不痛快,但还是长长地吐了一口气。因为这撂荒地复垦的第一块实验地就要成形了。

三天过去了,向皮子拄着竹竿来到村委,他大大咧咧地坐在杜鹃对面说:"杜支书,前期的事已经干完,合同约定的款子,每亩两百元,已经收到。但是,口头约定的增加部分,请予兑现。我今天来请你现场验收,验收付款之后,才能进行下一个流程。"

杜鹃说:"口头合同的款要开会研究上报审批非常麻烦,而且能否审批还未知。这三千元钱,由我私人垫支。我丑话说在前头,收到款后你三天之内要栽上庄稼。"向皮子点点头,坐等杜鹃在微信上转钱后,把手机揣进荷包,望着杜鹃欲言又止。

杜鹃接了一杯水递给向皮子说:"你这几天很忙很累,要不先回去休息一下吧,然后把庄稼种上,你看,这都要进六月了,季节不等人。"

向皮子"嗯嗯"两声,说:"杜支书,你又不是不晓得农村的活路,庄稼可以种,但要种子也需要肥料,得开支一大笔钱,我又是脱贫监测户,要是返了贫,你我脸上也无光。再说,到这个季节了,种什么呢?哪一类庄稼能熬得过六月的太阳呢?哎呀,这些农事儿,你们年轻人不懂,我可是内行。"杜鹃见向皮子坐着不走磨磨蹭蹭的,知道他一定还有想法,于是想转移话题,引导道:"您是不是有什么创业计划?"向皮子"呱"地叫了一声,像一只乌鸦飞过,歪着脑袋对杜鹃说:"啥子创业计划哟,你看我这个年近花甲的老头子创得起业吗?我想问问你,下一笔补偿款的事。"

"您问的是种上庄稼的补偿吗?"

"对,前期的补贴已经领取,后面的钱还没领。"

"好的,每亩三百元,我让村会计马上办。"

杜鹃拿起手机拨通了会计的电话,然后到另一个办公室说事去了。向皮子则拿着手机盯着屏幕,悠然自得地坐着品茶。

向皮子坐了一阵,钱转来了,此时正好杜鹃返回办公室,他拉长脸说:"杜支书,你年轻,还不懂农事。这错过了季节,种啥都不好使。我家里没准备那么多肥料和种子,怎么办?"杜鹃一听就生气,把笔往抽屉一丢,说:"有合同,按照合同执行!"向皮子一听,突然张开大嘴巴想打一个喷嚏,却又没打出来,只是掉了一坨鼻涕,眼看就要落下地,杜鹃赶忙递给他一张餐巾纸。

向皮子处理完鼻涕坐到杜鹃对面说:"是有合同,也应该执行。但是眼下错过了播种季,你们又急于办,哪种庄稼栽下去能经受六月的太阳?我向皮子深谙农业之道。我跟你汇报一下,我遇到了不可抗力。"在向皮子眼里,杜鹃就是个小丫头,他根本瞧不起。杜鹃对这个不可抗力的说辞不能理解,于是坚持说道:"合同签订了,就好比铁板上钉钉,不能反悔。"向皮子把头一歪说:"我就是在按照合同办事。不可抗力,这是法律专用术语,我给你普及一下吧,意思就是指不能预见、不能避免的一些客观情况,一旦出现,可以免责。"

"免责?"杜鹃越听越糊涂,便把林队长、邱仁义两位振兴队员叫到办公室来商量。

向皮子见林子浩和邱仁义进来了,心想总有个明白法律的人吧,于是把自己的想法抛了出来,然后板起一副面孔说:"绿地返白,我干了,白地又返绿,我不干了。"邱仁义两眼睁得像个二筒,半天憋出一句话:"为啥子?"向皮子根本不想理睬邱仁义,转头对林队长说:"林队长,你是有学问的人,不像有的人不讲理更不讲法,林队长你说是不是?"林子浩不清楚向皮子究竟要干什么。向皮子则不紧不慢地说:"从理儿上说,我应该翻地种庄稼,可是从法上说,这样做有违天意,不按季节种庄稼,庄稼会有收成?我目前支出了一笔钱,买种子,买肥料,辛辛苦苦种上庄稼,却被六月的太阳晒死了,岂不是眼睁睁地看着亏本?我的意思是天意难违,我们别干了。如果你们逼着我干,那么这个损失由你们承担。另外,你们得先把种子肥料和耕地钱给我,庄稼我负责种上,但是死是活不管。"

邱仁义一听厉声吼道:"向皮子你白日做梦!"邱仁义说完便气鼓鼓地走出办公室。向皮子见状也欲起身离开,却被林子浩劝住。向皮子用手撑住办公桌,露出委屈的神色说道:"林队长,你是个明白人,我刚才讲的有无道理,合不合法?"林子浩便问一亩地需要多少种子多少肥料。向皮子立马面带笑容说:"我不再给你们开列明细账,一亩地再增加一百元。"林子浩皱了一下眉头应承下来,拿起手机给向皮子转了一千元。向皮子接收后拄着竹竿离开了。

向皮子走后,杜鹃回过神来,问道:"林队长,你给向皮子转款一千元,由驻村队负责报销。"林子浩苦笑一声说:"驻村队是空架子,没法报销,请村上想办法。"杜鹃嘻嘻一笑说:"师兄开玩笑吧。村里哪来的钱呢?"林子浩望着杜鹃说:"你不是给向皮子批了三千元?"杜鹃沉默了,林子浩感觉不对劲儿盯着杜鹃说:"杜支书,想必那三千元……"杜鹃也脱口而出:"想必这一千元……"两人突然又大笑起来:"又是私人掏腰包!"

林子浩明白杜鹃这个月的工资又没有了便心疼起来,拿起手机给杜鹃转了三千元。杜鹃拿起手机一看,嘻嘻一笑说:"我是村支书,一村之主,自掏腰包也是应该的。可是你一个外地人,为了咱村的事这么破费,我就过意不去。你转的三千元钱,心意我已领,钱不会收。目前这第一块试验地总算有盼头了。接下来还有三大块,怎么办?"林子浩也没想到办法,只好应付着回答:"现在是试点,走一步看一步吧,或许今后会有变化。"

一晃半个月过去了,上面检查的小分队多了起来。按照杜鹃的安排,三位驻村队员一大早起来就打开"牌子办"的门,把里面的牌子全部搬出来,在坝子里清洗。

突然,林子浩看见向皮子手持竹竿荡了过来。杜鹃见了迅速缩回办公室,她现在看见向皮子心里就发毛。邱仁义也转身上楼去了。向皮子叫住林队长说:"我坚决反对撂荒地复垦。这个成本太高,怎么算都划不来,纯属无利可图。"林队长说:"向叔,您不会就为算账而来吧?"向皮子伸出手掌往脸上一抹说:"我这次来是请你们参观试验地的。"林子浩欣然同意,于是在坝子里招呼杜鹃说:"杜支书,请通知一下村组干部,咱们下午两点钟去参观试验地,召开撂荒地复垦现场推进会。"

午饭之后,杜鹃带着三位驻村振兴队员出发了。走了约二十分钟,翻过一个山头,就看见向皮子站在一个土坡上。周围全是绿地的大山坳里有一块新开垦的耕地,看起来十分醒目。向皮子指着试验地说:"撂荒地复垦成本太高。比方说,我买了一台微耕机,算不算成本?后期管理算不算成本?"邱仁义立马反驳道:"微耕机今年用了明年还能用,后期管理就是除草施肥而已。"向皮子喊起来:"光扯草就得五个工。"邱仁义越听越冒火,怼了一句:"你是不是搞颠倒了,田地都是你的,收成也是你的,政府只是给你补贴,不是请你打工。"向皮子听邱仁义这么一说,语气缓和了些,看着站在后头的邱仁义说:"如果要按照打工算,这点补贴远远不够。我向皮子不这么斤斤计较,向来以大局为重,我做的事就是给村上镇上撑面子。你们做了那么多工作,效果如何?全村除了我向皮子接招,还有谁当这个冤大头?所以,你们不仅要理解我,还得支持我。"杜鹃脱口而出:"村里对您的支持够大了,已经超出了政策上限。合同约定,绿地返白,每亩两百元,实际您拿到手的是每亩五百元。白地返绿补贴三百元,实际付给您的是四百元。这增加的部分是无法报销的,我和林队长私人承担了。"向皮子听了杜鹃的话根本不相信,满不在乎地说:"有林队长、杜支书的英明领导,这点小钱应该能处理,怎么着也不至于让你们私人掏腰包。"

几人说着话,翻过一个土坡。满山的苍松翠柏包裹着十几亩土地,格外抢眼。山野树林中,一团团一簇簇的杜鹃花正在盛开,有鲜红色的,有紫色的,有白色的,在一片翠绿的山野里格外耀眼。女人天生爱花,杜鹃和余春兰钻进树林,采集了一大把杜鹃,一会儿举着看,一会儿用鼻子闻,一会儿掐下一朵放进嘴里咀嚼。

"这种花在蛮王寨叫铁炉花,因为有一棵最大的杜鹃树长在铁炉石上,花期最长,花朵最多,一树独秀,娇艳无比。"杜鹃说着把一束鲜花送给林子浩。

几人说着笑着走到试验地,村组干部们也陆续抵达。向皮子站到高处喊了一声,接着大声介绍起来:"各位领导,各位来宾,这就是我今年承接的撂荒地复垦试验基地,为蛮王寨村乡村振兴事业作出的贡献。由于错过了季节,所以临时改为种植蔬菜,一半是四季豆,一半是南瓜。现在,请各位领导和专家验收。"杜鹃招呼着大家沿地边行进,想要绕地块走一圈,大家七嘴八舌地谈论起来。

"苗子还是长得不错,就是这草也跟着长,有的草比苗长得还快。"马兹文边走边说。向皮子进到地里拔出几根野草说:"当初我就说要打除草剂,杜鹃支书不允许,说啥讲究生态环保。现在大家看见了吧,这草比庄稼长得还快。"杜鹃着急地说:"您得赶紧除草,不然这些苗子会受到影响。"听了杜鹃的话,向皮子突然抬高声音辩解道:"这就是成本。铲草又得增加五个工时。杜支书,五个工时的工资你得开点吧,要不,今天参观的同志,来个义务劳动,把十几亩地的草铲了吧?"邱仁义忍不住回了一句:"全世界的便宜都被你占完了。"说完便退出人群,一个人溜到大路边休息去了,他实在看不惯向皮子的做法。

参观结束后村组干部很快散去。杜鹃叫住林子浩说:"明天上级就来检查验收了,这一地野草,肯定要被扣分,过不了关。怎么办?"林子浩看着偌大的一片菜地,就问向皮子能否今天雇几个人把草给铲一下。向皮子一听连连摆手说:"我按照合同约定种上了庄稼,你们却管到除草这档子事上来了,是不是过分呢?十亩地,叫我雇人,工钱谁开?"杜鹃对林子浩说:"林队长,大家商量一下,要不我们几个辛苦一下来铲地吧。四五个人铲一个下午,十亩地也剩不了多少的。"林子浩答应了下来。杜鹃便让马兹文回家,取来几把锄头,开始动手。马兹文、向皮子不必说,好在杜鹃、林子浩、余春兰也从小干过农活,很快便铲出一大片来。只有邱仁义坐在路边休息,他坚决不同意帮助向皮子,在他看来,这么做无异于滋长向皮子的惰性。向皮子自然高兴,铲着草还不时对远处的邱仁义瞄上一眼。他对这位驻村队员没有好感,认为他没有给自己带来一点儿好处还对他冷硬。

天色暗淡下来,杜鹃眼看铲得差不多了,就让大家停下来,吩咐向皮子说:"明天你起个早把剩下的地铲了吧,要铲到位,绝不能留死角。"说完便带着几位驻村振兴队员回村委。林子浩摊开手看了看,手上有几个血印,磨破了两处皮。他愧疚自己好久没干过农活了。走到大路上,邱仁义赶过来汇合,大家一起向村委走去。

二十五

杨心安排好了村道路建设和"三多民宿"改造的事,便回到深华市。她几乎每天都给罗半山、林子浩打电话,询问进度。林子浩当然知道杨心的心情,投资上千万的大工程,亏盈且不说,还有工地上的人身安全、民事纠纷等需要操心。但让杨心宽心的是工地上有罗半山操心,村委有林子浩支持,现场有奶奶坐镇。

自从村道路开工建设,村委和驻村振兴队干部就忙碌起来。林子浩几乎每天到工地上监督检查,平日里落实乡村振兴的各项目标任务也常往各组跑。他没有交通工具,只好跟村医曾满山商量搭乘他的巡诊车。但是时间久了他过意不去,于是去县城二手车市场买了一辆二手车。这辆车自从开回村委会的那天起就变成了大家的公务车了。他感觉压力倍增,买了车就等于买了个沙漏,钱不停地往里边投,总是没个完,仅油费、修理费就是一笔不小的开支。一开始林子浩还挺心痛的,可是只要能把工作赶上去,在他看来这都是小事。

早上起来,余春兰忙着做三多面,林子浩帮着剥大蒜。他问余大姐,五一节后就没回过家,丈夫和孩子会不会有意见。余春兰抿嘴一笑说:"也没啥意见,只是丈夫喜欢在家吃我做的饭菜。我现在驻村了,他也就只好在食堂将就了。孩子们都长大了,不时也打电话问问。说到困难嘛,哪家哪户都有,但总是能够克服的,习惯就好。"林子浩安慰道:"要不我每周送你们回家?"余春兰连忙摆手说:"林队长,你是个好人,这段时间你付出不少,我们都知道,就是没能力帮你。向皮子的撂荒地复垦项目,你和杜鹃都掏了腰包,你买的车大家都在用,却是你自己在花钱。如果又增加每周跑县城一趟,这个费用恐怕你承受不起。再说,我们也不好意思。按理说,我们是本县人,你是外地人,应该我们关照你才对,可是我们两个不仅没关照你,还给你添麻烦。"林子浩放下一瓣大蒜说:"咱们既然走到一起来了,就是缘分,咱们互相关照,互相支持。"余春兰抬头看了一眼憨厚的林队长,脸上露出了笑容,说:"我们三个振兴队员都当过农民,我赞同你的说法。从农村到城里,再从城里到农村,这种转换肯定会打乱生活节奏,有苦有痛,可也有乐趣。就好比现在,我就觉得像一只笼中鸟被放飞了。"

两人说着话,邱仁义和杜鹃来了。余春兰赶紧揭开锅盖下面条。杜鹃坐了下来,脸色难看,对林子浩说:"吃过早餐,借用一下你的车。镇上曾书记刚才打电话,说有紧急事情商量,我们去一趟镇里。"林子浩见杜鹃如此严肃,也不便多问。不一会儿,余春兰的三多面做好了,几人赶紧吃了起来。

杜鹃和林子浩来到曾诚办公室,见镇长郭平也在,还有司法所所长。曾诚书记那一张黝黑的脸平日里很和善,可是今天脸色显得阴沉。他看着一份文件,嘴里不停地说着:"你看看,你看看……"他把资料看完,就传给郭镇长。待郭镇长看完,曾书记收回来,往桌上一放,双手用力地压几下,生怕那些纸会飞走似的,然后盯着杜鹃说:"市里关于巩固拓展脱贫攻坚成果的评估方案讲得清清楚楚,饮水安全有保障。日常管护不到位造成管道损坏,水质不达标,水池渗漏,水库蓄水不足,以及干旱可能造成的短暂性缺水,都被视为工作没做到位,这些是我们工作的着重点。可是,我们恰恰在这些方面疏忽了,我们认为解决了农村人口有水喝的难题,就等于解决了饮水安全问题,这是认识上的错误。脱贫攻坚战后,我们的一些干部存有歇一歇的想法,致使我们跟不上形势的发展。我们为什么没有把注意力放到水质上?我们想要高质量发展,高品质生活,为啥我们反倒疏忽了呢?"

曾诚书记神情凝重,说道:"去年,县人民检察院检察长亲自来咱们水镇,向镇政府送达了检察建议书,并就相关问题进行过沟通。"杜鹃点点头说:"我听说过,那个时候我还是村妇联主任。"曾诚此时的神情变得更加严峻了:"可是换届之后,谁还在关注此事?这是去年的检察建议书。蛮王寨村两处集中供水工程,几项抽检指标不达标。蛮王寨组,总大肠菌群实测值340,不合格;耐热大肠杆菌1700,不合格;大肠埃希氏菌340,不合格。茨谷组,这三项指标分别为130、130、130,不合格。"杜鹃说道:"细菌超标这么多,怎么这么严重?两年三检,有害菌超标,而且这么严重。咋就没啥反应呢?这件事我们还真就忽视了。"

曾诚意识到问题的严重性。他当了多年的基层干部,已经具备丰富的对重大敏感事件的判断和处置经验。乡村振兴示范村饮水安全出了严重问题,这就碰触了安全底线。如果不立马整改,必将对全镇乡村振兴工作造成灾难。曾诚于是作出安排:由曾诚、杜鹃、林子浩三人组成小组,负责查看水源。

林子浩开车载着曾诚和杜鹃向蛮王寨驶去。进村后,见罗半山站在路边看图纸,曾诚就让林子浩停车,自己把头伸出去打招呼。罗半山走了过来,曾诚向他询问进度,罗半山拍了拍胸脯说:"保证两个月完工。"曾诚提醒道:"进度上我不担心,目前我最不放心的就是安全问题。你们绝不能因为赶进度,忽视安全问题,绝不能在这条振兴道路上发生任何安全事故。"罗半山说了一句"请放心",曾诚就让林子浩开车离开了。

三人在蛮王寨穿心大店下了车。曾诚看见铁炉子坐在店口处晒太阳,就问他家里喝的什么水。铁炉子见是镇上书记来了,便挂着拐杖站起来,指着后山说:"过去我们吃的是井水,井水不够,再下河挑水吃。脱贫攻坚战时,镇上为家家户户安装了自来水。这些水从哪里来呢?就是从山后来的,在上面挖了一口山坪塘。你们如果要上去,就沿着这条小路走,不远,只是路上长满了草不好走。"曾诚问道:"老人家,平时接到水缸的水干净不?"铁炉子回复说:"没太注意干不干净,我现在习惯都改了,不喝生水。就是水质稍微差点儿,烧开了喝也没问题。"曾诚带着三人进到厨房,揭开缸盖,赫然看见缸底有两条红色的线虫在摆动。

杜鹃给马兹文打了电话,马兹文带着一把砍柴刀在前面带路,两边的荆棘树枝伸到路上,有的路面几乎被封住,他只好边走边砍,披荆斩棘。上山的路的确不好走,一段两公里的路程竟然走了五十多分钟。来到山坪塘,看见一个不大的人工开挖的堰塘坐落在山林中,塘里的水绿幽幽的,虽然已经是五月天气,可在水潭周围仍然觉得寒气袭人。"这口水塘应该极少有人过来看。"曾诚一边走一边说。因为今年雨量小,目前水塘的水位下降幅度大,露出足有一丈深的痕迹。曾诚带着几人来到水边,走了一段,杜鹃突然用手捂住鼻子迅速跑开。原来她看见了一只死老鼠,一半浸泡在水里,一半裸露在外,身体已经腐烂,周围苍蝇乱飞,恶臭难闻。死老鼠周围的水已经明显变成了褐色。又走了一段,发现一堆一堆的粪便,有羊的,有野猪的。走完全部水塘,发现这样的粪便就有四五处,而且有的地方清水已经染成黑色。曾诚阴沉着脸指着变黑的水说:"杜支书,这水怎么样?"杜鹃脸色煞白。

走完水源地山坪塘,来到取水口处,林子浩已经感到胃里在翻腾,曾诚指着一根根伸向树林的水管说:"这就是你们吃的水。"马兹文跟曾诚解释说:"当初挖这个塘的目的就是解决蛮王寨组人畜饮水难题。刚开始时,大家都说好,我也经常来管护。后来,大院里居住的人都外出打工,已经不用这个水了。我没有办法,就把原来的水井淘洗干净,开始用井水。水塘也就没有人管了。现在看来这里成了野生动物的饮水源了。"曾诚盯着马兹文说:"你倒是没吃这个水了,但是铁炉子呢?村委干部呢?他们不还在吃这个水吗?再说,那些外出的人回来不照样吃这个水吗?关键问题是,我们这些当干部的,脑子里这根弦没绷紧,这才是最可怕的!"

从山坪塘下来,曾诚带着几个人来到向皮子家。曾诚揭开他家的缸盖,发现里面也有红色线虫。"肉眼都能看见,这水还不脏吗?"几人走出门外,看见向皮子正在拿着水瓢吃药。曾诚问道:"老向,你吃的什么药?""痢特灵,拉肚子了。""为什么不用开水送服?""习惯了。"向皮子不经意地回答。

曾诚在向皮子家里转了一会儿后回到挑廊里,猛然间发现,向皮子瘦得皮包骨头,像一具骷髅,家里还有一位老人卧床,就问道:"你家里没有备烧水的壶吗? 开水瓶总有吧?""没有。""老向,你家再穷,也不至于买不起开水瓶吧?""曾书记,我给你透一句实话,全村就数我家最穷,谢谢您今天来看我。"曾诚打断他的话说:"你向皮子的大名水镇谁不知晓,你家的情况我熟悉。我以后再来拜访。"说完,就带着几人离开。向皮子不知道曾诚今天为何来他家,见曾诚走了拄着长竹竿追出一道田坎,直到看不见几人的身影才返回。

"向皮子读过书,会咬文嚼字,还钻研法律,有些条文都能背诵。可就是性格古怪,生活习惯改不了。"马兹文边走边介绍起向皮子来。可是曾诚仿佛一句话都没有听进去,他有些心急火燎,吩咐杜鹃马上通知村组干部开一个紧急会议。

听说是镇党委书记到村委开会,平时难以到齐的村组干部都按时到达,村委的党员活动室迅速坐满了人。曾诚拿出手机,点开一张照片说:"这是我今天拍摄的蛮王寨组饮水源的照片。大家可以传看。"手机从林子浩手中开始,很快传了一圈。此时,曾诚的脸上满是愤怒:"我用'触目惊心'这四个字来形容今天我的所见所闻,恰不恰当? 至少我认为恰当,至少用在蛮王寨村恰当。我在其他乡镇工作过,也经历了脱贫攻坚战。解决两不愁三保障突出问题,是我们这个国家级贫困县扶贫的核心指标。义务教育、基本医疗、住房安全,包括人畜饮水,得到根本性解决,贫困村水、电、路、房、讯得到更新改善,各项指标达标,全县才能脱贫摘帽。但是,从我们今天实地检查的结果看,目前还存在着严重的饮水安全漏洞。也就是说,我们解决了有水吃的难题,却没有解决吃好水的难题。我们不是在回头看吗？不是多次要求整改吗？但是,蛮王寨村的饮水安全问题依然存在！这个事是要被追责的！我们究竟是工作太忙疏忽了,还是主观上不重视不作为？我们村委一班人要做深刻反省,杜鹃支书代表村委做深刻检讨。"

曾诚说到这里,拿出县人民检察院检察建议书、起诉书和法院的应诉通知书,厚厚一摞,抖了几下,说："饮用水不能检出有害细菌,可是在咱们蛮王寨村偏偏就检查出来了。这是县人民检察院专门聘请专业机构检测出的数据,整整一年了没有引起重视,没有整改。"曾诚讲到这里就有人开始议论。

村民议论纷纷,此时必须快刀斩乱麻,迅速解决村民的饮水安全问题。他收回资料翻开笔记本说："当务之急,蛮王寨要立马行动起来,开展饮水安全大排查,对水源存在污染问题的,能封闭管理的尽量封闭管理,不能封闭管理的要建栅栏,防止牲畜进入,实在过不了关的,就在出水口处安置一台净水器。村民饮用水安全方面绝不能出现如此严重的问题。要整改彻底。散会！"

二十六

曾诚急匆匆回到办公室，便通知郭平和司法所所长到办公室。曾诚通报了在蛮王寨的检查结果，以及工作部署情况，郭平也汇报了到县人民法院和县人民检察院衔接的情况，最后郭平叹了一口气说："目前必须马上进行整改，并将整改情况报告县人民检察院，希望检察院能够撤回起诉。否则，镇政府输官司已成定局。"曾诚此时不仅意识到问题的复杂性，也意识到问题的严峻性，遂决定召开一次党委扩大会议，研究县人民检察院公益诉讼案件，并通知镇纪委介入调查。

第二天上午九点，在曾诚的主持下召开了全镇干部大会。主席台上的几位领导个个脸色阴沉。先是镇纪委宣布对蛮王寨村饮水安全问题立案调查，然后镇组织委员宣布乡党委关于对蛮王寨村支部书记杜鹃同志暂停职务并由林子浩代行的决定。郭平镇长做了为期一周的全镇饮水大排查大整治方案。接着，曾诚和杜鹃做书面检讨。杜鹃第一次遇到这样的场合，她走上台红着脸念检讨，声音很低，念到最后台下几乎听不见。

两人做了检讨后，曾诚开始讲话。

曾诚明显地表现出急躁情绪，他丢开笔记本，站起来讲道："我们不能对有损群众生命健康的大事无动于衷，我们不能对行政不作为，尤其是对不依法履职的行为置之不理。我们的忽视，我们的不作为，极可能砸了水镇的盘，甚至砸了全县乡村振兴的大盘。杜鹃同志，你用心了吗？你尽职尽责了吗？试问在座的同志们，你们用心了吗？你们尽职尽责了吗？事实摆在眼前，难道我们还不警醒吗？去年检察院送达了检察建议，镇上相关领导传阅并最后批转蛮王寨村整改。可是，你们整改了吗？你们督办催办了吗？没有！致使本次案件拖延一年,直至检察院第二次检测,送达起诉书。整整一年了,同志们,这说明什么?说明我们根本没有整改,说明我们对老百姓的生命健康冷漠无视,说明我们对乡村振兴的基本精神没有入脑入心。我昨天在蛮王寨查看了饮水水源,我可以坦诚地给各位交个底,蛮王寨组、茨谷组的村民饮用自来水还没有水井的水干净。我说的话是真是假,各位可以亲自去调查。试问,我们花了那么多的钱,安装了自来水管网,修建了山坪塘,老百姓真正受益了吗?如果没有受益,反而有害健康,老百姓能没有意见吗?"曾诚越说越激动。"郭镇长已经布置了大排查大整治工作,目的就是进一步巩固拓展脱贫攻坚成果,并与乡村振兴有效衔接。将防止返贫动态监测的六个方面二十四项指标,两不愁三保障的四个硬性指标,尤其是饮水安全,不仅是解决水质达标问题,还包括日常管护不到位造成管道损坏,水池水塘渗漏,蓄水不足和干旱可能造成短暂性停水,人畜饮水是否分开等方面,做一次全面排查,把问题彻底暴露,彻底整改清零。通过本轮排查之后,如果再发现类似问题,将严肃追责。"

曾诚讲到这里,情绪稍微有些平复。他端起水杯喝了一口水,在笔记本上瞄了几眼,继续讲道:"关于饮水安全有保障的问题,在脱贫攻坚阶段,已经与教育、医疗、住房等同时解决,这是一项基础性的工作。所谓基础不牢,地动山摇。它事关老百姓的生命健康,事关乡村振兴大业的成败,它是村之大者、镇之大者、国之大者。我们要上升到这个高度来认识。"

曾诚讲完话就宣布散会,又特地将林子浩和杜鹃叫到办公室。两人还没有坐定,曾诚就说道:"请两位留下,肯定有事需要交代。在没有交代前,你们对镇上的处理意见同意还是不同意,请你们把心里话说出来。"林子浩没有回答。杜鹃有些不服气,却也找不出什么理由,听了曾诚的话,她想为自己辩解一下,于是轻声说:"曾书记,难道是检察院在挑刺?"

曾诚听了杜鹃的话,凝重的脸色变得舒缓了一点,望着杜鹃因委屈而焦灼闪烁的眼睛说:"的确有人在背后议论,这是不是县人民检察院在挑刺,与水镇是不是有过节,在这里,我必须予以澄清。人民检察院是国家法律监督机关,公益诉讼是其重要职能,对环境污染等涉及公共利益的案件提起诉讼,是在履行监督职责。可是,我们少数人对检察院的检察建议,不从自身找原因,却责怪监督者。我们就这样的思想认识水平?就这样的法治水平?就这么点儿格局?乡村振兴,人人有责,人民检察院办案,就是在依法助力乡村振兴,这也是履行职责。要不是检察院的案件及时提醒了我们,那后果是不堪设想的。蛮王寨饮水质量存在严重问题,我们必须高度重视。如果我们在认识上发生了偏差,我们的乡村振兴工作就极有可能出现更大的失误,甚至颠覆性错误。杜支书,我们务必保持清醒的头脑,你回到村里,要从这个案子中吸取教训,深刻检讨,亡羊补牢。"曾诚接着说:"现在正值乡村振兴推进的关键期,容不得半点儿放松。杜鹃停职不能停工作,在处理决定没有下达前,还是要履行村支书的职责。请林队长组织驻村队员参与大排查大整治,并协助杜鹃抓好各项工作,绝不能再出现类似严重错误!"曾诚把最后一句说得特别重,显然就是在警告两人。

全镇干部大会后,林子浩把村干部们送回村委。杜鹃对林子浩说:"通知各组组长继续开会。"林子浩开始一个个打电话。杜鹃进到厨房洗手,洗着洗着伤心地哭起来,一屁股坐到木凳上。余春兰见状,立即拿了一包纸过去,边给她擦眼泪边安慰她。林子浩打完电话,知道杜鹃心里难受,又不知道如何劝说,只好坐着。"我承认,我没有工作经验,工作上出现差错。但是,曾书记说我不用心,我不接受。"杜鹃越说越激动,伏到桌上大哭起来。

村组干部陆续赶到,杜鹃立即擦掉眼泪,跟着林子浩来到党员活动室,她刚刚哭了一阵,情绪得到一些平复。她传达了上午镇干部大会的精神,宣布执行镇上的决定,自己暂停职务,由林子浩同志代行。

林子浩接着安排了一周的大排查大整治工作,最后特别强调说:"我们村在饮水安全上出现严重问题,这是有损群众生命健康的大事,一项基础性的指标没有落实到位,而且就发生在我们眼皮子底下。这个案件,村委要反思,驻村队要反思。这次镇里决定把我们示范村的牌子摘掉,确实令人痛心,我们一定要吸取深刻教训。我初来乍到,对村里的情况还没有完全熟悉,所以,我提议,对外,由我暂代村支书之职;对内,杜鹃同志仍然是支书,行使支书职责,希望各位组长鼎力支持。咱们村当下遇到了一道坎,但是只要我们同心协力,克难奋进,一定会很快翻过这道坎。"林子浩说完望着四位组长,每一个人都点了点头。

杜鹃原本打算会后交班就走人,可实在是临时选不出一个人来当村支书,林子浩对村里的情况还不太熟悉,村道路和三多民宿项目正在推进,自己不顶上去,势必影响士气。再说,村民饮水安全这么大的事,自己为啥就忽视了?而且两年都没有查看水源地,分明就是失职渎职,能怪谁呢?这样的教训难道还不深刻?

杜鹃虽然心情还比较郁闷,却不愿服输。"哪里跌倒就从哪里爬起来!"杜鹃暗暗地给自己打气。于是她带着人进了山,重新挖了一口水塘,供鸟兽饮用,把村民饮水的山坪塘清理了一遍,重新蓄水,四周做了栅栏围起来,防止动物进入。杜鹃干完这些还是不放心,便让林子浩开车,到各组巡查,现场督导,一项指标也不放过。

对杜鹃的处理,曾诚心里非常难过。村民饮水安全方面竟然出现严重问题,暴露了水镇工作上的失误。这种失误是无法原谅的。曾诚跑了一趟县城,见了县人民检察院检察长,对自己的工作失误表达了歉意。让曾诚万万没有想到的事情发生了,检察长亲自陪同他去了一趟县水利局,竟然争取到一笔三百万的饮水安全保障项目资金。

回到水镇,曾诚立马通知林子浩到办公室。

"林队长,现在有一件十分重要的事要办,而且要麻烦你这位博士亲自办。"林队长进到办公室,曾诚就直接交代任务。

"什么事？请书记直言。"林队长显得有些急促。

"被动变主动，坏事变好事。"曾诚卖了个关子。"请书记直说。"林子浩有些着急。"我已经要求各村总结本次大排查大整治工作，情况已经汇集得差不多了。我想请你执笔，草拟一份调查报告。水镇是市上确定的乡村振兴重点帮扶镇，我们要敢于担当，完成一次大排查大整治，彻底清除全镇饮水安全方面的隐患。我们要把水镇的教训、水镇的失误，变为水镇的经验，把落后典型变成先进典型，把水镇的案件变成水镇的亮点，从有水吃到吃好水，巩固脱贫攻坚成果，同乡村振兴有效衔接。林博士，你的调查报告很重要。"

"好的，在此，我给书记汇报一下学习心得。"

"请讲。"

"有关山地村落的振兴。"

"山地村落？"

"对，结合山地村落实际，对能保留下来的村寨，实现不愁吃、不愁穿，教育、医疗、住房、饮水有保障，这是脱贫攻坚战的课题。如何实现上好学、就好医、住好房、吃好水，这是乡村振兴的课题。"

"你有什么思考？"

"这次给县委县政府的调查报告中这些观点我能否先抛出来？"

"好，主题明确，切中当下，而且更加具有创新性和前瞻性。我觉得就这么干。"

"没问题，本周内交卷。"

这段时间，林子浩也开始构思他的博士论文《拯救空心村》，他在反复地琢磨蛮王寨村巩固拓展脱贫攻坚成果与乡村振兴有效衔接所呈现的阶段性特征。水镇"两不愁三保障"问题特别突出，虽然从根本上消除了绝对贫困现象，但地域差异形成的不平衡不充分矛盾依然存在。而这里与其他地方不同的是，山里山外不一样，山上山下不一样，绝不能搞整齐划一，甚至出台"一刀切"政策。

经历了一场饮水危机，林子浩自然也有了更为深入的思考，他暗暗地告诫自己，自己已经不再是一名书生，而是一名乡村振兴驻村队员，已经投入到了这钢铁洪流之中，不进则退。想到这些，林子浩便心潮澎湃，他提起笔来开始撰写《山地村落饮水安全调查报告》。

二十七

铁炉子日夜守护着罗半山的建筑材料,他文化水平不高,也不做记录,但他把住了出口,每个领取物品的人,他都必须请示罗半山才放行。他简单地做到这一点,就等于抓住了要害,场子的材料绝不至于发错,造成混乱。在铁炉子眼里,这些物资不仅仅是罗半山的,也是杨素的。

铁炉子知道了杜鹃被停职的事,他告诉了杨素。经历过风浪,铁炉子自然也明白了一些道理。他总觉得杜鹃这女将可怜,杜鹃是个好人,平日里没少帮他,总不能这么快就忘了她的好。最后他把怨气归结到向皮子身上。向皮子一直喝生水,不生病才怪。突然,铁炉子想到向皮子还有父亲,躺在床上几年了,还吊着一口气。虽然两家关系不融洽,平时根本不往来,但一个村里住着,在一起几十年了,如今他父亲都快走到人生尽头了,所有的恩怨自当一笔勾销。铁炉子于是决定去看望一下。

突然,杨素打来电话,铁炉子这辈子恐怕没有比接到杨素电话更高兴的事了,他顿时乐呵呵地在电话上聊了起来。

"铁炉子,村道路修建进展如何?"杨素关心着修路的事。铁炉子说一切正常,两个月内竣工应该没有问题。杨素又问及三多民宿,铁炉子一一作答。聊到杜鹃时,铁炉子就把杜鹃停职的事情说出来了。杨素对铁炉子说:"杜鹃也是深华大学毕业的,跟杨心、林子浩是校友,这个女将给我的印象蛮不错的,做事干练勤快。不知道她父亲和爷爷叫什么名字,你告诉我,我兴许还记得起来。"铁炉子脑子里迅速搜索着,突然一拍脑袋说:"小姐,我说出一个人来,您一定认识。"杨素急忙问道:"谁呀?"铁炉子嘿嘿一笑说:"冉来香。"

"杜鹃和冉来香是什么关系？是不是她的奶奶或者外婆？"

"不，按辈分算下来，杜鹃应该算第四代人，也就是说，杜鹃应该称冉来香曾祖。"

"我吃过冉来香的奶水，冉来香跟我妈妈是表姐妹，那么，杜鹃跟杨心算一辈儿的。你看我多粗心，冉来香的曾孙女在深华大学读书，在一个城市里几年我竟然不知道。"

铁炉子听着杨素不断说自己粗心，实际就是在责备自己没有关照到杜鹃。铁炉子安慰了几句，杨素哈哈一笑说："待村道路修好，我再回去，我要认下杜鹃这个孙女，我挺喜欢杜鹃这位女将。"铁炉子嘿嘿地笑起来。

杨素突然想起了什么似的问道："你还记得当初我躲藏的地方吗？"

"当然记得。"铁炉子回答。

"现在那房子还在吗？"

"还在。"

"分给哪家了？"

"那房子解放后分了两次，第一次分给一家姓刘的，后来姓刘的一家搬到水镇街上了，房子空着。一九六〇年，从湖北回来的向姓父子，其实就是讨饭逃荒到了蛮王寨，却带着湖北的户籍证明，要回老家落户。队里当时饿死了一些人，好多房子空置，也就同意他落户，就把刘姓的房子分给他了。"

"叫什么名字？"

"向皮子父亲叫向明人，他爷爷叫向小石。"

"哦……"

杨素问完，语速缓慢下来，陷入了回忆中。杨素似乎又想到一件事，于是便对铁炉子说："杨心的爷爷叫向小坎，小坎哥有一个弟弟，小时候没有名字，我在他家避难时，他弟弟在镇上读书，没有在家。这位向小石是不是就是向小坎的弟弟呢？铁炉子,我拜托你一件事,你抽空到向皮子家走走,帮我问问情况。"

第二天上午发完材料,铁炉子给曾满山医生打电话,请他马上过来一趟,带他去向皮子家看看。铁炉子其实内心是不愿去的,因为觉得这家人不讲卫生。但是,为了达成杨素的心愿,他决定亲自走一趟。曾满山的摩托车一进到向皮子家,两人就闻到一股鸡粪的臭味。曾满山叫了两声,没有人应答,向皮子没在家。曾满山就扶着铁炉子从吊脚楼的挑廊进到堂屋。铁炉子看见堂屋的角落里放着一张旧床,床上还躺着个人,就知道是向明人。向明人听见有人进屋,便用力支撑着想坐起来,可是试了几次都没能成功。曾满山上去拉开被子,扶老人坐稳。老人喘了几口粗气说:"谢谢,谢谢。"铁炉子坐到床沿上,问道:"向明人,你眼睛还能看见吗？我是铁炉子,还记得我不?"向明人的眼睛已经模糊,连连摆手。铁炉子又问:"耳朵还行吧?"向明人点点头说:"声音大一点,能听见。"铁炉子知道向明人清醒的时间不多,于是大声问道:"还记得我铁炉子不?"

"铁炉子吗？哪个不记得？"

"我问你件事,向小石是不是你的父亲？"

"是的。"

"你的父亲向小石是不是还有个哥哥？"

"有。""叫什么名字？"

"你问这个干啥?"问到这里,向明人闭上眼睛不再回答。

铁炉子知道向明人自从回到蛮王寨后就一直不喜欢说话。铁炉子突然问起他的父亲,他就很警觉,不管铁炉子怎么问就是不开口。曾满山示意不要再问了,扶向明人躺下。

回到穿心大店,铁炉子打通了杨素的电话。"我今天特地去了向家,向明人已经病得很严重,他不肯说过去的事情。"

杨素"哦"了一声说:"我心里有数了,你也不用再去找他。"说完就挂了电话。

中午饭时,罗半山端着饭碗凑近铁炉子,问道:"您今天上午去看向明人了?"铁炉子回答道:"看了,向明人只怕命不久也。"罗半山低声说:"您都问了什么?"铁炉子突然奇怪起来,不知道罗半山想打听什么,于是放下饭碗说:"就问问他祖上的一些事,但这个老头很敏感,不愿说。"罗半山靠近铁炉子耳语起来:"上午杨心打电话来,要我一定把向皮子的吊脚楼纳入三多民宿改造规划。""杨心说的?""嗯。""向皮子愿意吗?""这等好事,向皮子岂有不愿意之理。我不清楚杨总是如何想的,把向皮子弄进来只怕永无宁日。但既然是杨总安排的,我就照办。我思前想后,即使把他的房子纳入规划,也不能让他全家人住在吊脚楼,得分开。""你打算把他一家安排到哪里住?""山下,我半山李子园仓库边有两间空房,足够他一家人住。另外,我请他照看李子树,想来他是愿意的。"罗半山吃了一口饭,边吃边说:"我跟您商量个对策。向皮子前两天托王永池找过我,想到工地干点活,我没同意,就是怕他捣乱,如果他来找您,您就跟他说可以替他说情,把他的房子纳入改造。您只把这个信息传递给他就行了,剩下的事我来处理。"

吃过午饭民工都上工去了,果然向皮子来了。他挂着长竹竿坐在铁炉子旁边,欲言又止。铁炉子试探性地问了一句撂荒地的事,算搭上话。向皮子则开始吹嘘起来:"钱到手了,验收了,庄稼长不长不关我的事,也没有人再去看,丢在那里。"铁炉子转动了一下脑袋,自顾自地编织起一只箢篼来。

向皮子拿起竹竿往地上狠狠一戳说:"蛮王寨的人不团结,你看,杜鹃才当几天领导,就被轰下台。过去选举时,我极力反对,可这次她倒了霉,我向皮子没有在人前人后说过她一句风凉话。就说杜支书没有把我的房子纳入民宿改造这件事,我就对她有意见,全组房子都改造,唯独不包括我家。但是我忍了,我即使对杜鹃有意见,也从没有想过要告她。"

铁炉子瞟了一眼向皮子说:"从改造的房子来看,那简直是变化太大了,农房成了宾馆,屋里屋外搞得亮堂堂的,那才叫气派!"

向皮子嘴里突然发出"呱"的一声,对铁炉子说:"铁老头,你我守在蛮王寨这么多年,多少有些交情,总比几十年都不见面的人强吧?那些人的房子都纳入改造,偏偏不准我家纳入,这摆明了在孤立我。我知道你跟杨心的关系,你能不能出面跟她说个情,把我的房子也改造了。我保证答应她任何条件。"

铁炉子嘴巴一撇,说:"你说得比唱得好听,你自己的性格你还不晓得吗?谁愿意跟你合作?脱贫攻坚战时,你全家纳入低保兜底,基本生活有保障,你的小女儿向小英读书不用花钱……"

向皮子有些急了,哀求道:"我说的是房子,您扯低保干啥?我是贫困户,按照政策应该享受。您就出面说说看,只要我向皮子得了好处,一定有您的一份。"

铁炉子眨巴了几下眼睛:"好吧,我答应你去试一下,行不行得通还未可知。我刚才说的那些话,目的就是希望你要心存感恩,要懂得做人的起码道理。"向皮子"呱呱"地叫着,站起来提着长竹竿说:"我去给你摘几根丝瓜上来,丝瓜做三多面好吃。"铁炉子"嘿嘿"地笑了两声,说:"不是我要你感恩,你又想错了。"说完便低头搞起篾活来。

天已经黑了,工地上的工人吃过晚饭后有的回家,有的准备洗漱睡觉,喧嚣了一天的穿心大店开始安静下来,铁炉子的那条狗的叫声,在夜深人静之时格外清脆洪亮。铁炉子坐在街沿下的竹椅子上,一个一百瓦的灯泡吊着,把一条长长的老店街照得明晃晃的。突然,坐在铁炉子身旁的狗狂吠起来,铁炉子看见一个人拿着手电筒从店口走来,走近了才看清是向皮子,他赶紧喝住那条狗。向皮子果真摘了两根丝瓜,放在街沿,坐到了铁炉子对面,拿出一卷叶子烟递给铁炉子。铁炉子推开烟说:"我习惯抽这个。"说完从口袋里拿出一个小布包,不紧不慢地从里面取出一片烟叶,掐了一截裹上。向皮子急不可耐地问道:"中午说的事,您跟杨心沟通过没有?杨心这个人顾全大局,一个组的房子都改造了,留下我一家,情理上都说不过去,她也于心不忍。再说,我虽然脱贫摘帽了,取消了建档贫困户资格,但依然保留了脱贫监测户的身份,我向皮子是脱贫攻坚战的成果之一,必须与乡村振兴有效衔接。"铁炉子把挂在竹椅子上的大衣取下来披在身上,对向皮子说:"中午你走后我就给杨心打电话,人家愿意投入资金改造你的房子,但是杨心提了一个要求,那就是你们全家人搬出吊脚楼,另找住处,等于你全家人不参与经营,只能分红。"向皮子一听就跳起来喊叫着说:"我搬到哪里去?这不是变相给我出难题吗?她杨心说出这种话来就是不愿接纳我,我和她一无冤,二无仇,为啥要刁难我?"

铁炉子见向皮子为难,就劝说道:"你要改习惯,搞好个人、家庭的清洁卫生,可是你自己看看,衣服穿得脏分分的也不洗一下,屋里屋外插不进脚,臭气熏天,给人不好的印象。人家开发的三多民宿是宾馆饭店,跟城里的一样,拉屎都是坐起拉,你我见识少了,还是别添乱。我给罗半山说过,穿心店营业后,如果客人不喜欢我这个糟老头子,我就租他李子园的房子住,免得在这里碍眼,关键是影响别人做生意。""罗半山的房子?""是的。罗半山李子园有两间空房,我中午问过他,他说可以出租,如果愿意给他照看李子树的,还不收租金。建议你给罗半山说一下。"向皮子一听心里就不爽,说:"罗大傻的李子树被一场冰雹打残了的,就剩些光杆杆,还需要人看管吗?罗半山这个人做事太绝,我向皮子这辈子都不想跟这种人打交道。"向皮子说完突然问铁炉子:"要我搬家,是不是罗半山的主意?杨心跟我无冤无仇,她才想不到这个损招呢。"铁炉子转动一下大脑袋,看着向皮子说:"你不会也怀疑我吧?实打实地说,搬家这事就是杨心的要求,原因很简单,你不爱干净。人家改造出来的民宿可是高档宾馆,你我这样的生活习惯又难以改掉,在民宿中进出,的确有失体面,更重要的是影响人家做生意。"向皮子伸手抓了一下乱糟糟的头发问道:"真是杨心说的?"铁炉子点点头。

向皮子沉默了一会儿说:"我是绝不会搬到李子园的,我瞧不起罗半山。既然杨心这么说了,我可以接受。"

铁炉子问道:"你搬到哪里住?"向皮子咬咬牙说:"我把撂荒地改种黄连药材,黄连地反正要搭建工棚,我就搬到工棚住几年。"铁炉子吃了一惊问道:"你自从享受了低保就不再种黄连了,现在又要种植黄连,你还吃得下来那个苦不?"向皮子把竹竿往地上一丢说:"你又不是没看到村里的兆头,现在是罗半山的天下,我又跟他合不来,工地上没我的份儿,大把大把的银子流进罗半山的腰包。我看明白了,也想通了,我向皮子祖祖辈辈就是啃泥巴的命,我还得靠那团土了此残生。"铁炉子"嘿嘿"笑了两声说:"种植黄连是苦了点儿,但也是一份产业,从目前的市场行情看,不愁销路,比种植四季豆、南瓜强。那就这么说定,我给杜鹃支书说,明天签合同搬家。""杜鹃?杜鹃不是停职了吗?""人停职了,工作没停,她还得做支书该做的事。"

向皮子第二天就签了合同,却迟迟不搬家,杜鹃催促几次都没有效果,就约上林队长、余春兰去向皮子家一探究竟。

向皮子拿着烟杆正坐在挑廊上吞云吐雾,见林队长来了也不起身打招呼,嘴巴一歪,眼睛瞟向一条凳子说:"那边有凳,各人坐。"杜鹃心急,还没坐下就问搬家的事。向皮子没有回答,一副不想搭理的样子。杜鹃再问时,向皮子才搁下烟杆抖掉烟灰说:"杜支书,哦,你现在已经不是支书了。"说完转向林队长说:"林队长,我向村委和驻村队反映一件事。"林子浩点点头,向皮子接着说:"乡村振兴设定的五大指标,其中排列第一的是什么?""产业振兴。""对,为啥要排在第一位呢?因为这是一项极其重要的指标,我最近也在学习有关乡村振兴的文件。林队长,你们是振兴队员,试问,没有产业振兴,仅仅就是把公路修通了,房子改造了,村民喝西北风去?"杜鹃越听越迷糊,就说:"今天我们来就是催促您搬家的,您不说搬家说产业,是不是扯偏了。"向皮子根本不理睬杜鹃,望着林子浩说:"我想把撂荒地改种黄连中药材,为村里发展起一项特色产业。黄连种植曾经是本村的支柱产业。"杜鹃终于明白向皮子在说啥了,于是偏着脑袋说:"您想发展产业,村里支持。"向皮子看都不看杜鹃,只对着林子浩说:"一亩黄连有多少补贴?我指的是乡村振兴阶段的产业补助资金,并非脱贫攻坚战时的产业补贴。"

林子浩在向皮子说出这句话时才恍然大悟。杜鹃急忙解释说:"发展产业,按照政策是可以补贴的。但是,你的那十几亩撂荒地,种上了四季豆和南瓜,蔬菜那也叫产业,已经享受了产业补助政策。您不能沟里放牛,两边通吃吧。"向皮子"呱呱"地笑了起来说:"撂荒地复垦,那都是应付检查的面子工程,现在都检查过了,要不要无所谓。再说,在大山上种四季豆、南瓜,能卖出去吗?不说别的成本,菜不值钱,运费值钱,背到镇上卖,工钱都不够,这个账谁都会算。我现在毁菜种黄连,发展传统产业,村里的产业扶持资金要一分不少地给我。"

林子浩惊讶地望着向皮子,他不清楚有无产业扶持资金,但杜鹃确实宣传过,镇上开会时曾诚书记也提过,但究竟村里有没有这笔产业资金,只有杜鹃才知道。

杜鹃见向皮子摆明了是要钱,就把林子浩拉到外面商量了一阵,商量完后,杜鹃给向皮子承诺:"镇上的确有过产业扶持政策。我保证,只要有资金,村里绝不会克扣一分一厘。"向皮子不依不饶,非要杜鹃先垫付,每亩两百元,一分钱也不能少。

林子浩看看杜鹃,杜鹃也看看林子浩,两个人都毫无办法。林子浩想到发展十几亩黄连产业,的确在村里也能发挥带头作用,况且种黄连投入也不少,向皮子之所以使出这招应该也有苦衷。林子浩想到搬家的事,想到三多民宿顺利推进,想到产业,想到稳定,觉得给向皮子两千元钱,支持一下这个脱贫监测户也未尝不可,如果向皮子就此沉下心来搞产业,兴许还真就搞成村里的一大特色亮点,于是,他拿起手机转了账。

林子浩拿出的每一笔钱,他都没指望今后能报销,更不指望还能还回来。

二十八

村道路建设在蛮王寨村民中的反响是很大的,罗半山揽下的工程,难免遭人嫉妒。尤其是向皮子,没事就在工地上巡查监督,总想找到罗半山的把柄。

终于,他发现有个涵洞工程出现质量问题。他把涵洞挖掉了一个角,拍成照片,上书"豆腐渣工程""报纸糊的工程",上传到网络。消息很快在村民微信群中炸开了锅。围观村民议论纷纷,闹腾到深夜才停息。

杨心也看见了照片和大家的评论,罗半山做的涵洞工程因质量问题被曝光,在蛮王寨还是头一回,这还了得。网络的传播速度是惊人的。第二天早上七点钟,县委书记的电话就打给了镇党委书记曾诚,说乡村振兴工程质量问题是底线,绝不能碰触。要求他尽快妥善处理,防止进一步扩散,严重损害乡村振兴示范村的形象。曾诚急得几乎一夜未眠。

曾诚想起在年初的乡村振兴誓师大会上自己说过的话:我们到水镇工作不是来享乐的,是要准备脱一层皮的,是要准备忍辱负重的,是要付出更大牺牲的。他告诫过自己,也告诫过镇村干部,那些铿锵有力的话还在耳边。自从水镇被确定为全市十七个乡村振兴重点扶持镇后,山村打破了平静,回乡的村民非常活跃。水镇被确定为全市乡村振兴示范镇之后,市、县的帮扶部门也很关注这里。曾诚心里有数,这是水镇的机遇和幸事。在这如火如荼、高歌猛进的乡村振兴浪潮之下,如果工程质量出现问题,这件事足以摧毁水镇干群用血泪凝结起来的示范形象,摧毁他曾诚在村民中积攒的信任,摧毁他极力倡导的"廉洁就是生命"的信仰大厦。向皮子就是一面镜子,找蛮王寨的问题,挑蛮王寨的毛病,不找别人,就找向皮子。

罗半山以及跟他做涵洞工程的几个民工一直保持沉默,这让杨心感觉奇怪,他们在村民中的威信应该都比向皮子高,可为何微信里吵得沸沸扬扬的工程质量问题,他们连一句回复的话也没有呢?杨心感觉事态严重,便赶回蛮王寨。

蛮王寨有三把刀,"杀猪刀"向皮子,"刨猪刀"王永池,"剃头刀"杨仕游。平日里,这三个人在村里时不时会唱上一出戏,一个比一个角色狠。村支书杜鹃工作经验不足,多次被戏要,却只能忍气吞声。但是,这一次只有"杀猪刀"向皮子起哄,"刨猪刀"、"剃头刀"却悄无声息,这就极为反常。

杜鹃这位年轻的村干部,从村妇联主席干起,到村综合专干,副支书,再到村支书,几经磨炼,也增长了不少见识。网络事件后,第二天天刚亮,她邀请杨心一起实地查看施工现场进行调查研究。她们来到涵洞处,看见向皮子拿着手机里里外外地拍照,见杜支书和杨心到来,他便从坎下爬上来,气喘吁吁地点击图片给杨心看。"完全是豆腐渣工程,报纸糊的!"向皮子指着图片说。杨心走到路肩上,用脚踩了几下,果真就踩掉了一块,她捡起混凝土捏了捏,散了。杜鹃则钻进涵洞,拿起石头用力击打洞壁。杜鹃看完没有说话,杨心认为工程质量出了严重问题,心里很不是滋味。"杨总,这是你出的钱吧,就这么被糟蹋?杨总,罗半山是你信得过的人吧,却在背后捅你刀子。"向皮子喋喋不休,杨心此时感觉脑袋都大了。

两人回到村委会,杜鹃在电话里跟曾诚书记汇报了此事,话还没说完,曾诚就发出指令:"蛮王寨正在打造全市乡村振兴示范村,向皮子曝光的豆腐渣工程这件事已经造成极其恶劣的社会影响,请村委立即启动贵和会和积分银行机制,今晚召开紧急院坝会,拿出处理结果,给村民一个说法。有违纪违法的,无论涉及谁,一律秉公处理,彻查到底。"

杜鹃接完电话,就赶紧通知各组组长开会,她特别强调,今晚召开的是今年第一次贵和会。

蛮王寨村委一般不启动贵和会,而上了贵和会的事,肯定就不一般。大家都知道向皮子披露的事情一定是今天会议的主题。晚上七点半,村委院坝里便坐满了人,有撩脚亮胯的,有拖鞋赤脚的,多数人就是来看热闹的。

"这个网络就是好,几分钟大家就都知道了。"

"我看村里的事还有哪个敢欺瞒。"

"当初选个女将当村支书,我就不同意,她镇不住场。"

"还不是因为杜鹃有个大学文凭。"

会场气氛跟六月的天气一样火爆,没有凳子的就坐到坝子边石坎子上,两只眼睛咕噜噜转,他们知道今晚有事。

罗半山跟他请的几位民工坐在右边,向皮子也有几个老铁,坐在左边。杨心则挨着杜鹃放话筒的桌子坐着,有些神不守舍,一会儿站起来看坝子里的人,一会儿绕着会场转。杨心此时也有一种担忧,罗半山和向皮子这对冤家,指不定会干起仗来,她害怕杜鹃招呼不住。村子里亲连亲,戚连戚,如果动起手来,肯定无法控制场面。

杜鹃很快带着村干部、驻村队员进入会场,看到他们,杨心才稍微安心些。杜鹃打开电脑,在投影仪上播放新近出台的乡村振兴政策,边放视频边讲解。放完视频,杜鹃扶了扶黑框眼镜,扫视了一下会场,拿起话筒说:"大家白天忙,都很累,请大家晚上开会,那是万不得已的。今晚开这个贵和会,究竟为什么事呢?蛮王寨村面临着一道难题,所以,这个贵和会非开不可。"杜鹃说话慢条斯理,却层次分明,有条不紊。她说到这里停顿了一下,干咳一声,扶了一下下滑的眼镜,接着讲开了:"老向在网络上发了个消息,举报村道路修建是豆腐渣工程。质量就是生命线,乡村振兴绝不能在工程上乱整。每一个工程上马前村委都要开会,讲清楚质量要求,讲清楚政策。对这一点儿,欢迎每一位村民随时监督。"

杜鹃讲到这里,向皮子站起来,带头鼓起掌来,接着场上掌声雷鸣。杜鹃示意向皮子坐下,然后把话引入正题:"今晚的贵和会,仍然按照过去的做法,打开窗子说亮话。包工头做完工程就走了,可是我们都是土生土长的蛮王寨人,走不了。工程最终的使用者,就是在座的人,你们说说,该不该做好呢?该不该把真实情况说出来呢?王永池,你是涵洞工程的施工员,你就当着大家的面说清楚,为啥出现质量问题?你不仅是包工头,还是蛮王寨村民。"

王永池站起来,字字句句如钢珠子砸地:"我做的工程,质量我敢保证。"

王永池这个人虽然刁钻,为人处事却是公认的公道正派。但是,向皮子手里有证据,上午自己也去现场查看过,他为何会信誓旦旦保证质量?杜鹃感到了疑惑。杨仕游接着说:"这个工程自始至终我都参与了,有人出钱在为我们修路,首先要感激三多集团的慷慨相助,我们也要知道感恩,做人做事要凭良心。真正修成豆腐渣工程,我们无法面对杨心,无法面对村民,我在村里也待不下去。涵洞工程,罗半山只是名义上的包工头,我和王永池才是实际施工人。我为啥这么讲?大家叫我剃头刀,我就得把这个头剃光,亮出来,让真相大白于天下。"杨仕游故意停顿一下,眼睛朝向皮子瞟了一眼,声音抬高八度说道:"向皮子,你莫急,涵洞工程就在你家门前,跑不了。工程质量问题,我在这里当着村民代表的面敢拍胸膛,涵洞主体工程绝对没有质量问题。"

杜鹃听到这里,打断了杨仕游的话说:"这个小涵洞工程,是杨心在村道路工程项目之外新增的工程。大家都清楚,原来的涵洞塌了一半,不能正常泄洪,必须重新改建。在建设过程中,我和镇上的干部看过几次,主体建设上没看出问题。曝光后,我亲自进洞敲打,发现主体结构质量没问题。但是,贵和会上允许亮观点,现在请老向发言。"

向皮子早已经按捺不住,站起来,走到前面,把瘦长的身子向前倾,拿出手机翻起来,然后开始反驳:"什么是主体工程?什么是附属工程?在我看来,都是工程,不能以偏概全,断章取义。总不能说,主体工程合格,附属工程不合格,这个项目就是合格工程吧?请问这是什么逻辑?"说完,就把手机正面对着主席台:"你们看,你们看,现场照片有十几张,很清晰。这还不叫豆腐渣工程?这还不叫报纸糊的?"向皮子说完,把手机上的照片给村干部、驻村队员一一过目后,走进圈子说:"王永池睁眼说瞎话,我掌握了证据的。我这个人呢,就爱坚持真理。涵洞就建在我家门前,在我的眼皮子底下,我是村里的村务监督员,我代表村民天天监督。我想请问杜支书,刚才你也看了照片,这究竟是豆腐渣工程,还是人民满意的工程?这究竟是小儿办家家,还是示范工程?我的要求很简单,拆除重建!"

会场顿时骚动起来,坐在向皮子周围的人开始附和,然后就有人表示支持。向皮子突然站起来,用手指向杜支书:"做涵洞的那几爷子,工程做成了豆腐渣,老子就是要举报,老子就是看不惯。现在,我还要举报你杜支书。我问你,你难道没有责任?工程怎么落到罗半山手的?工程是怎么出现质量问题的?你难道脱得了干系?村委监管失职。村委干部多跑几回工地,就不至于搞到这步田地。试问,你们还有没有良心?试问,脚都能踩塌的路面,还能过车?哼,我看人走上去都害怕!我是蛮王寨的村民,我要现场监督,你杜鹃敢不敢坚持真理?杜支书呀杜支书,我提醒你注意,涵洞要是被车压垮了,车翻人亡,你头上的乌纱帽就戴不稳了!"

这个向皮子不简单,他的监督是全方位的,如果举报属实,蛮王寨村将满盘皆输。坐在不远处的杨心此时也暗暗地为瘦弱的杜鹃捏了一把汗,看着杜鹃不停地扶眼镜,心焦不已。她担心这个年轻人下不了这个台。

罗半山坐在角落里,跟平时一样,神情冷漠,涵洞工程,他没打算解释,任凭村委处置。但是,见向皮子步步紧逼,也不得不说话了。"我罗半山确实是种蔬菜水果的,没做过工程,但是我请的人都是行家里手。涵洞工地,是我要求王永池更改的设计图纸,目的就是把涵洞做宽大一点,泄洪快一点,保证向皮子家从此不受洪水侵犯。主体完工之后,钱就用完了,我只想着把事情做好。路面填夯,做得马虎了些,也是我安排王永池、杨仕游这么做的。因为我想的是,过去的泥石路面还不是照样过车?这样铺下去,总比泥石路面强。这个的确是质量问题,我同意返工,一切责任由我承担。"

向皮子一听顿时双手乱舞起来,从座位上几大步跨到前面,一手高举手机,一手指着杨心说:"我揭露的情况绝对属实。杨总,我这么做,虽然有损示范村的形象,但是,我这是在维护三多集团的合法权益,维护全体村民的合法权益,维护示范村的光辉形象。我不同意罗半山的狡辩,擅自更改图纸,仅仅是为我向皮子的家不受损害吗?真是笑话!这就是豆腐渣工程,就是腐败工程!"说完转向杜鹃说:"罗半山的话有水分。我再次提醒你注意,要是基脚不牢,洪水冲垮,车子压塌,出了人命关天的大事故,小心你的乌纱帽。"向皮子说完,突然转身朝向大家,声音抬高八度:"这个豆腐渣工程,我建议绝不是返工这么简单,要求拆除重建!"向皮子话音一落,会场上沸腾起来。

杨心立即建议村委聘请工程师对涵洞工程做鉴定,主体部分有问题的,拆除重建,主体部分没有问题,返工。杜鹃拿起话筒把杨心的建议说了,问罗半山是否同意,罗半山表示同意。

"鉴不鉴定它都是豆腐渣工程,在建也好,完工也好,我向皮子都要监督。"向皮子坚持自己的意见。但是,至少今晚的贵和会,村民代表、村委会认可了自己的举报属实,绝不是凭空捏造,诬告陷害,想到这里,向皮子便趾高气扬起来。

向皮子话音刚落,罗半山站起来,对杜支书说:"我做的事自己心里明白,我同意鉴定,如果全部不合格,拆除重建,如果部分不合格,返工重做。我听从村委意见，配合村委的安排。"罗半山说完，会场上出现短暂静默。

没有人再大声说话，也没有人吵闹了，会场被杜支书的声音打破。"咱们蛮王寨村是全县乡村振兴示范村，乡风文明的榜样村。今年开始实施积分银行奖惩制度后，还没有一个村民被扣分，没有哪一家少一样奖品。但是，涵洞工程出现质量问题，我和村委干部监管不力，罗半山作为承包人，都要被扣分。这个分扣得理所当然，合情合理。"

杜鹃见向皮子没有了响动，便立即宣布："涵洞工程，明天聘请工程师现场查看，请老向参加。根据明天的鉴定结果，村委将作出相应处理。散会！"

村民陆续离开，杜鹃把向皮子叫到办公室，递上一瓶矿泉水，细声细气地说："老向，村里事情多，忙不过来，涵洞工程出现质量问题，这是大事，您举报了，贵和会上罗半山已经承认错误，您举报属实。出现这样的事情，说明村委监督不力。我是村支书，对自己的失职失责，要做深刻检讨。镇上我还要去做交代。"杜绝说完，接了一杯水给向皮子，又说："我想和您谈谈心。村里的贵和会已经搞了一段时间了，咱们的原则您应该记得，就是出现问题了，和在事前，和在当地，和在心里。您举报监督工程质量问题，我支持您，不仅仅是罗半山的工程，其他工程您也多留意。但是，我们得讲究方式方法，您是村里的监督员，就得多方考虑，慎重决定。比如涵洞工程，您发现有问题，如果事先跟村委、驻村工作队反映，我们及时处理，就不会闹得这么大。我觉得贵和会最后一句话讲得太好了，和在心里。如果不把疙瘩解开，大家有事都往心里去，产生了隔阂，在一个寨子住着，早不看见晚看见，就别扭。"

杜鹃见向皮子没有点头但也没有反驳，就继续劝说道："作为村支书，我无权干涉您上网的自由，但是，作为村民我想劝劝您，我们要注意维护全村的形象。向叔叔，您这一棍子等于打了一湾人。您以后有事先给我反映,如果我杜鹃不理事,您再走下一步,可以不?我虽然年轻,处事不周全,但我敢保证,我没有坏心眼。"

向皮子见杜鹃委屈,眼圈也红了,连声道歉:"对不起,对不起,我算看明白了,你杜支书这个官也不好当。我向皮子做事鲁莽,任打任罚,毫无怨言。"向皮子说完踮起脚走出村委,走到公路上了还转头朝杜鹃办公室看了几眼,接着消失在夜色中。

二十九

罗半山开始返工,杨心处理完工程的事第二天就返回深华市。林子浩撰写的《山地村落饮水安全调查报告》,经镇党委书记曾诚一再修改打磨,上报县委政策研究室后,五月底被转发了。曾诚再次给林子浩带来喜讯,市乡村振兴局转发了。听到这个消息,林子浩心里比喝了蜜还甜。

天气已经转热,林子浩上午去罗半山的工地转了一圈,刚回到村委,曾诚书记就打来电话。"林队长上午好,我告诉你一则好消息,你的论文开始发酵,有了酒香味了。县委县政府根据你的论文做了一次密集调研,很快就要出台一项决策,调整充实资金人力,解决高山村落饮水安全问题。不仅要有水吃,还要吃好水。蛮王寨村三多民宿的污水管网六月份开工建设。林博士,你高质量的调研论文正在深刻地影响着全县乡村振兴进程,我代表镇党委镇人民政府,向你表示真诚的祝贺和由衷的感谢!"林子浩呵呵笑着说:"这不是我一个人的成绩,您像蜡烛一样燃烧成灰,却让我获得耀眼光环,您是无名英雄,说谢谢的应该是我。"

林子浩接完电话,一掌击打在桌上,大叫一声:"太棒了!"端起水杯,一饮而尽。

此时,罗半山走了进来。外面还在下着雨,一双长筒靴上粘了一坨一坨的稀泥巴。林子浩赶紧让他到坝子里蹭掉。罗半山在坝子里弄了一阵返回林子浩办公室,把肩上的军用水壶取下来,在饮水机上接水,正好邱仁义进来,拿着空杯子,于是指着罗半山说:"你这一壶水,够我喝两天。"罗半山当然知道邱仁义在指责他的水壶大,用了村委的水,便回敬道:"这么大个村委会,还缺一壶水吗?""你那一壶水至少五斤。"邱仁义说完罗半山嘿嘿一笑。

罗半山到车里放好水壶回来,说:"工地上热,断不了水。"说完就从包里取出一个本子,翻看几页后,对林子浩说:"村道路六月底完工,从目前进度来看,这个是没有问题的,要是不下雨,还可以提前。"林子浩点了点头说:"涵洞工程进展如何?"罗半山回复本周整改完成。

罗半山合上本子,显得有些不好意思起来,看着林子浩说:"听说林队长的一篇论文在全县轰动了。"林子浩没有说话。罗半山露出难得的笑容,说:"林博士了不起。这个山地村落饮水安全有了保障,下一步,林博士是否可以考虑写一篇山地农业现代化的文章。"林子浩呵呵一笑说:"这个课题太宏阔。""一个一个推吧,先写山地种植业现代化。就那些鸡窝地,如何实现现代化?""种植经济林木。你不是已经探索出一条现代化路子了吗?""可是,一场冰雹全军覆灭。""这个确实值得探索。""咱们村来了一位博士,这可是开天辟地第一回。希望你在驻村期间多写点文章,把蛮王寨好好宣传一下。不然,你走了,谁有这个本事呢?"林子浩笑着说:"咱们一起搞。"

罗半山说到这里扭头把门关上继续说:"我有些初步构想,但是不成熟,需要进一步的探索。我是蛮王寨的人,谁不希望家乡好呢,有了机会还是想试一试。但是,试一试吧,又怕遇到自然灾害,血本无归。"林子浩对那场冰雹也心有余悸,罗半山是受害者,当然刻骨铭心,他想有所作为,想为家乡做点什么,可是这样的风险难以预料,又如何规避?

但是,罗半山仍旧试图拼一把。他犹豫了一下,还是忍不住把自己的想法跟林子浩和盘托出:"蛮王寨这个地方,你能一眼看穿,它就是典型的山地,一座山就是一个村。改革开放后,山上的人都想下山,青壮劳力、有文化的人,都奔到大城市。你说,一个村子里,走了劳力,走了'智力',还剩下什么?这么多年,我的感受就是丧魂失魄。空心村,还得加上空脑村。现在我们的乡村要振兴,在蛮王寨村搞农业现代化,再想依靠这里的人力资源已经不太现实。就是那些回来的人,忙完这阵子,就会走得干干净净,寨子里根本留不住人。当然,我的分析不一定正确。"罗半山见林子浩在认真地听着,就又分析起来:"半山农业长期根植于农村,即使遭遇失败,也在尽力地把握每一次机遇。乡村振兴后,民营企业下乡,有政策支撑。振兴乡村,也给半山农业一次振兴的机会。"罗半山说到这里便低头不语,仿佛陷入沉思之中。

突然他抬起头,两眼发出亮光,望着林子浩说:"三多集团的创业精神给了我极大的启迪。这一座山就是一家集团公司,我计划因地制宜,发展半山李园、半山梨园、半山茶园、半山菜园、半山稻园、半山药物园。半山农业依托三多民宿、三多滑雪场,把蛮王寨村建成美丽的山地乐园。"

林子浩一听就兴奋起来,经罗半山这一启发,他的思路更加开阔。林子浩自然清楚,罗半山说的虽然还是一张蓝图,但是只要一步一步走下去,也不是没有实现的可能。如果罗半山这个构想得以实现,不仅半山农业得以振兴,蛮王寨村也自然振兴。三多民宿、三多滑雪场的开发,也必然会给半山农业带来巨大的消费市场,带来振兴的契机。

两人说到这里都沉默了,这显然是一个宏伟的构想,里面的信息量过于庞大,林子浩、罗半山还没有时间消化,甚至感觉遥不可及。但两人显然已经捕捉到了一丝希望之光。罗半山知道,林队长虽然是一位有远见卓识的人,满腹经纶,才华横溢,可是他的能力有限,对他的构想自然无能为力。然后罗半山突然想到林子浩的那一篇论文,没准眼前的这位博士弄出一篇论文来,就会把半山农业的梦想变成现实。因此,他觉得跟林子浩探讨半山农业问题是找对了人的。

林子浩也在深深思考。诚然,按照邱仁义的躺平观,林子浩可以完全不予理睬,也不必为一个陌生的偏远的荒山动脑筋,自己驻村时间结束就打道回府,教自己的书去,操这份心干吗?凭自己微薄之力,又能干出点啥名堂呢?还是得过且过算了吧。

林子浩又突然想起《人类学心语》中的那句话来。林子浩没有想到，连自己都没有在意的一句话，却深深影响了杨心，他又想到蛮王寨村饮水安全的调查报告，自己只是例行公事，完成曾诚书记交办的任务，却万万没有想到，一石激起千层浪，还影响到了全县乡村振兴大局，产生了良好的附加值。这样的成果，无疑是对自己的鼓励和鞭策。一个穷书生，平淡平庸，身处一座荒凉大山，却在这里展现了精彩。就这一点儿而言，自己就有值得骄傲的业绩，它至少可以证明林子浩没有碌碌无为。

林子浩又想起罗半山来。罗半山是一位商人，他有村子里多数人不具备的创业激情。罗半山原本靠卖蔬菜水果积攒了点钱，全部投入半山李园，殊不知，一场冰雹，严酷无情，摧毁了他全部的心血和梦想。在严酷的现实面前他如何能承受如此大的伤痛？但是，遭遇了致命打击，他却没有泯灭希望，这是难能可贵的。他没有服输，而是在寻找崛起的机会。如果这几年里，跟罗半山一起干，把一座荒山装扮起来，让他的产业不再单一，水果收入变成旅游收入，将李子林变成农业观光园，实现多种经营，不仅拯救空心村指日可待，而且自己也将成为蛮王寨山村建设的见证者和参与者，这辈子就不算白活了。

罗半山带着疑惑走了，林子浩陷入了沉思。

蛮王寨村究竟如何振兴？他目前能寻找到的答案就是重启乡村建设。那么，究竟如何重启，他大脑中一片空白。而且就目前的窘境，要办成一件事太艰难。比如"吃好水"的问题，仅仅靠一口山坪塘根本无法保障：一是天干无雨；二是无人管护，无钱管护。总之，解决饮水安全问题也是一项系统工程，否则根本不可能持续。要实现有水吃到吃好水的根本性转变，唯一的办法就是从龙河抽水，在铁炉石建水塔。但是新的问题又来了，由此产生的成本由谁承担？干这一切不都是为了这里的人吗？不都是希望他们能过上好日子吗？

林子浩越想越觉得哪里不对劲，自己反复思考的问题仍然迷雾重重，看不透也摸不着。这些从外面回来的村民，早已习惯了大城市的生活,这支流动大军,走南闯北,见多识广,这些人的观念已经发生了变化,像王永池、杨仕游这样的能工巧匠,他们的身份是农民,却早已不干农活,比如,他们不再种地,不再养猪养牛,土地不再是他们赖以生存的物质基础,外面的世界已经为他们创造了广阔的就业空间,谁还愿意回来干这又脏又累收入又少的农业呢?

"农村主体之变,决定乡村振兴路径之变。"林子浩苦思冥想之后,得出了一个清晰论断。但是,这里面仍然有许多未解之谜。比如,开启乡村建设的基础力量是农民,他们的现状如何?他们的文化水平如何?他们有何需求?这一连串的疑问,林子浩都想弄个明白。村户籍册上的这些村民是否还愿意回来?穿心大店的旧房子居民可以不要了,可以交给三多集团打造民宿,因为他们在县城大多有房有车。如今,家乡渐行渐远,已变成一种寄托、一份乡愁。那么,如今的村民,他们回乡的目的和以往截然不同,不再是回来生活,而是寄放乡愁,旅游休闲。

"对,农民也可以旅游!"这在过去是新鲜事,因为那个时代农民迈不开脚步,土地固定了他们的人生,很多人连县城都没去过。但这些状况早已经发生了改变。

半山农业已濒临破产,罗半山尚在垂死挣扎。好在大家及时相助,才让他免遭劫难。但是,此人看似木讷憨厚,却道出了一番宏论。那么,罗半山还是过去的罗半山吗?罗半山的话,无异于醍醐灌顶,振聋发聩,真是不能小瞧了他。不管如何,罗半山在拼搏在奋进,他开创的半山农业,属于水镇头号企业,而且他把生意做到了县城。这位看似冷面无情的家伙,心中却藏有韬略,燃烧着创业激情。

三十

　　林子浩还在思考中,突然,外面坝子里传来向皮子的声音,他先喊了一声"杜支书",接着喊了一声"林队长"。林子浩从沉思中回过神来,走出办公室,与向皮子搭讪起来。

　　向皮子拿着长竹竿,穿一件宽大黑衣,如披着一件大氅,头发蓬松杂乱,眼神黯淡。林子浩招呼他进办公室坐,向皮子不想进屋,放下竹竿说:"林队长,我的黄连产业基地已经建成,我想打造成生态农业观光园,听说有这方面的补贴……"话还没说完,就被林子浩打断:"您又来要补贴吗?前次的补贴我还垫着呢?不晓得能否报销。该您得的,村里一分不会少给您,但是没有政策支撑的,以后一分钱也不会给您。"向皮子顿时瞪着一对大眼睛,说:"我不管你能不能报销,我只管钱是否到手。钱跟不上,黄连地又长草,验收过不了关,你这位驻村队长脸上无光。从大的方面讲,影响乡村振兴,从小的方面讲,影响你个人前程。"林子浩又好言劝了劝向皮子,然后开始做自己的事。

　　向皮子坐了一阵,突然想起一件事来,便问道:"林队长,我听说村里的文明积分出问题了?"林子浩一听出了问题连忙追问道:"什么问题?加分减分不公正?""加分减分每个月都在公示,有问题,也按照贵和方法化解了的。""那有什么问题?"

　　向皮子站起来,走近林子浩说:"林队长,听说村里库存奖品断货了?"林子浩说:"村里啥事都瞒不过你老向。"向皮子"嘿嘿"笑两声说:"按道理,癞子不说疮,但我是村里的义务监督员,看见什么就得说什么。我早就料到这个文明积分难以为继。资金链断了,那个加分减分还管用吗?"林子浩没有回答,他此时正在为奖品断货发愁。林子浩极不耐烦地看了向皮子一眼说:"脱贫攻坚阶段,给了你全家低保兜底政策,现在到了乡村振兴阶段变了没有?"林子浩的反问堵了他的嘴,见林子浩确实太忙,就借故告辞出了村委。

初夏清晨,林子浩与两名驻村队员开始了一天的入户走访,走在乡间的小路上,村庄、湖水、林木、炊烟呈现在眼前。水镇蛮王寨,就是一幅幅天然的山水画,移步换景。

中午时分,艳阳当空。三人一路交谈,一路爬坡上坎,很是辛苦,好在有山村美景作伴。林子浩转身对余春兰、邱仁义说:"你们看村里这么好的环境条件,但这路边却是随意丢弃的生活垃圾,刚才我们看见的农房旁随意堆码木材,环境杂乱,还有村里邻里关系也紧张,文明积分兑现奖品的事才搁置一个月,就闹翻了天。"邱仁义毫不在乎地回答:"这个事不做也罢,小恩小惠的,也维持不了好久。"余春兰不太赞同,她觉得推行这个文明积分活动,不是小恩小惠,是个大智慧。一旦把村民带上路,后期的乡村治理就容易多了。"林队长最近在构思这个'三桥党建',用三多桥的特色文化,建立起立体的、全方位的、发挥引领作用的连心桥、回乡桥、致富桥,不是也见效了吗? 林队长真是用心了。我看,事在人为,做比不做强。老邱啊,你我肚子里就这点墨水,想不出什么新点子,我们支持林队长搞就是。"林子浩"呵呵"一笑说:"这都是大家的功劳,我只不过是动一下笔。"余春兰说:"现在村里就差笔杆子,要不是林队长笔下功夫了得,我看,村里的这个桥那个桥的,想都想不到,更莫谈提炼什么。"林子浩苦笑一声说:"这个桥是搭起了,人也多了,目前进入文明积分考核的越来越多,资金从哪里来? 奖品从哪里来? 后续经费咋办? 能不能实现可持续发展?"

"我来试试。"林子浩拿出手机打电话,"是刘主任吗? 我是住蛮王寨村的林子浩。村里正在推行一项文明积分创新工作,遇到了问题,急需学校的支持……"林子浩开始与渝江大学办公室刘主任联系。"林老师,我建议你回校一趟,向学校领导报告。"林子浩挂了电话,突然发现自己竟然忘记了自己的学校。驻村帮扶这么久,学校对村里的情况不了解,怎么个帮扶法,也没个谱。刚来的时候,自己确实没有进入状态,甚至还有抵触情绪,可是现在完全不一样了,村里发生了这么多的变化,自己都见证过,村里存在哪些困难,自己悉数在心,了如指掌。现在自己也该回去汇报了。

林子浩返校这一趟没有白跑,引来了第一批帮扶物资。紧接着,镇上又争取到县农行的支持,为村里提供部分资金和数据系统支持,还为"积分大户"开通了存贷款利率优惠,共同推进"积分银行"。

这些准备工作做好以后,林子浩决定开一次院坝会。

早餐后,几位驻村队员和村委干部开始布置会场,村民也陆续抵达。

余春兰对着话筒详细地介绍积分规则、物资兑换条件。等她一讲完,林子浩就从主席台上站起来,大声宣布:"蛮王寨村乡村振兴'文明积分',今天起正常运行!大家要积极参与公益劳动、环境卫生整治、矛盾纠纷调解等,此外,家庭成员参军、考大学、做好事等,也可以加分,这些积分可用来兑换奖品,还可以享受银行贷款优惠……"

"记分的人能保证公平吗?兑换的东西可以自由选择不?"向皮子大声问道。

"可以用积分来贷款,是真的不?"王永池也开始提问。

林子浩和余春兰耐心地讲解了半天,直到众人散去。

一个月后,林子浩发出通知,实施第一次乡村振兴"文明积分"兑换活动。

村民们走进物资兑换处。货架上大米、食用油等物品排列整齐。"大米25积分、铁瓢10积分……"每种物品下贴有兑换所需的积分。

王永池在物资兑换处精心挑选,用积分兑换了第一件奖品——一架铝合金梯子。"这个梯子对我来说太有用了,以后爬高取东西就更方便了!"他双手将梯子高高举起,向会场上的人"炫耀",接着继续挑选。

杨仕游用自己平时参与公益劳动获得的积分,向农业银行申请了五万元免息贷款,计划用这笔资金来发展产业。他拿着贷款条子兴奋地说:"这样一来,我可以养殖肉牛三头、生猪两头、蜜蜂五箱,还可以添置拍视频的设备。"他是余春兰宣布的第一批"积分大户"。

村委干部们忙得不亦乐乎,余春来在登记本上密密麻麻地写下兑换的奖品和数量。"汇总起来,有五十位村民用积分兑换了梯子、灯具、工具箱等100余件奖品。"余春兰拿着本子给林子浩看。

村民对"积分大户"杨仕游投来羡慕的眼光,杨仕游拿到五万块钱贷款,而且享受到优惠,脸上洋溢着笑容。向皮子没有积分不说,还有扣分项,看见别人大包小包拎奖品,自己双手空空,心里着实不好受。他几次挤进人群看王永池手里的东西,随后返回座位上闷声不语。

这一天下来,林子浩感觉特别累。但是他心里是甜的,于是拿出日记本写了起来:"小积分撬动大治理。这是蛮王寨村的大喜事,看到村民满意、村风改善、外地务工村民返回,我欣喜万分。积分奖励办法,显然激发了村民的文明向上意识,有了明显的效果。但基层治理任重道远,治理模式仍需不断优化和创新,助推乡村发展向更高的层次跃升,与时俱进。为此,我将不懈努力。这是人类学的课题。没想到我的专业在乡村振兴大舞台上发挥了奇效。"

写到这里林子浩停了下来,拿起手机拨通了学校办公室刘主任的电话:"刘主任好,我是林子浩。这次奖品的事学校解了村里燃眉之急,我再次深表谢意。水镇的梨子、李子等水果种植是传统产业,已经成了规模。我们诚恳地邀请你们在明年春暖花开的时候来村里考察调研。希望有研学项目落地蛮王寨,并且为水果销售助力。"刘主任笑着说:"你分明就是在招商引资嘛。不过,研学项目和水果推销的事还不算太难,我一定会支持。"放下手机,林子浩脸上露出了灿烂的笑容,此刻他觉得自己不再是孤军奋战。

三十一

村道路改造竣工,杨心放下手头的事务,坐飞机回到水镇。这次她没有带奶奶,自己仍旧住在三多旅社。刘少年、金穗两口子把二楼的卫生彻底做了一遍,那间专门用于接待贵宾的小客厅全天开着,供杨心使用。杨心也不含糊,把整个二楼包了下来。这一次她不仅带来了建筑师、建造师、会计师,还带来了三多旅游公司市场开发部专家,很显然,她在用专业的团队规划三多民宿。蛮王寨三多民宿对于三多集团来说,只能算一个小项目,但是杨心却花费了太多的时间和精力,她为啥这么干?其实跟三多集团的战略调整有很大关系。她把这个项目当成三多集团由城市转向农村,进军三农领域的起点,当成了融入乡村振兴国家战略的新尝试,其意义自然不同凡响。这一支专业的团队,就是为七月一日开业的三多民宿做最后的准备。

杨心也给林子浩、罗半山安排了房间,密集的调研工作全面铺开。

下午三时,晴朗的天上突然飘过来一团乌云,接着便大雨如注,那一团云就像是一个口袋,装满了雨水,天上的神仙专门把它推到水镇倾倒似的。一阵风雨过后,神仙又把雨袋推走,于是阳光又洒满大地。梧桐树宽大的叶片上挂满着雨滴,在阳光下如星星一般闪闪发亮。接近下午四时,神仙们又把雨袋推到水镇,天又下起雨,二十分钟后才停止。风停雨住,太阳又钻了出来,把窗子照得明晃晃的。不一会儿,天空的黑云又压下来,又开始下雨。这趟雨似乎变得温柔了些,但是,没过十分钟,瓢泼大雨便铺天盖地而来,街道上顿时水流成河,仿佛要把水镇清洗干净迎接客人。这一趟雨一直下到晚上七点钟才收场。

一个下午,从骄阳似火到风雨交加,从和风细雨到狂风大作,在水镇,杨心总算见识了多变的天气。

杨心从不睡懒觉,这缘于奶奶,在三多集团跟随奶奶打拼的岁月里,她就养成了这个习惯。早上五点起床,天刚蒙蒙亮,梧桐树上的鸟儿们就已经开始"叽叽啾啾"鸣叫,不大一会儿工夫,鸟儿们在树叶中跳跃扑腾,在梧桐树与电线间飞跃穿梭,很快便鸟声一片,热闹起来。水镇清晨的美妙时光完全给了早起的鸟儿。路上没有行人,只有鸟儿在自由地欢唱。六点,路上驶过一辆车,这样的清幽与祥和才被打破,受到惊吓的鸟,突然噤声,而多数鸟儿飞离了鸟巢,开始新一天的觅食。这个时候,小镇上的车辆和行人活跃起来,鸟的世界被迅速挤压,声音也渐渐变得稀疏和微弱。

吃过午饭,林子浩回到村委。刚一落座,杜鹃就走了过来对林子浩说:"靠着一口山坪塘,就想吃上好水,彻底解决饮水难、饮好水的问题,我看是没戏的。"林子浩抬起头看着杜鹃。杜鹃紧接着说:"水源,关键是水源。师兄,走,到铁炉子家去。"杜鹃说完,就出了门。

林子浩和余春兰跟着杜鹃走出村委。杜鹃走在前面,显得很高兴,蹦蹦跳跳的,一会儿转头望望山,一会儿仰头看看天。林子浩只知道杜鹃今儿个高兴,却不知道她究竟是为啥。三人来到穿心大店,看见铁炉子正忙着编织一只小筲箕,便上前打招呼。铁炉子赶忙停下手上的活儿,挂着竹棍进屋提了一条板凳出来,让他们坐下。"你们走累了吧?咋不开车呢?现在村里家家户户门口都通车,很方便。"铁炉子埋怨道。杜鹃歪着头说:"我们来就是想问问,这蛮王寨上有无水源。这么说吧,目前村里的人畜饮水靠的是山坪塘,这个始终无法解决吃好水的问题,我就想能否找到一个泉眼,直接接上地下水,这样的水就非常干净了。"铁炉子自然明白杜鹃的意思,林子浩和余春兰也弄清楚了杜鹃带他们来此的目的。"有,肯定有,但是,我没有亲自上去过。"铁炉子回答。"您说说看,泉眼在哪儿?"杜鹃显得急不可耐。"都说山有多高,水就有多高,铁炉石下一定有水。"杜鹃听了不太相信,摇摇头说:"您说的铁炉石在寨顶上,那么高的山势,水从何而来?"铁炉石转动一下大脑袋,说:"铁炉石下,蛮王曾经架炉铸剑,他战死后,头颅埋葬在那里,这都是传说。可是,那里驻扎过神兵,我却是亲眼所见。我推断,铁炉石下有山洞,山洞里有水源。"

杜鹃探访过铁炉子后回到村委便向镇党委书记曾诚做了汇报,请求县水利部门派人协助找水。

第二天刚吃过午饭,县水利开发公司的两位勘查人员就来到蛮王寨,他们此行的任务就是找水。按照铁炉子的说法,铁炉石下有一个山洞,山洞里有清泉。如果能找到泉眼,把水引出来,就可以让穿心店的人吃上干净的水。

杜鹃通知了林子浩和马兹文一同上山探洞找水。一行人走完公路后,进入密林。山路崎岖,几乎没有路可走。马兹文拿着砍柴刀在前面开路,大家一起向山顶爬去。

蛮王寨的杜鹃花有层次地开放着,海拔越高,杜鹃花开得越迟,走到山顶,森林中随处可见一簇簇鲜花,如一堆堆燃烧的篝火。有的长在大树下,有的长在荆棘丛中,有的长在悬崖边。满山遍野的杜鹃花把山巅染得红艳艳的。

在铁炉石下,工程队员勘察了地形,绘制了地图,便坐在一棵松树下开始讨论这个山洞的方位。林子浩突然注意到,铁炉石上生长着一棵巨大的杜鹃树,枝繁叶茂,花团锦簇。杜鹃也看到了这棵杜鹃树,于是兴奋地哼起山歌,像一只欢快的小鸟,蹦蹦跳跳地转过铁炉石,她决定爬到石头上看看。不大一会儿,杜鹃发给林子浩一张铁炉石顶部的照片,然后探出头来大声呼喊:"师兄,我在这儿,上来吧,背面有一条路,这里很高,兴许可以看到山洞。"杜鹃说完,便使劲儿抓住一根树枝,欲攀过石头转到另一边看看。没承想,那树枝却突然断掉,杜鹃径直掉了下去。

林子浩跑到铁炉石背面,突然看见杜鹃躺在草丛里,手里还抓着一枝花。林子浩叫了一声,没有回应,只看见杜鹃的鼻子在流血,便知不妙,她肯定是不小心从巨石上掉落下来的,便一边大声叫马兹文救人,一边赶紧扶起杜鹃,拿出餐巾纸擦掉血迹,呼喊着杜鹃的名字。此时马兹文和两名勘查队员赶了过来,大家见杜鹃受伤,万分危急,决定立即下山抢救。

　　杜鹃慢慢苏醒过来,在林子浩的怀里,一脸痛苦的表情,轻轻地对林子浩说:"林队长,背我下山。"林子浩背起杜鹃就朝山下跑,边跑边喊:"杜鹃,你要坚强!"杜鹃趴在林子浩背上,手里依然拿着那枝鲜花。跑了一小段山路,杜鹃手里的花突然摇动一下,她断断续续地说:"林队长,村里的事……拜托了。"杜鹃此时的声音已经非常微弱,如游丝一样从喉咙里断续发出,手里的花掉落在地上,人也跟着软下来。林子浩已经意识到危险,疾步奔跑,口里不停地呼喊着杜鹃的名字。

　　从密林中跑出来,林子浩放下杜鹃,马兹文一摸杜鹃的脉搏,脸色煞白。林子浩无法接受眼前的事实,坐在杜鹃身边恸哭起来。

　　杨心接到林子浩的电话,得知杜鹃遇难,便立即安排车上了蛮王寨。杜鹃的遗体停放在村委坝子里,林子浩守着。杨心跪在杜鹃身边,拉住杜鹃的手,泪流满面。林子浩拉起杨心,杨心拿出手机告诉奶奶杜鹃去世的消息。杨素告诉杨心,马上安排她回水镇,她务必要见上杜鹃最后一面,她一定要认下这个孙女,无论杨心怎么劝说,她都坚持要来。杨心打完电话,对林子浩说:"你知道奶奶为啥这么着急要见杜鹃吗?"林子浩摇了摇头。杨心擦了一下眼睛,她的双眼已经红肿,只见她从挎包里拿出一对玉石手镯,说:"这是奶奶为杜鹃准备的结婚礼物。奶奶讲过的故事,你还记得吗?奶奶出生时,她的父亲杨开石嫌弃她是个女孩,便要撕烂她的腿扔进龙河,幸好被二姨妈救下,送到蛮王寨一个叫冉来香的家里哺育。杜鹃便是冉来香的曾孙女。"林子浩听罢恍然大悟,他这才回忆起奶奶在三多湖边讲过的"天大的难"。"如果按辈分算,杜鹃就是我的妹妹。奶奶说要亲自给杜鹃戴上这对镯子。"杨心说。

夜幕降临,村民陆续赶到村委为杜鹃守夜。杜鹃虽然被停职,但是多数人知道,她并没有停止工作。蛮王寨在家的人都来了,坐了满满一坝子。连一向看不起杜鹃的向皮子都来了,一个人坐在角落抽着闷烟。

半夜时分,镇党委书记曾诚、镇长郭平及全体班子成员到来,在镇党员活动室召开一次特殊会议。曾诚声音低沉地说道:"今天是个令人悲痛的日子,蛮王寨村支部书记杜鹃同志,为全村饮水安全有保障,进山找水,牺牲了年轻的生命。她是水镇人民眼里的好女儿,她是乡村振兴的英雄模范。我下午接到电话,心情非常沉重,镇里召开了紧急会议,我专程到县里,跟县委书记做了汇报。县委通知了有关部门领导做了研究,决定为杜鹃同志申报烈士称号。"曾诚说完,杜鹃爸爸在一边痛哭起来。这位坚强的父亲,自从女儿牺牲之后没有说过一句话,也没有掉过一滴泪,此时听了曾诚的话再也控制不住伤心地哭起来。哭过之后,他站起来走到曾诚身边,把一张银行卡交给曾诚说:"这是镇里为杜鹃办理的工资卡,自从杜鹃当了村支书,卡里就没有剩过钱,全部用在工作上。我家里从不指望杜鹃交一分钱的生活费。现在她走了,这张卡就交还镇上。我的女儿这一生,清清白白,干干净净。生为水镇女将,死亦为水镇女将。"曾诚深深地鞠了一躬,接过银行卡。

林子浩此时也站起来说:"我给大家讲一件事情。杜鹃同志前次因为饮水安全问题,受到暂停职务的处理,支部书记由我代行。但是,在给杜鹃这个处理之前,曾书记就找我谈话,杜鹃同志停职不停工作,实际上,这个村支部书记仍然由杜鹃在担任。直到今天,直到她生命停止之时,她仍然履行着村支部书记的职责。杜鹃同志是蛮王寨村当之无愧的党支部书记。"林子浩讲完,村干部们接二连三发言,追忆着杜鹃支书的往事。

告别会一直开到第二天凌晨五点才结束。镇领导走后林子浩毫无睡意,他就坐在杜鹃爸爸身边守着杜鹃。

　　第二天下午,杨素赶到水镇,一路上她已经哭了几回。她不停地责备自己,杜鹃在深华读书,自己却不知道,错过了帮助她的时间。她怪自己为啥这么多年不回水镇,为啥不跟冉来香联系,而且冉来香去世这么多年,自己还不知道。她小时候吃过冉来香的奶水,冉来香救过她的命,要不是冉来香伸出援手,自己不可能活下来。想到这些,她不停地抹眼泪。

　　到了村委,杨素让助理推着轮椅,来到杜鹃灵前。杨心拿着餐巾纸帮奶奶擦眼泪。早早就在这里等候的铁炉子,此时紧紧跟随杨素,他担心她因为激动出事。杨素拉住杜鹃僵硬冰冷的手,为她戴上一对洁白的玉手镯,然后轻轻地在杜鹃额头上吻了一下,说:"我的好孙女,奶奶来迟了,奶奶认下你这个孙女。"杨素说着就开始抹泪。杨心害怕奶奶过于悲伤,便要助理把奶奶推走。这时,林子浩手里抱着一捆杜鹃花,他见杨素来了打过招呼后就坐在杜鹃身边,把那捆杜鹃花放在杜鹃身旁。这一捆杜鹃花,正是从铁炉石上的那棵树上折下的。

三十二

处理完杜鹃的丧事,林子浩就忙着准备村道路竣工仪式。而杜鹃的牺牲,也使得县水利局痛下决心,在铁炉石下修建水塔,从龙河抽水,彻底解决蛮王寨村民的饮水问题。这个方案经过论证后正式投入建设。

正好杨素也到了水镇,正是良好时机。林子浩和罗半山到三多旅社跟杨心商定此事,又到镇上通报。曾诚问及三多民宿建设的推进情况,听到多数房屋已经改造完毕,可以对外营业时便建议把村道路竣工与三多民宿开业仪式一并举办,时间定在七月一日。曾诚建议将县上领导请来出席剪彩仪式,趁机做一次大规模的宣传活动。曾诚还想到一件事,建议驻村队配合做好网络直播。

林子浩兴奋不已,独自开车在山里转悠,欣赏着一座荒山的变迁。在穿心大店前,林子浩停车远眺,昔日衰败的农家老院子如今已旧貌换新颜。三多集团的建造师们,把传统的土家吊脚楼建造技艺予以传承和发扬,配装挑檐格窗。青瓦之下的墙面,涂了一层橘黄色油漆,更加古朴典雅,凸显土家民族建筑风格;在空余之地添置简易亭台、石凳石桌,方便旅客和行人歇脚;独栋农家吊脚楼,变成了特色商铺、茶馆、饭店,接待远方客人;街道上依旧保持原有的长条石,街沿则由青石板铺就,显得厚重深沉。林子浩进入穿心店,漫步在川鄂古道上这座千年老客栈,如入一道历史久远的画廊,令他心旷神怡。这一座传统聚落脱胎换骨,涅槃重生。穿心店,川鄂道上的古老客栈,再次恢复昔日辉煌,焕发出新的生机与活力。林子浩走过穿心店来到后山上,坐在一块大石头上欣赏起美丽的村寨。

吃过晚饭,林子浩接到杨心的电话。"师兄,水镇傍晚,落日熔金,如此良辰美景,何不湖边一游?"林子浩放下电话走出办公室,抬头见霞光铺满水镇,染红群山。他赶紧披上一件干净衣服,在石坎上磕掉鞋子上的泥巴,开车到了三多旅社。

林子浩和杨心披着霞光,漫步到了三多湖边。此时,这里已经有很多散步的人,三三两两,悠闲自在,享受着大自然的美景。

"师兄,不知道你感觉到没有,仿佛有一种无形的力量,把我们两个素不相识的人,推到了一起。我们相会在水镇,相识在三多湖畔。更没有想到的是,我们共同完成了蛮王寨乡村振兴的作品《拯救空心村》。"

"感谢你,感谢三多集团。"

"不,说感谢的人应该是我。我是水镇人,水镇是我的家乡,而师兄你才是水镇的客人。"

"开始驻村的时候,我的确把自己当成水镇的客人,一心想着搞完这阵子就走了。可是现在我不再是客人,我是驻村队长、第一书记,而且还代行村支书职务。"

"你的思想怎么转变得这么快呢?"

"短短几个月,蛮王寨发生的事情,足以让我坚定一个信念,留下来,留在水镇,留在蛮王寨,把这里当成自己的家。杨总,我收回之前向你求职的请求。"

"师兄,以后别叫我杨总了,你不觉得别扭吗?叫师妹或者叫我杨心吧。"

"好吧。我尊重你。三多集团之所以决定在水镇投资创业,还不是因为第一代第二代掌门人都是水镇女将。蛮王寨就是一座荒山,从大山里走出去的人就没有想过回头。罗半山的李子园毁于一场冰雹,更是让招商引资工作雪上加霜。我初到蛮王寨时,心凉了半截,感觉自己被抛弃了。蛮王寨,山高、坡陡、路难行,自然资源匮乏,人才流失殆尽,世代居住于此的人无不想早日脱离它,谁还在乎它的存在呢?

我打算办完村里最后一位老人的丧事后就打道回府。我没有这个能力拯救一个荒村。可是,后来这里开始变了,走出去的人回来了,蛮王寨又有了生机与活力,我才有了留下来的信心和力量。你们回来了,而我也不想离开了。"

"师兄,你真的变了。你的论文该收笔了。"

"蛮王寨变了,我也变了。论文可以收笔,可是生活没有结束。"

两人说着话坐在上次坐过的那块石头上,听着浪花轻抚岸边的声音,如情人呢喃,又似一曲曲美妙婉转的歌曲。夜幕降临,霞光隐去,垂钓的老者收竿离去,公路上偶尔驶过的车辆,投射出道道灯光,一切归于安静。

"杜鹃把她微薄的工资几乎全用在村里,这让我愧疚。她在努力,却像一只小小的萤火虫,在这座荒山上独自划过一个个冷寂的夜晚。罗半山拼尽了全部家当投资李子园,却血本无归。蛮王寨的人,就是这么拼命,这么有血性,这么有骨气!"

"苦难与辉煌,原本就是手掌与手背。"

两人陷入了沉默,良久,林子浩转头问杨心:"杨总,你现在有男朋友吗?"

"师兄,叫我师妹吧,或者叫我杨心。"

"像你这么优秀的人,不会还独身吧?"

"我有过爱情,可是我的爱情一次次被我的强势打败。奶奶常常责怪我,说我太笨。每一次的大彻大悟,都是踩在心尖上的伤痛。我们都年轻过,但是,现在我们已不再年轻。"

"失败的事总是让人伤感,不如让它翻篇。我心里面始终有一个疑问,三多民宿建起来了,可是谁来住呢?"

"师兄问得好。这是三多集团进军三农的最大顾虑。当初奶奶为何选中蛮王寨,不仅仅是因为那一份乡愁,还有一个重要的原因是她相中了山地特色。"

"山地特色？"

"对,山地既是劣势,也是优势。蛮王寨海拔在六百米至一千六百米之间,一座山,就是一座天然的花园。在这座大山里,可以领略春之蓬勃,夏之翁郁,秋之火红,冬之雄浑。它能呈现最原始、最深沉、最典雅的山地风光,是四季旅游的绝佳胜地。"

"师妹你可以当诗人了。"

"蛮王寨的生态资源是不可多得的。"

"但是,这只是个外在条件,有独特优势,未必就有客人来。所以,我的疑问还没有得到解答。"

"消除城乡差别。"

"这个太难。"

"三多民宿的建设已经跟大城市的宾馆没有太大差别。再说,三多集团有一支成熟的市场营销团队,能够把深华市的游客资源带进水镇。对此,我有信心。"

"罗半山曾跟我聊过一个宏大的构想,他想依托三多民宿、三多滑雪场,开辟半山李园、半山梨园、半山稻园、半山菜园、半山茶园和半山植物园,把蛮王寨打造成AAAA景区。我当时觉得这个构想过于宏阔,依罗半山的实力根本无法实现,所以也就没有深入思考。"

杨心陷入了深思。她没有看出这个罗半山竟然深藏不露,憨实的外表下有一颗燃烧的心,还有一股子不服输的劲头。她万万没有想到罗半山能提出这样宏伟的创业构想。

"罗半山是具有头脑风暴的优秀企业家。乡村建设中断然不能缺少这样的创新人才。冲动是创新之母,一个连想都不敢想的人,何谈干,何谈干出业绩呢？"

"如果这个构想能变成现实,蛮王寨就变成了旅游景区,等于脱胎换骨。拯救了岌岌可危的空心村,振兴了一座荒草萋萋的土家寨。"

"师兄,三多集团还有一个更为庞大的计划,不妨跟师兄透露一二,也请你提出意见建议。仅仅有蛮王寨的开发是不够的,我们脚下的这一面湖是水镇的心脏,也是天然的宝藏,优质的旅游资源。"

"这个风险太大,风险评估要加强。"

杨心不再说话了,她突然觉得自己刚才的话说早了,林子浩听了会不会觉得自己在夸夸其谈呢?三多湖的开发建设,自己尚未做深入的调查研究,未免太草率。

三十三

村道路竣工和三多民宿开业剪彩仪式结束后,杨素想要去向皮子家看看。

向皮子家在一个山坳里,周围被参天大树包围,要不是传出的鸡鸣狗吠,根本就不知道这里还有一户人家。杨素的车行驶在屋后方时,那栋独立的三层吊脚楼一下子跃入眼帘。房屋改造的施工队还在做最后一道工序,打扫卫生。杨素心情激动,便让车停下,凭窗眺望。眼前的这幢房子她实在太熟悉,虽时隔七十多年,这里却毫无变化。杨素正在回忆着往事,却见铁炉子坐着曾满山医生的摩托车过来,他接到杨素电话后,片刻都没有停留。

在杨素眼里,这是一栋建造精美且保存完好的土家族建筑吊脚楼,只有在山坡上建房才会出现这种奇特的建筑。从外观上看,依山而建,还是一幢未成形的假三合院,正房五间,一楼一底,两边厢房各一间,其中向前伸展出的一间,外面的一排柱子掉下去一层,像人的脚吊着,这样看上去就是两楼一底。四周转角处的屋顶则有翘檐,像一个个岗亭,明显看出是一处处观察哨口。平地一层,围绕三合院一周,是一道畅通的挑廊。吊脚楼楼上楼下两重天,只有一架木梯相连。楼上住人,楼下养殖牲畜。这样的建筑既能抵御盗匪,也能防范猛兽。一栋独立的吊脚楼,就是一个山寨、一个坚固的堡垒。杨素凝望着这栋神奇的建筑,里面仿佛还隐隐地透出搏杀声。离开水镇四十年了,杨素修建过无数高楼大厦,可在她眼里没有一幢楼像吊脚楼一样令她深感敬畏。

林子浩推着杨素的轮椅,先进入厢房吊脚楼下。这是马厩,虽然已经被施工队收拾得干干净净,可是昔日那杂乱地堆积着的稻草,以及那匹心爱的桃花马仿佛还在眼前,她不禁唏嘘感叹。二层是正房五间的落地层,杨素坐着轮椅在挑廊上缓行一周才上到二楼。她进入左边挑檐下的阁楼,这间房正是她曾经避难时住过的。楼板和木墙板已经翻新,刷了清漆,室内的陈设已改变,可那张老床留下来了。杨素坐到床上,发现床单、被套、枕头,一袭纯白色,一尘不染,就知道杨心是按照三多酒店的标配做得一丝不苟。她在床上一会儿翻开被褥枕头,一会儿打开床头柜,似乎在寻找什么。"我的小枕头呢?"这句话只有铁炉子懂,铁炉子顿时难受起来,一双大手在脸上不停地抹泪。"就是那对绣着秋沙鸭的黑色枕头。"杨素再次说出枕头,铁炉子突然跪下说:"小姐,铁炉子知道枕头的事,为了那对鸳鸯枕头,小姐差点儿丢了命,铁炉子对不住您啊!"杨素听了铁炉子的话,仿佛才从遥远的回忆中被拉回,她见铁炉子下跪,赶紧叫杨心扶起来,说:"铁炉子,你这是干吗?快起来。那件事都过去了。"铁炉子回答说:"您心胸宽大,您可能早已经忘记受过的那些苦,可是我铁炉子不会忘记,永远不会忘记。我对不起您,让您遭受了天大的难。"

  杨素没有回答铁炉子,她扭头对杨心说,她想在这里住一段时间,杨心也坐到老床上,说:"奶奶想住这里,当然可以。只是改造还没完工,公路也在扩建,害怕影响您休息。奶奶住这里,我当然也住这里了。"杨素望着铁炉子说:"你也来住吧,咱娘俩说说话。"铁炉子一听"娘俩"二字,就又跪下,连磕三个响头说:"您就是铁炉子的亲娘,铁炉子自当早晚伺候。可是,铁炉子住惯了自家陋室,就不搬来住了,我每天都来陪您聊天。"杨心赶紧扶起铁炉子。杨素对杨心说:"给铁炉子留一间宽大的房间,他愿意来住的话随时都可以来。"

  杨心出了房间,对林子浩说:"你们先回村委吧,奶奶认准了这栋楼,我就陪奶奶住这里。"随后吩咐助理到水镇三多旅社退房取东西,三多集团的首批专家团队全部入住吊脚楼。

  铁炉子没有离开,他这个时候一定会陪着杨素。两人在一起有叙不完的旧。

　　铁炉子静静地听着,杨素的话匣子打开就关不上了。"我在水镇庄屋井住着的那些年,都是在煎熬中度过的。我对生我养我的水镇了无牵挂,家乡留给我的只有痛苦的回忆,有机会的话我一定要离开。于是,我不顾半百之身,毅然带着儿子跟随打工队伍去了大海边的深华市。我到了深华市,在建筑工地上靠着煮一碗可口的三多面站住了脚,并开始创业。后来儿子结了婚,有了杨心,一场车祸中儿子和儿媳都死了,我就带着杨心生活。杨心的爸爸,就是我和小坎哥的孩子。杨心原本姓向,我不想跟别人谈起这段历史,于是就改姓杨。"杨素讲到这里,便问铁炉子前次走访向皮子家的事。铁炉子摆摆手说:"向皮子一问三不知,他的父亲耳背眼瞎,没说上两句话就不行了,也没有问出个啥名堂。"杨素把头摇了一下,说:"我得找个时间去看一下向皮子。"铁炉子阻止道:"向皮子您见识过,就是个疯子。"杨素一听不再说话了。

　　向皮子的父亲向明人,多年卧病在床,他已经无力管教儿子,也不想过问儿子的所作所为。有些事他弄不清楚,于是干脆装聋作哑。如今年老多病,只剩一口气吊着,挣扎在死亡线上的人,只能挨一天算一天。一天,向明人竟然坐了起来,而且走到街沿上,让向皮子吃了一惊。

　　"向皮子,你过来。"向明人招招手。向皮子走过去,向明人颤抖着双手递给他一个揉皱了的小学生作业本说:"这是祖传的家谱。"说完,又回到床上。

　　向皮子望了一眼父亲的背影,翻开作业本读了起来。突然,他拿起长竹竿"啪"的一声打在街沿上,竹竿折断,他狂叫起来:"杨素,你竟然回来跟我向家争房子!"说完,便坐到木凳上生气。原来,向皮子从他父亲的家谱上看见了向小坎、杨素的名字,才恍然大悟,自己竟然还有个大爷爷和大奶奶,而且大爷爷还是神兵主礼,用竹竿打败了不可一世的杨开石。这几天,向皮子正好听说杨素、杨心搬到吊脚楼,他便推断杨素别有用心,或者就是回来跟他抢家产的。"这还了得,我差点儿上了她们的当。"向皮子抓耳挠腮。"绝不能让老东西的阴谋得逞。"向皮子明白,自己的房子已经签订合同,三年租期,自己现在想拿回来,势必构成违约,违约就得赔偿,他显然不愿意。怎么办?总不能眼睁睁地看着杨素霸着房子吧,也总不能等着她设下计谋侵吞祖业吧?向皮子思前想后,也没有想到一个好办法。此后,向皮子总在傍晚时分,到吊脚楼四周转悠。杨素见了以为撞见了鬼魂。铁炉子则安慰她,说那个人就是向皮子,不要理睬。

可杨素终究心软,就催促杨心安排时间去看望向皮子。这个想法让杨心十分好奇,为啥要去看望向皮子?这个人有啥值得去看的?可是杨素又不道明原委,杨心只好照办。午饭之后,杨心给罗半山打电话,让他把皮卡车开过来,接奶奶去撂荒地看向皮子。

"向皮子这个搅屎棍,老子恨不得一刀劈了他。"罗半山驶过山头,看见向皮子的黄连棚,咬牙切齿地说。杨素突然看见雾蒙蒙的山腰上有一块新开垦的荒地,与四周绿油油的植被相比,显得格外突兀,就像人身上的一块疤痕,极不和谐。车靠近撂荒地后,杨素突然看见一个人从连棚里钻出来,站到一块大石头上,披头散发,如一根竹竿上胡乱挂了几件衣物。杨素当然知道那就是向皮子。杨素此时想到每天傍晚在吊脚楼晃悠的那个人,心里便有一个挥之不去的阴影:向皮子不是一个人,而是一个魔鬼。杨素于是让罗半山掉头离开。"奶奶,您跟这种人打交道迟早要吃亏。对付这样的人,唯一的办法就是远离,否则,就等着受伤害。"罗半山告诫道。

七月中旬,可蛮王寨上清风习习,早晚凉快,杨素不得不披上外套。杨素感受到,蛮王寨真是一个消夏避暑的理想胜地。三多民宿渐次完工,供水塔和污水管网已经铺设完毕,客人开始增加。六百个包房竟然住满了。

三多民宿火了，向皮子却眼红了，他开始后悔。他万万没有想到，这座荒山，一夜之间变了，突然涌入成千上万的人。就七月份，一下子来了三倍于水镇的人。这还了得，他得想法缩短这个租期。他依然每天傍晚在吊脚楼周围晃荡。

罗半山开始了他的创业计划，打理起半山李子园来。他请了十多个村民，在李子园除草。向皮子、王永池、杨仕游都在。向皮子把王永池、杨仕游二人叫到一棵大树下，拿出一包香烟，每人装上一支抽起来。王永池猛地吸了一口烟后，说道："老向，你如何舍得呢？你不是一直抽土烟的？"向皮子白了王永池一眼说："与时俱进。"他说罢就压低声音，进入正题："我昨夜越想越觉得不对劲，我们都上了杨素的当了。"杨仕游做出惊讶状，反问道："你说啥？"向皮子鼓着一对大眼睛说："你我三人，在蛮王寨算个角儿，何等聪明，可是，玩不过那个老婆子，或者说，像只青蛙，不知不觉给人煮死了。我给你们透露一下，我每天都在穿心店观察，这个三多民宿，我不敢说每天爆满，八成以上的房间住进了客人。天气也打配合，这么久了，竟然不下雨，太阳把山下的人都撵到山上来了，就该那老家伙发财。"

王永池听后一脸不屑，说："这不是好事吗？你到底想说啥？"向皮子丢了烟蒂说："二八开，这明明就不公平，你我上当不浅。"杨仕游听了也觉得向皮子的话不着边际，于是反问道："三多集团不来开发，你我那老房子一文不值。不是三多集团的投入，哪来客人？又哪来二八开？我们都签订了合同，三年合同期还早呢，看见人家生意好了，就眼红吧？"向皮子用脚踩了几下烟蒂，愤愤地说："哼，这是典型的不公平！你们俩不傻吧？那老婆子赚得盆满钵满，多分一点给咱们，不是也应该吗？我给你们算一笔账，如果调成三七开，你我每年多进账上万元。你们可是比我还精的。"

王永池和杨仕游原本不想跟向皮子合作干事，但听了向皮子的分析，也觉得里面有大文章可做，两人也确实看见三多民宿生意火爆，要是能多分一杯羹,又何尝不是好事。向皮子见两人沉默也就心中有数了。

进入八月,天上还是不下雨。眼见这火辣辣的太阳,每天按时升起,就是不见一丝云彩。三多民宿最大的特点,就是不再靠天吃饭。三多民宿开业后,城里的人涌到乡下,山下的人涌到山上。蛮王寨,以其良好的生态环境、清凉的山地气候、优越的居住条件,迅速吸引了在烈日下煎熬的游客。杨心见三多民宿客房紧张,就赶紧规划建设"三多露营基地"。她采纳了罗半山的建议,把"三多露营基地"与"三多滑雪场"整合建设,一并推进。

向皮子的父亲在撂荒地的连棚里离世了。

向皮子原本决定就地掩埋,却突然想到:这岂不是整治杨素的绝佳机会?逼走杨素,缩短租期,这个愿望指日可待。于是,他连夜在自家吊脚楼后面把父亲埋下,再垒上一座新坟。

第二天早上起床,杨素走出房间,来到挑廊上,突然看见对面有一座坟,吓了一跳,赶紧叫起杨心,问这是怎么回事。杨心赶紧下楼,看见一家人正在前台退房,一个小女孩哭哭啼啼的,一问才知道,小女孩早上起来,突然看见一座新坟,吓得惊叫起来,嚷嚷着要换房。

杨心打电话给林子浩,林子浩带着邱仁义、余春兰赶过来,查看了新坟,没有墓碑,不知道是谁家的。于是,他打电话给铁炉子,铁炉子很快就坐着曾医生的摩托车到了。铁炉子挂着拐杖,坐到杨素房间门口,拍着胸脯对着坟墓说:"向明人,有啥子事,尽管朝我铁炉子来,别惊吓我家小姐。"林子浩这才明白,这个坟埋葬的是向皮子的父亲。

林子浩立马开车去撂荒地,把向皮子接到村委进行调解。

杨心、铁炉子、马兹文、罗半山,以及驻村队员都来了。待大家坐定之后,林子浩先是关切地问向皮子:"向叔叔,您父亲去世了,这么大的事,咋就不给村委会报告呢?至少得选个日期,您咋就悄悄地埋了?"向皮子把头歪到一边没好气地说:"我在蛮王寨受孤立,绷不起这个面子。"林子浩开导道:"这不符合村里的习俗。选日期、选墓地,这是必不可少的。"向皮子极不耐烦地回道:"不需要。"

邱仁义道:"你把坟墓建在三多民宿挑廊下,人家怎么做生意?"向皮子蹦了起来,大叫道:"她做生意与我何干?我在自家地里埋人,关她何事?"林子浩见状连忙解释道:"向叔,您是明白事理的人。民宿留不留得住客人,跟人居环境是否和谐是有关的。旅游游的是个心情,现在正是旅游旺季,您把客人吓跑了,错过这个季节,三多民宿赚不到钱,拿什么给您分成呢?蛮王寨过去就是一座荒山,如今好不容易招商引资,引来了客人。可是开业不久,就遭遇这样的事,您说人家还有信心在咱们这个村继续搞下去吗?您就不等于自己砸了自己的饭碗?"

可是任凭林子浩如何开导,向皮子铁了心要跟杨素斗。他的目的只有一个,增加分成比例。

铁炉子见向皮子油盐不浸,好歹不听,跷着二郎腿,满不在乎,于是一双大眼睛直视向皮子,说:你家吊脚楼能纳入改造工程,这件事你难道忘记了?你求的我,我求的杨心。之前,三多民宿并未将你家纳入规划,这一点,罗半山最清楚。你不是口口声声说,把人埋在自己家地里与杨心无关吗?好,我告诉你,合同上有这么一条,房主及甲方,不得影响乙方的正常经营活动。我现在问你,你把客人吓跑了影不影响做生意呢?从这一点上看,你向皮子就构成了违约。"向皮子一听赶紧站起来,他在村子里不信服任何人,唯独对铁炉子的话还是能听进去的。他对铁炉子说:"铁老头,我跟您解释一下,这合同是签订了,可是里面有不平等条约,您明白吗?"铁炉子说不明白,他认为既然签订了合同,就得严格执行。向皮子忍不住说道:"这就是一份不平等条约。二八开,房主只得两成,简直就是九牛一毛,您说这公平吗?"铁炉子眼睛眨了几下道:"合同签订是双方的事,你觉得不公平,可以不签字,为啥你要签字?你不仅签了字,还求我说情。向皮子,我就问你一句话,你家房子纳入改造是谁逼你的吗?这件事与我有关,我就得管到底。向皮子,你打错算盘了,你只会为自己算,我告诉你,严格按照合同执行,休想抬高分成比例。"

罗半山此时也站起来,拿出合同扬了扬说:"合同上写得清清楚楚,房主不能影响经营活动,请向皮子遵守合同约定,今天之内,把坟墓迁走。"向皮子再次站起来,"呱呱"叫了两声,说:"罗半山,三多集团是你开的吗?呸!"罗半山还要说什么,却被林子浩招呼住。林子浩让余春兰接了一杯温开水给向皮子,然后心平气和地对向皮子说:"有理走遍天下,无理寸步难行。这一次会议,也算一次贵和会,大家可以敞开心扉,把想说的话说出来,想发的火发出来,心气顺了,思想通了,矛盾纠纷自然也就解决了。"向皮子自知理亏,再争也没个结果,支支吾吾半天,也没说个子丑寅卯来。林子浩见状,就宣布散会。

会场里只剩下林子浩和向皮子两人。向皮子喝了一口水说:"林队长,你是个好人。我听你的,坟,我迁走,但是,迁坟是需要钱的,村里能否补贴一点?""您要多少?""二百块。""村里没补贴,我私人补贴您。""怎么每次都是你私人补贴哟。""什么时候迁?""现在。""现在不行,晚上吧。""钱先付一半,迁完再付另一半。""我现在全部付给你,相信你一定会信守承诺。"

三十四

杨素与铁炉子坐在吊脚楼的挑廊下乘凉。他们之间总有聊不完的话题。这时,向皮子来了。

杨素看见向皮子,浑身就起鸡皮疙瘩。只见向皮子手拿长竹竿,一身宽大的黑衣黑裤在山风吹拂中飘荡,如鬼魅一般。铁炉子生怕他伤及杨素,便起身举起拐杖。向皮子昂着头,看都不看铁炉子,径直走到杨素跟前,"咚"的一声跪下,连磕三个响头,然后双手把一个作业本举过头说:"大奶奶,您别来无恙,受惊吓了吧,这是我向家祖传之家谱,请您过目。"杨素对向皮子始终拿捏不准,不敢贸然接受。铁炉子听向皮子叫了一声"大奶奶",也是一愣,立马走上前去,接过家谱,翻阅起来,接着对杨素说:"小姐,这不算什么家谱,就几页纸,上面罗列着辈分和几代人的人名,好像就写了五代人吧。不过,这个家谱上确有您的名字。"杨素请向皮子坐到凳子上,接过家谱,拿出老花镜看了起来。

杨素突然拿掉老花镜,问向皮子:"向小坎是你什么人?""是我的大爷爷,神兵主礼,当年手持竹竿,将杨开石挑落马下。战神向小坎,是我向氏一门之骄傲。""这本家谱是谁交给你的?""我父亲向明人亲笔手书。"杨素问到这里,便默不作声。

杨素突然意识到他就是小坎哥弟弟的孙子,杨心的堂哥。想到这里,她的脸色非常难看,紧闭双目。铁炉子见杨素闭上了眼睛,便喊向皮子先回去。

向皮子离开后,杨素才慢慢睁开眼睛,对铁炉子说:"向皮子的家谱和他说的话,都是真的,认不认这家人,我都为难。即使我认了,杨心也接受不了。"铁炉子安慰道:"小姐您莫急,我建议您暂时搁着,您千万不要为这件事急坏身子,身子比认亲更重要。"杨素点点头说:"只能如此。此事暂时不要外传,也不给杨心讲,我想把这个秘密带进棺材。铁炉子,你给罗半山带个信,我明天搬到穿心店,就住在你家。"铁炉子连忙说:"好好,我这就去办。您先前要到吊脚楼住,我就担心过,果不然,向皮子让您难受了。依我看,他还没完,他知道这个秘密后,指不定还会搞出啥名堂来。这下好了,您搬走了,眼不见心不烦。"杨素说:"咱俩都是上了年纪的人了,活在世上的时日不多,遇到不开心的事多往好处想。以后如果真认了亲,向皮子一家日子过好了,人的性格或许也会变。"

杨素搬离吊脚楼不到三天,向皮子就迫不及待地拖家带口地搬回吊脚楼,住上了厢房。林子浩正在村委办公室处理村务,突然接到服务员电话:"林队长,向皮子一家搬回来住了,他在洗脸盆里撒尿,排便后又不冲洗,好脏啊。"林子浩接完电话,便开车到穿心大店找杨素。

杨素听了林子浩反映的情况,沉思片刻后说:"向皮子一家搬回来了,就让他一家住厢房。我让罗半山安排一下,请人专门对这家人进行培训,让他们改变生活习惯。"林子浩还想说什么,突然杨心给奶奶打来电话,气呼呼地诉说了向皮子的行为,说无论如何得想办法把他赶走,否则生意就没法做。杨素哈哈一笑说:"向皮子一家没住过酒店,就让他们体验一回吧。眼看夏季就要结束,你得赶紧把深华那边的事处理完,然后开始调研推进滑雪场项目。"奶奶的做法让杨心不解,她疑惑地挂了电话。

林子浩到吊脚楼给向皮子一家做了专门培训,同时指出这种做法是严重违背合同的,本月的精神文明积分银行的奖品必须扣除,以示惩戒。

这个夏季实在太长了,而且连续晴天不见下雨,三多民宿的生意出奇火爆,尤其是网上订单如雪片似的飞来。

罗半山忙完了三多民宿的事,就开始规划"半山农业"的项目。他原本在三多民宿打工，收入不低，祖遗房屋纳入三多民宿，分红也不少，日子就这么过下去也行。但是，这个罗半山始终惦记着半山农业，虽然有过失败之痛，他还是觉得应该在哪里跌倒就在哪里爬起来。今年他不仅把李子园的损失挽回了，还有赚头，于是就有了创业的念头。他从三多集团的产业经营中看到了新的希望，渴望东山再起。

他见识了现代化大型企业三多集团智库的谋略与远见，自愧不如。自己在水镇打拼了这么多年，最后拼得颗粒无收，险些债台高筑。可人家三多集团进驻不到一年，却做得风风火火，赚得盆满钵满，那格局、那气派、那资源、那韬略、那眼光、那团队协作精神，岂是半山农业所能比的？他折服于三多集团的管理能力，尤其是网上营销策略，知道自己已经无法追赶，却又抑制不住心中的那一团创业之火。他心中的火不断地燃烧着，升腾着。于是他来到林子浩的办公室。

罗半山在规划创业蓝图之时，也在反思检讨半山农业失败的根源。自己凭着一腔热血，创建半山农业，却不具备企业管理能力，半山农业就靠他一个人在独立支撑，在这座荒山上，如断头刑天，与天斗、与地斗、与人斗，没有人能够帮助他，更没有形成企业文化。如何处理与村民的关系，如何引入现代化企业管理模式，如何培塑企业精神，这是罗半山最为欠缺的。他想在林子浩那里寻找答案。

林子浩现在可是大忙人，罗半山在村委没看见他，打电话他也没接，他又到穿心大店，只见铁炉子正陪着杨素在街沿下坐着，铁炉子编织着一只簸箕。罗半山跟杨素打过招呼之后，就问铁炉子看见林队长没有。铁炉子说上午来过这里，说要去向皮子家，估计这个时候就在吊脚楼民宿。罗半山于是就坐下来，跟杨素聊起半山农业。

正说着话，林队长打来电话让他马上赶到撂荒地。罗半山此时已经换了车，不再开那辆皮卡车了。他到达撂荒地时，见三名驻村队员都在。林子浩走过来说："向皮子又搬回了撂荒地。他拿了今年的分红款八万元，杨心也允许他一家住在吊脚楼，还特意安排培训师培训，以期改变他一家人的生活习惯。可是向皮子又搬回了撂荒地。如今我们到这里来又不见向皮子一家人。这个向皮子在搞什么鬼?"

罗半山指着撂荒地后面的山洞说:"向皮子极有可能搬进那个山洞了。"余春兰惊叫道:"山洞?向皮子搬进山洞住了吗?"罗半山气鼓鼓地说:"不去山洞,他还能去哪儿?"罗半山说完,就带着几位驻村队员爬进山洞找人。到了山洞口,林子浩果真看见向皮子坐在里面。罗半山走近向皮子,数落起来:"向皮子,你是没有住处,还是缺粮断顿?刚得了分红款八万,住在乡下几年都花不完,这明明就是糠箩筐跳进米箩筐,好日子来了嘛,为啥要搬到山洞住?"向皮子裹着旱烟抽着,听了罗半山的话半天才回答:"这里安全。"

林子浩开始劝导:"向叔,您这么做不对。为啥不对呢?脱贫攻坚战时,您全家人纳入建档贫困户,享受了低保待遇,按月给您发补助,基本生活有了保障。乡村振兴开始后,与脱贫攻坚成果有效衔接,您过去享受的政策仍然在享受,没有减少您一分钱。就拿三多民宿来说,您搬回吊脚楼,人家杨素也同意你住。您搬回三多民宿,造成经营损失,可人家在分红时没有扣减您一分一厘吧?向叔,您为啥又突发奇想,搬进山洞来住呢?"向皮子依然抽着烟不回答。林子浩突然看到躲在暗处的向皮子的老婆和儿子,两人正伸着脑袋向外张望,心里顿觉难受。

马兹文见向皮子不接话,就伸出手指头比画说:"自从你家被纳入贫困户后,你家教育、医疗、住房、饮水有保障,你女儿住校读书,你自己没有花一分钱。今年村里还给你安排了护林员公益岗。算收入,你家是脱贫了的。可是,你做这些反常的事,实在让人费解。"向皮子恶狠狠地瞪了马兹文一眼,说:"我过我的日子,关你啥事。马兹文,你别扯远了。"

余春兰见向皮子固执己见,便开口劝说道:"您刚才说,住山洞安全,可是我觉得吧,这里与吊脚楼相比,谈不上安全。且不说出入没有路,环境条件恶劣,只是蛇虫蚂蚁猛兽,你就抵挡不住。还有一个重要的问题,假如您家里有人生病了,就医就很困难。建议您赶紧搬回吊脚楼。"向皮子听了只顾抽烟,不作回复。

林子浩拿出笔记本跟向皮子算起账来:"你这一年下来收入八万多元,今年相当于你前五年的总收入,而且明年还要分红。从账面上看,你家应该脱贫了,返贫的风险也基本消除。"向皮子听了林子浩的话说:"我的确有房子,搬来山洞住主要是为了方便种黄连。"林子浩见向皮子开始松动就顺势请他尽快搬回吊脚楼居住。向皮子犹豫了一下说:"明年春节前搬回。"

三十五

  林子浩奔波了一天，疲惫不堪，吃过晚饭，在村委坝子里转了一圈后回到寝室，坐在床上，闭上眼睛打盹儿，连鞋子都没脱，就迷迷糊糊地睡着了。突然，他被"叮咚"的微信提示音吵醒，见外面一片漆黑，也不知道已经是午夜时分。他坐起来，打开灯，拿起手机翻看。原来是杨心发来的消息，林子浩赶紧跟她聊了起来。

  "师兄，你还没睡呀？"

  "正好睡醒。"

  "你什么时候睡的？"

  "今天太累了，坐在床上就睡着了，刚醒过来。"

  "师兄，辛苦你了。三多集团在蛮王寨的投资项目进展顺利，多亏了你们，在此，向你们表示衷心的感谢！"

  "乡村振兴，人人有责。蛮王寨的振兴，三多集团功不可没，要说感谢的人是我。"

  "其实，我们都不用说谢谢。我们的相遇，是大时代、大变革中的巧合，偶然中的必然。"

  "嗯，要不是乡村振兴，我们可能还是陌路人。这么说，要感谢这个伟大的时代。"

  "是的。也许对许多人而言，今天与昨天没什么区别，每天都在重复着昨天的故事，但是，对于跟随着时代脚步奔跑的人来说，今天与昨天有着不同的精彩。"

  "是的，我们所做的每一件事都在悄然影响着别人的命运，也在无形中改变自己的人生。"

  "一个人的生活不该仅仅只有岁月的累加，更应该有心智的锤炼。

我们只有努力去做自己内心真正热爱的事情,才能最终和我们想要的生活撞个满怀。师兄,你完全改变了。"

"是的,这是我在蛮王寨最开心的事。我现在明白了,在这个世界上,我们只要前行,总能看见美丽的风光,从此,我不再颓废。"

"蛮王寨乡村振兴的成功实践,为三多集团提供了可复制的范例。这是我们共同打拼的事业,这一战,拯救了蛮王寨,拯救了三多集团,也拯救了我。"

"杨总,此话言重了。"

"此言差矣,师兄你未必知晓,此项目虽小,但意义非凡,它决定着三多集团的未来。蛮王寨是三多集团开辟新战场的一次尝试,是三多集团融入乡村的试验田。"

"师妹,你还想说什么?"

"我想换个话题。"

"你说吧。"

"我觉得,人与人之间应该相互欣赏,携手同行,惺惺相惜,彼此温暖。"

聊天结束后,林子浩全然没有了睡意。从第一次见到活力四射的杨心时的怦然心动,到求职被拒的怨愤,从杨心醉酒倒进自己的怀抱,到三多湖边的漫谈,从毫无保留的信任,到谨慎调研走访决策,杨心,这位三多集团的当家人,给林子浩留下了太多回忆,这辈子都无法忘记。但是,今晚的微信聊天,这位高不可攀的女将,似乎透露出哀怨、孤独、渴望。可我林子浩拿什么跟她相比呢?

三十六

  杨素虽然年纪大了,可仍是一位久经沙场的女将,针对罗半山的计划,她经过几天的思考,就给杨心打电话沟通。

  "杨心,深华那边的事忙得差不多了吧?"杨素问。

  "没有,根本没有忙完的时候。"杨心回答。

  "奶奶给你讲讲罗半山的创业计划。你知道奶奶为啥要长住蛮王寨吗?不仅是因为我对这里有感情,更主要的是在这里住着,可以长时间观察,比如今年夏季时间长,冬季也必然时间长,那么冬季项目就要尽早规划,否则,机会一闪即逝。商场等于战场,没能很好地把握形势,就不可能争取主动。今年三多集团投资蛮王寨乡村振兴项目,考察是到位的,决策是正确的,而且明年就能盈利了。"

  "这都是奶奶您的功劳。"

  "你不要急着表扬我。奶奶老了,头脑也不中用了,三多集团这根接力棒已经落到你的手上,你得跑好这一程。"

  "怎么干呢?"

  "三多集团曾经尝试过农业产业,可是以失败告终。奶奶事后也进行了总结,那就是缺乏三农经验,而且也欠缺这方面的人才。这是三多集团的短板。而半山农业虽然规模小,可罗半山在水镇经营多年,积累了丰富的经验。罗半山作为企业领头人,具备创业创新的潜力,他有一种不服输的精神,是不可多得的企业经营人才。我建议,向半山农业融资一千万元,取长补短,合作经营。"

  "好,我早有此意,只是没有找到契合点。三农项目还是交给懂行的人干,而罗半山是最合适的人选。"

  杨素最后强调说:"咱们也要看到半山农业和罗半山的短板。罗半山如一头莽撞的蛮牛,这是我对他的初期印象。他的半山农业严重缺乏团队意识,尤其是现代化经营管理能力。还有一个致命的短板,就是产业单一,没有抗击风险的能力,这样的企业基本没有生命力。他想改变,其实就是吃了大亏,被逼无奈,完全不具备现代化企业的超前谋划理念,钻进死胡同出不来,没有突破传统农业产业的狭隘和桎梏。说简单一点,就是走一步看一步吧。所以,一定要把三多集团的经营理念、团队精神、科技实力逐步融进半山农业,它才能真正站立起来。我们不是常说,乡村振兴最终是人的振兴吗?提升罗半山和半山农业的管理能力和水平,通过智力扶持,消除短板,与现代化接轨,才能使罗半山和他的半山农业实现真正的振兴。目前,半山农业要走出困境,实现突破,最佳路径就是融入旅游业态,把林子变成游客打卡地,再增加旅游收入这一项。罗半山在思变,我们再扶他一把。"

说到这里,杨素望着杨心道:"谈这个项目必须你亲自来,奶奶老了。"

"奶奶您一点儿也不老。"

"杨心呀,你还真不明白奶奶的心思?"

"明白了,奶奶想孙女了吧,我这就飞回水镇,陪您住几天。"

"奶奶还不知道吗?你其实心里是喜欢子浩的。"

"您看您,还没谈婚论嫁呢,就子浩子浩地叫得那么亲热。告诉您吧,我们在手机上聊天呢。"

"聊天能代替见面?"

杨心回到水镇后,镇党委书记曾诚组织三多集团与半山农业签署了合作协议。就在协议签订的下午,杨心约林子浩查看了铁炉石三多滑雪场、露营基地的建设情况,也考察了半山农业的几个规划项目。

偌大的山里生长着成片的松树。她与林子浩不知不觉走进了松林。两人走到一棵大树下,杨心见地上堆积着一层厚厚的松针,那些松针把地面铺成了一层深红色,踩在上面十分松软。杨心拾起一把松针,抛向空中,看着松针一根根散落在地上,开心地大笑起来。林子里很安静,夏季闹腾的鸟儿,此时已经迁徙殆尽,活跃的小动物们也仿佛被冻回了巢穴,进入冬眠。林子浩捡了一大堆松针铺开,两人坐到松针上,杨心自然地把头靠在林子浩的肩膀上。林子浩有些腼腆,虽然在微信聊天中他能感受到杨心的心意,可是无论如何也不相信杨心会真的爱上他这个穷光蛋。杨心紧紧地靠在林子浩的肩上。林子浩显然已经没有躲避的余地,他把杨心拥入怀里,杨心顺势将嘴唇贴上他的嘴唇,林子浩情不自禁地吻了上去,然后把她抱起来飞转,两人双双倒在松针里翻滚起来,"咯咯咯"的笑声在松林里回响飞扬。林子浩心中爱情的火焰升腾起来,燃烧在蛮王寨的旷野之上。

　　林子浩认真地问:"师妹,你咋会爱上我?"杨心"咯咯"笑起来说:"爱情需要理由吗？师兄你就是一座富矿。""此话怎讲？""你别忘了,是你的《人类学心语》打开了我的心扉,是《山地村落饮水安全的调查报告》展露了你的才华,师兄,你能阻止我对你的爱吗？你就是我的指路明灯。""我只是一个离过婚的落魄之人。""我曾经说过,是我的强势打败了我的爱情,从现在起我不想做一座山,我想做一个如水一般温柔的女人。你不是一个落魄之人,在我的心里你是顶天立地的好男人。在咱们的努力之下,蛮王寨真的就变好了。荒山变公园,村民变股民,产品变商品,农房变客房,离乡变返乡。"说着,杨心闭上双眼,躺在松针上,享受着这个美好安静的时刻。

　　躺了好一阵,杨心坐起来说:"师兄,你难道感受不到我的爱？"林子浩呵呵地笑着说:"感受到了,只是不敢相信,不敢接受。""师兄,我想听听你之前对我的印象。""之前你的那双眼睛,我一直不敢直视。""为何？""让人胆怯,尤其是瞪人的样子,吓人一跳。""那么,现在呢？""现在一双丹凤眼卧蚕眉,顾盼生辉,柔情似水。"

　　林子浩将杨心送回了铁炉子家。杨素见两人同时出现,就知道两人肯定确立了关系,心中大喜。林子浩正要离开,却被杨心叫住,两人于是坐到奶奶身边。杨心迫不及待说:"奶奶,我告诉您一件天大的喜事,我和师兄决定在今年的第一场雪来临时举办婚礼。"杨素脸上满是笑容地说道:"奶奶小时候也是自由恋爱结婚,你们自己选择的婚姻,奶奶非常高兴,也非常满意。从现在起,奶奶开始张罗你们的婚事。子浩这边,把你爸爸妈妈请到水镇住几天,咱们两家好好聊聊。"林子浩爽快地回答说:"听从奶奶的安排。"

杨心和林子浩的婚期已定,罗半山除了忙着滑雪场的建设外,还特别关注天气预报。结婚仪式的一切准备工作已就绪,只等下雪了。罗半山查看了天气预报,今年的第一场雪即将到来。小雪节气,正好要迎来第一场雪。这场雪不同于往年,一直下了一个晚上,小雪变成大雪。第二天早上,蛮王寨银装素裹。瑞雪降临,正是办喜事的好时机。

杨心一早起来,看见几个小孩在雪地里堆雪人便兴奋起来,加入到孩子们中间,跟孩子们一起玩了起来。这时她仿佛忘记了自己的身份和年龄,又回到了童年。奶奶望着杨心,想起了杨心的父母。当年杨素分得屋井的一间偏房,加上有文化,参加了农会,当了大队会计,日子过得安稳。可是突然有人翻出了她的"黑历史",指控她是大地主杨开石的后代。这顶帽子一戴就是十几年,儿子三十多岁找不到媳妇,提亲的媒婆不上门,年轻的女孩不肯嫁。在她落难之时,连亲戚都不敢上门,唯有住在蛮王寨的铁炉子有时间就来家里坐坐。改革开放后,本来已近半百,但她还是毅然决然地离开了这个伤心之地。儿子儿媳死后,留下小孙女杨心跟着她。杨心几乎没有享受过家庭的欢乐,在打拼的那些年,她能给予杨心的太少了,甚至为了开创三多集团还差点儿耽误了杨心的终身大事。现在,在自己的家乡,美丽的蛮王寨,她看见杨心玩得如此高兴,情不自禁掉下了眼泪。

按照罗半山的安排,王永池开着一辆卡车过来,在半山菜园装满了南瓜、红薯、土豆和白菜,把车开到滑雪场,开始布置婚礼现场。此时,罗半山也接到杨素的电话:"三多集团有一百多人已经到达县城,很快就要来到蛮王寨,请做好接待。另外把三多民宿家家挂上大红灯笼,弄得喜庆一点儿。"

婚礼仪式正式开始了。杨心顶着盖头被伴娘牵着走出来。等在外面的林子浩赶忙掀开了盖头。杨心惊喜地看见,空旷洁白的滑雪场上,有一个巨大的"心"字,全部用南瓜、红薯、土豆和白菜镶嵌而成,林子浩捧着一束鲜花站立在"心"中。他掀开杨心的盖头后,单膝跪地,把花紧紧地贴在胸口说:"我的生命是一片荒漠,却在一座荒山上散发了光彩。在水镇,我最大的收获,就是找到了自己,拯救了自己。杨心,你就是我的一颗心,生命不止,心跳不停。"林子浩说完,情不自禁地掉下眼泪。杨心眼睛一红,眼泪如珍珠滚落,她拉起林子浩说:"子浩,你是我的丈夫,我当与你比翼齐飞,白头到老。"说完两人紧紧相拥。

随后,林子浩带着杨心,给杨素、自己的父母、铁炉子、三多集团员工等,一一行礼,接受他们的祝福。

突然,远处走过来了一群人,走近一看,领头的人是向皮子。向皮子在一阵锣鼓声响过后,径直走向杨素,双膝跪地,双手高高举起一张纸说:"大奶奶在上,今天乃吾妹大喜之日,水镇向氏家族,前来送亲。现呈上贺喜名册,请您过目。"向皮子行过礼,便退到向氏族人一边站着,一招手,众人锣鼓喧天。铁炉子对杨素说:"小姐,向家众人来闹婚,按照习俗要住一宿,闹一宿。"罗半山赶紧说:"这都什么年代了,还有这个习俗? 我看不必理会,让他们散去。"杨素没有想到向皮子会来,但她见过大场面,也懂得水镇规矩,来的可不是向皮子一个人,是向家几百人,如果不予理会,就会被人说小气,如果接待下来,这几百人的队伍,罗半山能否应付? 于是对罗半山说:"既然是向家舅子送亲,可不能扫兴。按照礼节,把这些人全部安排好,入住穿心大店,让他们闹腾一晚。"杨素见罗半山还想解释,就打着手势说:"喜庆点儿好,蛮王寨多少年没这么热闹过了。你这就安排下去。"罗半山只好拿起手机,给前台打电话。

婚礼仪式结束,林子浩和杨心随众人下山,进入穿心店。向皮子接到罗半山的通知后,便将队伍一字排开,敲锣打鼓,走进穿心店,有条不紊地坐到屋檐下,摆起了闹婚的架势。大店两边廊街上,有玩狮子的,舞板凳龙的,唱四川清音、荷叶的,打金钱板、花鼓的,表演数来宝的,表演薅草锣鼓的,还有玩牛的,闹腾了一个晚上。

三十七

时隔四十年,杨素在家乡过了第一个春节,林子浩也把父母接了过来,一则全家团圆;二则父母身体尚好,可以帮忙照顾一下奶奶。

就在杨心婚礼的第二天,向皮子回到了山洞。杨素知道后,便从自己的退休金里按月给他打款一万元。向皮子履行承诺,在春节前搬回了吊脚楼。杨心从内心不喜欢向皮子,就常对奶奶抱怨。"向皮子这个人您不是不知道,在村里就不讨人喜欢,他住到山洞里岂不是更好,眼不见心不烦。您为啥请他搬回吊脚楼呢?"杨心不理解。杨素笑而不语。杨心接着说:"就说那次婚礼,向皮子竟然带了那么多人来闹婚,您还让他们都住到穿心店,那叫什么送亲呢?送哪门子的亲呢?分明就是骗吃骗喝!"杨素又是一笑说:"你结婚的那个晚上,奶奶很开心。首先是我孙女的婚礼,有人捧场,就是好事,奶奶为啥要拒绝呢?其次呢,几十年了,奶奶从未忘记小时候听过的四川清音,数来宝,也从未忘记薅草锣鼓、板凳龙,那个晚上,我都看见了,听到了,奶奶心如蜜甜。看来,这些民间艺术,在水镇还没有失传。杨心啊,你没有经历过,水镇沧桑百年,沉积了好多故事,奶奶以后跟你慢慢讲。"

正说着话,铁炉子来了,杨心刚好接到林子浩的电话,去了滑雪场。杨素拿出林子浩的博士论文《拯救空心村》草稿读了起来。读到精彩处,便对铁炉子说:"乡村振兴,归根到底是人的振兴。子浩在论文里谈到,为何向皮子与这个世界格格不入,为何他会做出常人根本不会做,也不可思议的事来?"铁炉子摇摇头,杨素抿嘴一笑说:"这向皮子跟杨心,他们就是兄妹,可差别为何如此之大呢?"铁炉子眨巴几下大眼睛说:"这就是差距,这个差距自人出生之时就已经形成,所谓江山易改,本性难移,就是这个道理。您常说,向皮子能改,可是,您的心地很善良，有时会事与愿违。别指望向皮子能变好，除非他进了棺材。"杨素摇摇头说："你说这两个孩子，就不能解除这些隔膜？"铁炉子摇了一下头说："向皮子这个人呢，一辈子都在为自己编笼子，然后钻进笼子跟自己斗，一辈子斗不破这个笼。而杨心在跟天斗、跟地斗、跟人斗。两个人，从一出生就生活在两个世界里。您这么实心实意对待向皮子，在我看来，向皮子未必买账，您的好心恐怕要白费了。"

两人正说着话，只见向皮子手拿长竹竿，披头散发地走进穿心大店，见了杨素和铁炉子便"呱呱"大叫，口中说起评书来："我的祖上出了一位狠角色，你们知道吗？他的名字叫向小坎，担任过神兵主礼，用一根金竹当长矛，战胜了不可一世的杨开石。且说那一夜，月黑风高，我祖向小坎亲领十万神兵，直逼水镇，为妻报仇。在蛮王寨端了岗哨，设下口袋阵。杨开石骑着高头大马进入伏击圈，只见我祖向小坎一马当先，神勇无比，独战杨开石，不到一个回合，把杨开石挑落战马……"

铁炉子站起来喊道："向皮子，还认得到我铁炉子不？"向皮子转身，头也不回地向穿心店东头走去。"向皮子疯了吗？"杨素问道。"疯了，绝对疯了，都认不到人了。"铁炉子告诉杨素，他的儿子病死了。从此以后，穿心大店每天都能看见向皮子，披着大氅子，说着评书，逛完穿心大店就离开，如鬼魂一般。

四月八日，按照水镇的水文记录，今天又该是发大水的日子。早上蛮王寨上"归云"，没过多久，水镇就下起雨来。

林子浩到蛮王寨担任振兴队员已经整整一年，他的毕业论文最终通过了评审，林子浩正式取得博士学位。这一篇来自乡村、直面乡村振兴的调查报告，被评为优秀学位论文。人类学与乡村振兴结合，催生了一部调研精品，这对林子浩来说，无疑是最大的安慰。更让林子浩开心的是，校方组织了一支考察团，对蛮王寨展开了一个月的田野调查，决定将蛮王寨确定为教研实践基地，任命林子浩为基地教研室主任，大学的一些社会调查活动项目也陆续在蛮王寨开展。

林子浩专门给曾书记打了电话,推荐罗半山担任蛮王寨村支部书记,曾书记同意尽快考察。就在四月八日这天,林子浩组织村里全体党员,召开选举大会,选举产生了新的村支部书记。这段时间,林子浩安排余春兰收集整理蛮王寨的民间故事,杨素和铁炉子两位老人犹如两个巨大的历史数据库。余春兰根据老人的回忆,整理成稿,这成为乡村文化振兴的重要素材。

春夏之交,阴雨绵绵,穿心大店的屋檐上,一排排一串串的雨水滴落,地上的青石板被冲洗得干干净净。雨后天晴,老街上只有一串串滴水穿石形成的水窝,反射出太阳的光亮。

杨素、铁炉子、林子浩、邱仁义和余春来坐在街沿上聆听着"滴答滴答"的雨声和蛮王寨的故事,大家沉浸在静谧和谐的氛围中,杨素老人斜靠在椅背上,缓缓垂下了头。杨心扭头看见,抱住奶奶的头大哭起来。

铁炉子见杨素已经仙逝,心里异常悲痛,他生怕杨心悲伤过度,便抑制住悲痛,安慰起杨心来。曾满山走过来说向皮子死了,并拿出皱巴巴的家谱,交给杨心说:"这个本子现在交给你了,这是你的家世。"杨心不解其意,打开本子翻阅起来:"昔我祖向小石,随兄长向小坎主礼,统领神兵十万,驰名川鄂。向小坎主礼,取水镇杨家八女杨素为妻。水镇杨开石,多行不义,将亲生女儿杨素投河。向小坎为报仇雪恨,领兵攻打杨家。蛮王寨一战,击杀杨开石。然向小坎主礼阵亡。独我父向小石勇毅,孤身一人回到总部,发誓继承兄长遗志,再振宏图。后因官兵追剿,藏身山洞,娶山姑为妻,诞下子向明人。家母不幸精神失常,跳入山洞,不知所踪。向小石一九五〇年出洞,一九六〇年回蛮王寨。"

杨心读罢,泪流满面。她此时才彻底明白,奶奶为啥一再袒护向皮子,原来这个向皮子竟然是自己的堂兄,自己其实姓向。婚礼上向皮子带来的众多婚闹自然就是杨心的家人。如今,杨心唯一的亲人,这辈子最敬爱的奶奶离她而去,她难以抑制悲痛,泣不成声。

林子浩一边安慰杨心,一边料理奶奶的后事。

今年这个四月八让杨心终生难忘。按照杨素生前愿望,杨心把奶奶埋葬在爷爷向小坎的坟墓旁边。做完这些,杨心准备回深华总部。

早上起来,林子浩把车开到穿心大店西口,杨心拉着行李箱正欲离开,突然看见铁炉子带着一个女孩过来送行。杨心拉住铁炉子的手说:"叔叔,奶奶走了,您现在就是我在水镇最牵挂的人,您要保重身体,我会经常回来看您。"铁炉子点点头说:"这是向皮子的小女儿向小英,在水镇中学读书,我带她一起来送送你。向皮子的儿子在春节前突然死亡,这可能是向皮子发疯的原因。如今向家就剩下你们两个后代了。"

突然,身后传来脆生生的声音:"姑姑,我想去看大海,你带我去吧。"一声"姑姑",给杨心伤痛的心带来一丝安抚。她回头看见女孩,一双纯净的眼睛,把她那颗冰凉的心瞬间融化,她仿佛看见儿时的自己,失去了亲人,内心是多么痛苦。杨心犹豫了一下,蹲下,拉住向小英的手说:"姑姑带你去看大海。"女孩抬头看着铁炉子,铁炉子点点头。杨心拉起侄女的手,向村口走去。

铁炉子站立在村口,望着杨心和女孩的背影,用大手抹着眼泪。这是他多么熟悉的背影,这分明就是四十年前杨素离开水镇时的背影。杨素走了,一座水镇女人山倒下了,但杨心站了起来,她必须承受奶奶承受过的一切,把自己变成一座山。

(完)